HEYNE BÜCHER

D1854749

SCIENCE FICTION

Herausgegeben
von Wolfgang Jeschke

Von Edward E. Smith erschienen in der Reihe
HEYNE SCIENCE FICTION & FANTASY:

Der Lensmen-Zyklus:

Band 1: *Die Planetenbasis* · 06/3704; auch als 06/4185
Band 2: *Die ersten Lensmen* · 06/3705; auch als 06/4186
Band 3: *Galaktische Patrouille* · 06/3708; auch als 06/4187
Band 4: *Die grauen Herrscher* · 06/3710-11; auch als 06/4188
Band 5: *Das zweite Imperium* · 06/3713-14; auch als 06/4189
Band 6: *Das Erbe der Lens* · 06/3716; auch als 06/4190
Band 7: *Wächter des Mahlstroms* · 06/3717; auch als 06/4233

Der Skylark-Zyklus:

Band 1: *Die Abenteuer der Skylark* · 06/3479; auch als 06/4777
Band 2: *Die Skylark und die Schlacht um Osnome* · 06/3491; auch als 06/4778
Band 3: *Die Skylark und die Sternenwanderer* · 06/3503; auch als 06/4779
Band 4: *Die Skylark und der Kampf um die Galaxis* · 06/3515; auch als 06/4780

EDWARD E. SMITH

Die Skylark und der Kampf um die Galaxis

VIERTER ROMAN
DES SKYLARK-ZYKLUS

Science Fiction

WILHELM HEYNE VERLAG
MÜNCHEN

HEYNE SCIENCE FICTION & FANTASY
Band 06/4780

Titel der amerikanischen Originalausgabe
SKYLARK DUQUESNE
Deutsche Übersetzung von Thomas Schlück
Das Umschlagbild schuf Dariusz Chojnacki
Die Illustrationen im Text sind von Klaus Porschka

Dieses Buch erschien unter
gleichem Titel 1976
als HEYNE-BUCH 06/3515

Redaktion: Wolfgang Jeschke

Printed in Germany 1991
Umschlaggestaltung: Atelier Ingrid Schütz, München
Satz: Schaber, Wels
Druck und Bindung: Elsnerdruck, Berlin

ISBN 3-453-04498-3

Kapitel 1

Äußerlichkeiten können täuschen. Ein polierter Metallbrocken, der wie ein Stück Christbaumschmuck schimmert, mag eine Energie enthalten — und freisetzen —, mit der sich eine Stadt vernichten läßt. Aus einem Samenkorn kann ein Baum werden, der dich erschlagen kann, und aus einer Streichholzflamme eine Feuersbrunst.

Und die Kette von Ereignissen, die Herrscher über ganze Galaxien entmachtet, kann in einem Wohnzimmer vor einem flackernden Kaminfeuer ihren Anfang nehmen ...

Äußerlich war das gemütliche Wohnzimmer Richard Seatons auf der Erde sehr friedlich. Seaton und Dorothy, seine attraktive Frau, saßen auf dem Sofa vor den knisternden Flammen. Richard Ballinger Seaton Junior lag auf dem Teppich und versuchte sich der verlockenden Wärme krabbelnd zu nähern.

So ruhig das Bild äußerlich war — hinter den Kulissen sah es anders aus. Dorothys Stirn war ärgerlich gerunzelt.

Das Abendessen, das sie gerade hinter sich hatten, war gut zwei Stunden zu spät auf den Tisch gekommen, weil Seaton nicht früher Zeit hatte. Und was noch schlimmer war, Dick kümmerte sich auch jetzt nicht um sie. Er war noch immer angespannt, steckte mitten in der Arbeit, konzentrierte sich noch auf eine Vielzahl von Nachrichten, die ihm durch den Hörer in seinem linken Ohr zugespielt wurden — Nachrichten von großer Dringlichkeit.

Sie hob den Arm, zog ihm den Hörknopf aus dem Ohr und warf das Gerät auf den Tisch. »Hör doch bitte mal ein Weilchen auf!« rief sie. »Ich habe keine Lust mehr mitanzusehen, wie du dich zu Tode arbeitest. Du bekommst nicht genug Schlaf! Du mußt mal ausspannen! Kannst du die Verantwortung nicht anderen übertragen und deine Vollmachten delegieren?«

»Ich delegiere, soviel es geht, mein Schatz.« Seaton rieb sich geistesabwesend das Ohr, durch das er bis eben eine Aufzeichnung von Berichten gehört hatte, die den Planeten Norlamin betrafen. Die letzte Meldung hatte mit umfangreichen X-Metall-Lagern zu tun, die auf einem Planeten von Omicron Eridani gefunden worden waren, und mit der Entscheidung, eine Flotte von Frachtschiffen zu entsenden, um mit dem Abbau zu beginnen.

Aber er mußte eingestehen, daß dieser Vorgang auch ohne sein Eingreifen weiterlaufen konnte. Seine Frau war im Augenblick wichtiger. Er legte ihr den Arm um die Schultern und widmete ihr seine volle Aufmerksamkeit.

»Einen ganzen Planeten praktisch auf einen Schlag mit der Technologie vierter, fünfter und sechster Ordnung vertraut zu machen, ist ein hartes Stück Arbeit, das kannst du mir glauben! Da kommen nicht allzu viele Leute mit. Man muß schon Köpfchen haben. Und was die Sache besonders erschwert, ist die Tatsache, daß zu viele Menschen, die den nötigen Verstand hätten, krumme Touren reiten wollen. Aber ich glaube, wir sind langsam über den Berg.«

»Jedenfalls kann es so nicht weitergehen!« sagte Dorothy entschlossen. »Und mit Martin ist es noch schlimmer. Peggy hat mir erst heute früh ihr Leid geklagt. Wir beide sind nicht länger gewillt ...«

Aber sie konnte den Satz nicht zu Ende sprechen, denn in diesem Augenblick erschienen in der Luft vor den beiden die projizierten Abbilder von acht mehr oder weniger menschlichen grünhäutigen Lebewesen — Wesen, mit denen sie seit langer Zeit zusammengearbeitet hatten, die fähigsten Denker des Zentralsystems.

Da war der majestätische Fodan, der Führer der Fünf von Norlamin, da war Orlon mit dem weißen Bart, der Führer der Astronomie, Rovol, der Führer der Strahlen, Astron, der Führer der Energie, Drasnik, der Führer der Psychologie, Satrazon und Caslor, die Führer der Chemie und der Technik, und schließlich Sacner Carfon der Zweitausenddreihundertsechsundvierzigste — der haarlose, fast delphinähnliche Ratsführer des Wasserplaneten Dasor. Diese Männer waren natürlich nicht persönlich anwesend — dennoch wirkten ihre Energieprojektionen für das Auge so solide wie Seatons hagerer Körper.

»Oberherr des Systems, wir sind gekommen, um in einer wichtigen Angelegenheit ...«, begann der Führer der Fünf.

»Nennen Sie mich nicht ›Oberherr‹ — *bitte!*« unterbrach ihn Seaton sofort, während Dorothy neben ihm erstarrte. Beide wußten, daß die Norlaminer ihren Planeten selten verließen, auch nicht in Form einer Projektion. Daß sie nun zu acht fast die halbe Galaxis durchreist hatten, konnte nur bedeuten, daß etwas Schlimmes passiert war.

»Ich hab's Ihnen schon ein Dutzendmal erzählt — ich bin kein Oberherr und will es auch nicht sein!«

»Also gut, nennen wir Sie ›Koordinator‹, im Grunde ein weitaus besserer Begriff«, fuhr Fodan gelassen fort. »Junger Mann, wir haben Ihnen schon einmal gesagt — was eigentlich hätte genügen müssen —, daß Ihre junge und lebendige Rasse Eigenschaften besitzt, über die unsere weitaus älteren Völker nicht mehr verfügen. Als das talentierteste Individuum Ihrer Rasse sind Sie einzigartig dazu befähigt, der Zivilisation als Ganzes zu dienen. Sobald Ihre Dienste erforderlich sind, werden Sie helfend eingreifen. Und jetzt ist es wieder einmal soweit. Orlon, in dessen Bereich die Angelegenheit hauptsächlich fällt, wird Ihnen die nötigen Erklärungen geben.«

Seaton nickte vor sich hin. Er hatte recht — die Lage war schlimm.

Der Führer der Astronomie ergriff das Wort. »Freund Richard, mit etwas Hilfe von uns gelang es Ihnen, eine Gruppe bösartiger körperloser Wesen einzuschließen, zu denen jetzt auch die vergeistigte Persönlichkeit des irdischen Wissenschaftlers Dr. Marc C. DuQuesne gehört. Diese Wesen verharren in einem Zeitstillstand. Ihre ›Kapsel‹, in der keine Zeit vergeht, wurde mit einer linearen Beschleunigung von ungefähr 3 mal 10^{12} in der Sekunde im Quadrat ins All hinausgeschossen. Die Kapsel ist so eingestellt, daß sie die Beschleunigung etwa hundert Milliarden irdische Jahre lang beibehält; nach Abschluß dieser Zeit sollte sie durch die vierte Dimension an einen unbekannten und unberechenbaren Ort im normalen dreidimensionalen Weltraum rotiert werden.«

»Richtig«, sagte Seaton. »Und das wird auch geschehen. Die körperlosen Schurken sind wir so ein für allemal los — einschließlich Blackie DuQuesne.«

»Das ist ein Irrtum, junger Mann«, widersprach der Norlaminer. »Sie haben uns nicht genug Zeit gelassen, alle beteiligten Faktoren zu erfassen und abzuwägen. Eine sorgfältige Analyse und umfangreiche Berechnungen haben die Wahrscheinlichkeit ergeben, daß die Zeitstillstands-Kapsel innerhalb eines irdischen Jahres nach ihrem Start — wahrscheinlich aber viel eher — auf Weltallmaterie von ausreichender Dichte stößt, um ihre Uranenergieschienen aufzulösen. Dieses Ereignis führt natürlich dazu, daß der Zeitstillstand aufgehoben wird und die eingefangenen körperlosen Wesen freikommen — in genau dem gleichen Zustand wie im Augenblick ihrer Einschließung.«

Dorothy Seaton hielt den Atem an. Sogar ihr Mann schien einen Moment lang angeschlagen zu sein. DuQuesne und die Unsterblichen sollten wieder freikommen? Aber ...

»Aber das ist doch nicht möglich!« rief er. »Die Kapsel weicht jedem Hindernis aus — so ist sie programmiert!«

»Bei normalen Geschwindigkeiten trifft das zu«, erwiderte der alte Wissenschaftler gelassen. »Die Reaktionsgeschwindigkeit ist groß, der Bruchteil einer Trillionstelsekunde. Dieser Zeitraum ist zwar sehr gering, doch im Vergleich zu Null ist er noch riesig. Berechnen Sie einmal selbst, welche Entfernung die Kapsel theoretisch in diesem Zeitraum zurücklegt, wenn sie nur vier Monate Ihrer Zeitrechnung unterwegs gewesen ist.«

Seaton eilte quer durch das Zimmer und deckte eine Maschine auf, die einem kleinen unauffälligen Tischrechner ähnelte. Er setzte einen Helm auf, gab einen kurzen Gedanken ein und starrte entsetzt auf die Zahl, die auf einem Band erschien.

»Da — soll — doch — ein — Donnerwetter ...«, sagte er entgeistert. »Wäre wahrscheinlich klüger gewesen, die Burschen in eine Kreisbahn um eine planetenlose Sonne zu schicken ... Und jetzt haben wir wahrscheinlich keine Chance mehr, sie auf die gleiche Weise noch einmal festzusetzen.«

»Nein, dazu sind die Geistwesen zu klug«, sagte der Norlaminer. »Eins ist klar. Sie müssen die *Skylark von Valeron* sofort wieder aktivieren und wieder ihr Kontrollgerät sechster Ordnung bemannen, da wir kein anderes Wesen kennen, das mit diesem Kontrollgerät fertig wird und dem man es anvertrauen kann. Wir acht sind gekommen, um das weitere Vorgehen mit Ihnen zu besprechen und unsere Pläne genau festzulegen.«

Seaton starrte zwei Minuten lang konzentriert vor sich hin.

Der Blick seiner grauen Augen verdunkelte sich. Von allen gefährlichen Menschen auf der Welt stellte Blackie DuQuesne die größte Gefahr dar — für die Zivilisation, für Seaton selbst und vor allen Dingen für seine Frau

Dorothy. Ein frei herumstreifender DuQuesne war eine tödliche Drohung.

»Also gut«, sagte er schließlich. »Wenn die Dinge so stehen, kommen wir wohl nicht darum herum.«

Der Norlaminer nickte nur. Zumindest hatte er keine Zweifel gehabt, wie Seaton auf die Herausforderung reagieren würde. Wie es für ihn typisch war, drängte Seaton sofort auf Eile, sobald er sich zum Handeln entschlossen hatte. »Wir legen gleich los«, sagte er. »Nach den Berechnungen haben wir maximal ein Jahr Zeit — *vielleicht* —, aber ab sofort gehen wir davon aus, daß DuQuesne und die Geistwesen schon jetzt in Freiheit sind. Ich möchte also bitten, daß einer von Ihnen — Rovol? — Martin und Peggy mit einem Projektionsstrahl herüberholt. Dann können wir sofort anfangen.«

Dorothy, die bleich geworden war, nahm ihr Baby vom Boden auf und drückte es an sich.

Martin Reynolds Crane war groß, schlank, lässig; seine schwarzhaarige Frau Margaret war ebenfalls groß und hatte eine gewisse äußerliche Ähnlichkeit mit Dorothy. Nach wenigen Sekunden erschienen ihre Projektionen und verhielten in der Mitte des Zimmers — Projektionen, die so lebensecht wirkten, daß man auf den ersten Blick meinen konnte, sie bestünden aus Fleisch und Blut.

Seaton stand auf und machte eine kleine Verbeugung vor Margaret; dann kam er sofort zur Sache. »Hallo, Peggie, Martin — seid ihr unterrichtet?«

»Bis zum aktuellen Stand«, erwiderte Crane.

»Dann wißt ihr also, daß irgendwann in der nicht allzu fernen Zukunft die Hölle losbricht. Soweit ich die Dinge übersehen kann, sind wir in Kürze erledigt.«

»Das ist ein Irrtum, junger Mann«, schaltete sich Drasnik, der Führer der norlaminischen Psychologie, ungewöhnlich energisch ein. »Ihr Denken ist ungezielt, wirr, unentschuldbar, oberflächlich, völlig ...«

»Aber Sie wissen doch, was das führende Geistwesen gesagt hat, das ›Eins‹ genannt wurde!« rief Seaton. »Der Bursche hat nicht gespaßt!«

»Allerdings, junger Mann. Das ist mir auch klar, weil wir diese Wesen schon ein bißchen länger kennen. Eins hat nicht gerade ›gespaßt‹, aber Ihre Interpretation der Worte und Handlungen der Geistwesen entspricht nicht der Wahrheit, wie wir sie kennen. Die Worte und Taten von Eins waren wahrscheinlich darauf angelegt, in Ihnen Reaktionen hervorzurufen, die eine Analyse und Klassifizierung Ihrer Rasse ermöglichten. Nachdem das nun geschehen ist, kann mit ziemlicher Gewißheit angenommen werden, daß Sie Eins oder ein Mitglied seiner Gruppe nie wiedersehen werden.«

»Mein Gott!« Dorothy atmete erleichtert auf. »Das kommt mir ganz vernünftig vor ... ich hatte eine Riesenangst!«

»Vielleicht haben Sie recht«, sagte Seaton, »soweit es Eins und seine Gruppe betrifft. Aber wir dürfen DuQuesne nicht vergessen. Und wenn Blackie DuQuesne sich mit mir befaßt — auch wenn er nur ein Gebilde aus reinster Energie sechster Ordnung ist —, bin ich verloren.«

»Ach ja — DuQuesne. Eine Frage, um meine Gedanken zu ordnen. Was meinen Sie — können Sie selbst mit der vollen Kraft der *Skylark von Valeron* einen intakten Geist von seinem Körper trennen?«

»Natürlich kann ich ... Ach, ich verstehe, was Sie meinen. Einen Augenblick — ich kann's wahrscheinlich hier feststellen.« Seaton trat an seinen Rechner, setzte einen Helm auf und blieb einige Minuten lang reglos stehen, während das große Gehirn der Maschine seine Berechnungen durchführte.

»Ein glatter Reinfall«, sagte Seaton schließlich mit verlegenem Lächeln. »So etwas war mir nicht nur unmöglich — ich hab's auch gar nicht getan! Also hat sich Eins nicht nur ausgekannt, sondern war auch noch so freundlich, mir einzureden, ich hätte es getan. Was für ein gerissener und abgefeimter Bursche!« Er dachte nach und fuhr fort: »Die Wesen haben uns also reingelegt, haben mit uns gespielt.«

»Endlich denken Sie etwas klarer, junger Mann«, sagte Drasnik. »Wir kommen jetzt zu den weniger wahrscheinlichen Aspekten. DuQuesnes Verstand besitzt eine große Macht.«

»Das kann man wohl sagen!« rief Seaton. »Die Frage ist nur, über welche Mittel er jetzt verfügt. Uns ist bekannt, daß er die Strahlen fünfter Ordnung bewältigt hatte, und zwar in- und auswendig — aber weiter ging sein Wissen nicht. Allerdings basiert der Verstand generell auf Energien sechster Ordnung. Wir wissen, was wir durchmachen mußten, um die sechste Ordnung zu bewältigen, und daß wir noch lange Zeit nicht am Ziel sind — und daraus ergibt sich die erste Nebenfrage: Kann sich ein körperloser Geist selbst so vollständig analysieren, daß er sich die ganze Strahlenordnung erarbeiten und bewältigen kann, in der er sich befindet?

Wir können annehmen, daß Eins DuQuesne einen vollständigen Einblick in die sechste Ordnung hätte geben können, wenn ihm der Sinn danach gestanden wäre. Daraus ergibt sich die zweite Nebenfrage: Hat er's getan? Wenn diese Fragen für den Anfang nicht genügen, habe ich noch eine lange Liste weiterer Fragen auf Lager!«

»Es reicht zunächst, junger Mann«, sagte Fodan. »Sie haben den wichtigsten Punkt angesprochen. Wir wollen die Sache nun diskutieren. Da diese erste Phase weitgehend in Ihr Fachgebiet fällt, Drasnik, machen Sie jetzt weiter.«

Die Diskussion begann und schien kein Ende nehmen zu wollen. Stumm entfernte sich Dorothy, gefolgt von Margaret Cranes Projektion.

Dorothy brauchte ihrem Mann keinen Kaffee und keine Brote zuzubereiten; dazu hätten ein Gedanke und ein Kontrollgerät genügt. Aber sie wollte etwas zu tun haben. Beide Mädchen wußten aus Erfahrung, daß solche Sitzungen lange dauern konnten; und Dorothy wußte, daß Seaton seinen Hunger nur spüren würde, wenn ihm etwas zu essen hingestellt wurde.

Den anderen bot sie natürlich nichts an, denn sie waren nicht physisch anwesend. Ihre Körper befanden sich in unterschiedlichen Entfernungen — Crane und seine Frau waren einige Kilometer weit weg, und die Gruppe der Norlaminer hatte mit ihren Projektionen eine unvorstellbare Anzahl Parseks zurückgelegt. Die Entfernung zwischen der Erde und dem Grünen System war so unvorstellbar groß, daß es sinnlos wäre, sie in Kilometern ausdrücken zu wollen. Die Grüne Zentralsonne der Sternengruppe, in der sich Norlamin, Osnome und Dasor befanden, war von der Erde aus sichtbar — mit den größten optischen Teleskopen der Erde —, aber das Licht, das die Erde heute erreichte, war einige zehntausend Jahre unterwegs gewesen.

All dies war für Dorothy und Peggy Crane nichts Neues; sie selbst waren schon oft als Projektionen unterwegs gewesen. Wenn sie heute schweigsamer waren als sonst, lag es nicht an der verblüffenden Art und Weise, wie die Gesprächspartner in Seatons Wohnzimmer zusammengetreten waren, sondern an dem Thema dieser Zusammenkunft. Dorothy und Peggie kannten Marc DuQuesne nur zu gut. Beide hatten seinen bösen Einfluß erlebt.

Und sie wollten mit diesem Mann nichts mehr zu tun haben.

Im Wohnzimmer sagte Seaton gerade: »Wenn Eins DuQuesne über die sechste Ordnung informiert hat, kann er sich jetzt überall aufhalten und praktisch alles erreichen. Vermutlich weiß DuQuesne also nicht hundertprozentig Bescheid. Wenn Eins ihm aber nichts gesagt hat, schafft DuQuesne den Rückweg zu uns nicht, auch wenn er vierzig Menschenleben lang unterwegs ist. Wahrscheinlich ist er zumindest teilweise informiert, möglicherweise über Antrieb und Projektor. Vielleicht in dem Maße, wie wir Bescheid wissen, um ein Gegengewicht zu bilden. Vielleicht hat sich Eins gedacht, daß er DuQuesne soviel schuldig wäre. Wie die Wahrheit auch aussehen mag — wir müssen annehmen, daß DuQuesne über die Kräfte sechster Ordnung ebensoviel weiß wie wir.« Er hielt inne und fuhr fort: »Vorsichtigerweise sollten wir auch annehmen, daß sein Wissen größer ist als das unsere. Also müssen wir jemanden finden, der noch mehr weiß als wir — damit wir vorankommen. Frage: Wie stellen wir das an? Wir können doch nicht einfach ziellos in der Galaxis herumsuchen.«

»Allerdings nicht«, erwiderte der Norlaminer. »Sacner Carfon, Sie wollten etwas dazu sagen?«

»Ach?« Der Dasorier war im ersten Augenblick überrascht, fing sich aber schnell wieder. »Oh — vielleicht doch. Wenn wir Seatons Energie und das Großgehirn auf der Fodan-Carfon-Frequenz sechster Ordnung einsetzen, ist es sicher möglich, einen Gedanken auszusenden, der ausgewählte Verstandeswesen anspricht, wo immer sie sich in diesem Universum befinden mögen.«

»Aber bitte!« wandte Seaton ein. »Wir wollen doch nicht hinausposaunen, wie dumm wir sind!«

»Natürlich nicht. Der Gedankenimpuls müßte sorgfältig zusammengestellt und ausgesprochen selektiv gestaltet werden. Er müßte enthalten, wer wir sind, was wir erreicht haben und was wir zu vollbringen hoffen. Unsere Fähigkeiten müßten angesprochen werden und — indirekt — auch unsere Mängel, und alle in Frage kommenden Personen und Wesen müßten aufgefordert werden, sich mit uns in Verbindung zu setzen.«

Seaton starrte einen Augenblick lang vor sich hin und überlegte. Die Vorstellung, einen Gedankenimpuls auszusenden, war vermutlich gut — schließlich wußten die Norlaminer und Sacner Carfon, was sie taten. Und doch sah er Probleme voraus.

Die Fodan-Carfon-Frequenz sechster Ordnung war noch im Versuchsstadium. »Kann man den Gedanken denn nicht nur erwünschten Empfängern zustellen?« fragte er. »Ich habe nichts dagegen, unseren möglichen künftigen Freunden zu sagen, daß wir Hilfe benötigen — aber unsere Feinde brauchen das nicht zu wissen!«

Der Dasorier lachte leise. »Das geht leider nicht«, sagte er. »Die Botschaft muß notgedrungen auf einer Trägerwelle verbreitet werden, die von jedem intelligenten Gehirn aufgefangen wird. Aber man könnte die Nachricht derart mit Einschränkungen und Sicherungen versehen, daß nur Wesen darauf achten, die aktiv oder latent befähigt sind, mit der Fodan-Carfon-Frequenz umzugehen.«

Seaton pfiff durch die Zähne. »Mann! Und wie wollen Sie das erreichen? Das grenzt ja an Zauberei — an schwarze Magie!«

»Genau. Oder eher: ungenau! Schade, daß Ihr Begriff ›Zauberei‹ so umfassend ist und einen negativen Beigeschmack hat. Wollen wir nun den Gedankenimpuls entwerfen?«

Der Gedanke wurde geschaffen — und wurde mit der unvorstellbaren und der absolut unmeßbaren Geschwindigkeit seiner Daseinsordnung ins All hinausgestrahlt.

Eine rothaarige Stripteasetänzerin namens Madlyn Mannis, die in Tampa in Florida auf der Bühne stand, spürte den Gedanken und hätte ihn fast erfaßt, aber da sie psychisch nicht sehr ausgeprägt war, schüttelte sie das Gefühl ab und machte sich daran, das letzte schimmernde Stück ihres Kostüms abzulegen. Und ganz in der Nähe der Dame — so nahe, wie es sich mit Trinkgeldern bewerkstelligen ließ — saß der junge Ölingenieur Charles K. van der Gleiss und spürte einen Schauder, wie er ihn nie zuvor erlebt hatte — doch er schrieb diese Empfindung natürlich der Tatsache zu, daß er Madlyn Mannis noch nie aus so unmittelbarer Nähe hatte tanzen sehen. Und in Washington D.C. merkte die Atomphysikerin Stephanie de Marigny auf, spannte ihre Kopfhautmuskeln und versuchte zwei Minuten lang an etwas zu denken, das ihr jeden Augenblick einfallen mußte, das ihr aber immer wieder entglitt.

Die gedankliche Botschaft raste am Grünen System vorbei, an dem Staub und leuchtenden Gas, das einmal der Planet der Fenachroner gewesen war. Die Impulse passierten Welten, auf denen amphibische Wesen brüllten und bellten, Planeten aus Methaneis, in dem kristallines Leben behäbig seinem Geschick entgegenbrütete.

Im selben winzigen Augenblick erreichte und passierte die Botschaft die Randwelten unserer Galaxis; sie berührte viele Geister, ohne jedoch einen aktiven Einfluß zu nehmen. Immer weiter und weiter, ohne an Geschwindigkeit nachzulassen — auch an jenem unvorstellbar winzigen und unvorstellbar schnell dahinrasenden Punkt vorbei, der die sieben größten und fürchterlichsten Geister enthielt, die das Makrokosmische All jemals hervorgebracht hatte — Geister, die über den Gedankenimpuls Bescheid wußten und ihn völlig ignorierten.

Und in immenser astronomischer Ferne zuckte der Impuls durch die Galaxis, in der sich das System von Ray-See-Nee befand — wo er zum erstenmal Kontakt mit einem Verstand in einem Körper gewann, der annähernd menschlich zu nennen war. Kay-Lee Barlo, Privatsekretärin des Abteilungsleiters Bay-Lay Boyn, erstarrte so plötzlich, daß sie stotterte und die letzten drei Worte von ihrem Diktatband löschen mußte — und im gleichen Augenblick fiel ihre Mutter zu Hause in eine tiefe Trance.

Und noch weiter entfernt, in einer Galaxis, die fast am Rand des Universums lag, fand die Botschaft im Reich der Llurdi eine weitaus größere Gruppe von Empfängern. Zwar konnte keiner der praktisch versklavten Jelmi auf den seltsamen und unerklärlich vorsichtigen Gedanken aktiv reagieren, aber es waren doch viele sehr daran interessiert; besonders Sennlloy, eine stämmige Eingeborene des Planeten Allondax und die führende Biologin des bekannten Weltalls, der alte Tammon, das größte Genie der ganzen jelmischen Rasse, und die frisch verheirateten jungen Leute Mergon und Luloy vom Planeten Mallidax.

Von den monströsen Llurdi konnte nicht einmal der ungeheuerlichste und gefährlichste von allen, ›Direktor‹ Klazmon XV., die Botschaft empfangen — dazu reichte seine Entwicklung nicht aus. Und das war nur gut! Denn wenn diese fähigen Außergalaktischen die Nachricht hätten empfangen, begreifen und darauf reagieren können, wie anders wäre dann die Geschichte der Menschheit verlaufen!

Kapitel 2

Die Entfernung von der Erde zum Reich der Llurdi ist so gewaltig, daß es sich lohnt, einen Augenblick lang darüber nachzudenken.

Seit langem ist bekannt, daß Sonnensysteme in linsenförmigen Gruppierungen auftreten, die Galaxien genannt werden, wobei jede Galaxis aus mehreren Milliarden Sonnensystemen besteht. Und in diesem Zusammenhang waren die Begriffe ›Universum‹ und ›Kosmisches All‹ für die absolute Gesamtheit jeder Materie und aller Weltallsphären verwendet worden.

Seaton und Crane hatten in der *Skylark von Valeron* bewiesen, daß unsere Galaxis, die Milchstraße, in einem von mehreren linsenförmigen Universen liegt, und hatten jede Galaxis in diesem Universum kartographisch erfaßt. Daraus hatte sich ihr Vorschlag abgeleitet, die beiden Sternenformationen die Erste Galaxis und das Erste Universum zu nennen.

Viele Millionen Parseks von der Erde entfernt, am Rand der Ersten Galaxis, lag also das Reich der Llurdi. Dieses Reich, das seit über siebzigtausend irdischen Jahren existierte, bestand aus vierhundertzweiundachtzig Planeten in halb so vielen Sonnensystemen.

Zwei Planeten in jedem bewohnten System waren erforderlich, weil sich die Bevölkerung des Reiches aus zwei völlig unterschiedlichen Formen intelligenten Lebens zusammensetzte. Von den beiden Rassen waren die Jelmi — die unterdrückte Rasse, die praktisch in Sklaverei lebte — menschlicher Abkunft und bewohnten erdähnliche Welten.

Die herrschende Rasse, die Llurdi-Rasse, war auf dem unwirtlichen Planeten Llurdiax entstanden — Llurdiaxorb Fünf — mit einer fernen, verschwommenen, fast nie sichtbaren Sonne und einer durch ständige

Stürme aufgewühlten eisigen, ammoniak- und methanverseuchten Atmosphäre, die einen sehr hohen Luftdruck hatte. Wie die Menschen trugen die Llurdi Kleidung. Im Gegensatz zur Menschheit diente ihnen die Kleidung aber nur zum Schutz vor dem Klima und wurde auch nur dann getragen, wenn dieser Schutz erforderlich war. Selbstverständlich kam diesen Wesen ihr Planet gar nicht unwirtlich und abstoßend vor. Er war für sie die beste aller denkbaren Welten. Sie wollten keinen Planeten kolonisieren, der ihrer Heimatwelt nicht weitgehend entsprach.

Obwohl die Llurdi aufrechtgehende Zweifüßler mit zweifach-symmetrischen Gliedern sind, dem Stamm der zweigeschlechtlichen Säugetiere angehören und einen großen Schädel und sechsgliedrige Hände mit gegenüberliegenden Daumen besitzen, kann man sie nicht humanoid nennen. Auch sind sie trotz ihrer riesigen unempfindlichen Flügel keine Vögel oder Insekten. Auch keine fliegenden Katzen, obwohl sie große, senkrecht geschlitzte Augen und nadelscharfe Reißzähne besitzen, die ihnen aus dem geschlossenen Mund ragen. Sie verfügen über starke, äußerst bewegliche Schwänze; doch sie oder ihre Vorfahren haben nichts Hündisches oder gar Äffisches.

Das Reich war keine politische Einheit im üblichen Sinne. Auch war Llanzlan Klazmon XV. kein wirklicher Herrscher. Der Titel ›Llanzlan‹ läßt sich ungefähr mit ›Direktor‹ übersetzen, und dafür hielt sich Klazmon auch.

Es trifft zu, daß seine Befehle ausgeführt wurden und daß er alle Gesetze tilgte, die ihm nicht behagten. Das mußte seiner Meinung nach so sein. Wie ließen sich in einer sich stets ausweitenden, sich stets verändernden Wirtschaft sonst die besten Zustände schaffen? Er wachte; so meinte und glaubte er, voller Vernunft und Güte und in aller Fairneß und im Einklang mit den Berechnungen der größten und kompliziertesten Computer des Universums über das Wohl aller seiner Untertanen. Aus diesem Grund war jeder, der nicht seiner Meinung war, automatisch im Irrtum.

Llurdias, die Hauptstadt Llurdiax' und des Reiches, hatte eine Bevölkerung von gut zehn Millionen und bedeckte etwa zwölfhundert Quadratkilometer. Genau in der Mitte der Stadt ragte der gewaltige, fast kilometerhohe Büropalast (das llurdische Wort ›Llanzlanat‹ hat keine irdische Entsprechung) des Llanzlan Klazmon XV. empor. Und im fünften Untergeschoß dieses Gebäudes saßen im großen Computersaal Klazmon und seine Berater.

Der riesige Saal, in dem alle Berichte aus dem Reich zusammenliefen, war zu drei Vierteln mit Empfängern, Aufzeichnungsgeräten und Analyseapparaten gefüllt, mit verwirrend komplizierten Instrumenten aller Art. Aus den meisten Geräten kamen Bänder, die von Hunderten von Spezialisten der verschiedenen Gebiete der llurdisch-jelmischen Wirtschaft überwacht wurden.

Klazmon XV. und seine Berater saßen an einem langen Konferenztisch in hartgepolsterten ›Stühlen‹ und kümmerten sich nicht um Routineangelegenheiten.

»Ich habe dieses Treffen anberaumt«, sagte der Herrscher, »damit wir einen Weg finden, die unerträgliche Situation zu beenden. Wie Sie alle wissen, leben wir in einer Verbindung zu den Jelmi, die man Symbiose nennen muß — mit Wesen, die so unausgeglichen, so unlogisch und im allgemeinen geistig so unzuverlässig sind, daß sie sich in einem Jahrhundert vernichten würden, wenn wir nicht sanft, aber entschlossen darauf bestünden, daß sie sich in allen Angelegenheiten ihres Vorteils bewußt sind. Diese Unausgeglichenheit ihres unlogischen Verstandes ermöglicht es ihnen jedoch gelegentlich, aus unzureichenden Daten vernünftige Schlußfolgerungen zu ziehen; etwas, das kein logischer Verstand vermag. Diese Schlußfolgerungen — eigentlich Intuitionen — stehen hinter praktisch allen Fortschritten, die wir Llurdi gemacht haben, und sind die Erklärung dafür, warum wir uns mit den Jelmi eingelassen haben — ja, warum wir sie schon so lange wohlwollend behandeln.«

Er hielt inne und überdachte die Beschreibung des Arrangements, die er gerade gemacht hatte. Er sah nichts Falsches daran.

»Was die meisten von Ihnen nicht wissen«, fuhr er fort, »ist die Tatsache, daß Intuitionen von praktischem Wert in letzter Zeit immer weniger häufig auftreten — nach den letzten Jahrzehnten und Jahrhunderten gerechnet. Es ist zwölf Jahre her, daß Jelm Jarxon die ›Jarxon‹-Frequenz sechster Ordnung fand — aber seither hat es keine interessante Intuition mehr gegeben. Beeloy, hat Ihre ausführliche Analyse neue interessante Tatsachen ergeben?«

Eine junge Frau stand auf, strich mit der Schwanzspitze das kurze Fell hinter ihrem linken Ohr zurück und sagte: »Nein, Herr. An Unlogik kann man nicht mit Logik herangehen. Statistische Analysen sind nach wie vor das einzig mögliche Werkzeug, das in diesem Fall nicht angewendet werden kann, da es keine Gewißheit bringt und da das gesuchte Genie nur in einem von vielen Milliarden Jelmi vorkommt. Ich bin jedoch auf die ziemlich hohe Wahrscheinlichkeit gestoßen — Null Komma neun neun neun und mehr —, daß die von unseren Vorfahren vorgegebenen Methoden falsch sind. Wir wollen zufriedene Jelmi heranzüchten, indem wir die Unzufriedenen vernichten — aber dadurch beseitigen wir wohl gerade die Eigenschaften, die wir eigentlich fördern wollen.«

»Vielen Dank, Beeloy. Diese Feststellung entspricht durchaus meinen Erwartungen. Kalton, Ihren Bericht über Projekt Universität bitte.«

»Jawohl, Herr.« Ein alter Mann, dessen Fell fast weiß war, stand auf. »Vierhundert männliche und dieselbe Anzahl von weiblichen Jelmi, die intelligentesten und fähigsten, die wir finden konnten, wurden hierher ins Llanzlanat geholt. Sie wurden in Quartieren untergebracht, die in jeder Hinsicht den Jelmi-Lebensbedingungen entsprachen, sogar hinsichtlich der Schwerkraft. Wir wollten die Wesen dadurch anregen und stellten ihnen alle Mittel zum Studium und zur Arbeit zur Verfügung und hofften, daß sie sich in diesem günstigen Klima fortpflanzen würden.

Zunächst zur Arbeit und zum Studium. Die Jelmi haben praktisch nichts getan. Sie verschwenden ihre Kraft auf Dinge, die sie ›Eskapismus‹ nennen — auf die Konstruktion von bekannten Dingen fünfter und sechster Ordnung —, die natürlich sofort wieder gelöscht werden. Sehen Sie sich selbst an, was die verrückten, unlogischen Unzufriedenen anstellen — daran erkennen Sie, daß das Projekt Universität in seiner jetzigen Form ein Fehlschlag ist, soweit es das Hervorbringen von Intuitionen angeht.«

Kalton ergriff mit den Daumen seiner linken Hand ein faustgroßes Gerät, und ein dreidimensionaler Bildrahmen erschien auf der Tischfläche — von allen Konferenzteilnehmern deutlich zu sehen. Dann begann Kalton die Kontrollen zu bedienen, und eine dreidimensionale Szene in naturgetreuen Farben erschien: eine sich stets verändernde Szene, die von Zimmer zu Zimmer wanderte, von Ort zu Ort.

Die Räume erinnerten äußerlich nicht an ein Gefängnis. Die Wohnräume, deren Zahl sich nach den Wünschen der Jelmi richtete, waren so luxuriös eingerichtet, wie es sich die Bewohner wünschten; mit Möbeln und Apparaten, die sich jeder einzelne selbst ausgesucht hatte. Herrliche Teppiche und Bilder waren zu sehen — Meisterwerke der Malerei und Bildhauerei, geschmackvoll gestaltete Kamine und Tische und Stühle und Sofas. In jedem Raum konnten Schwerkraft, Temperatur; Luftdruck und Feuchtigkeit individuell eingestellt werden. Innerhalb von fünfzehn Sekunden stand jedes gewünschte Nahrungsmittel und Getränk zur Verfügung — zu jeder Tages- und Nachtzeit.

In den herrlichen Laboratorien war jedes bekannte oder technisch darstellbare Gerät auf Anfrage verfügbar; die Speicherzellen der Bibliothek konnten in Sekundenschnelle jede Information liefern, die in der siebzigtausendjährigen Geschichte des Reiches dort aufgenommen worden war.

Außerdem gab es umfassend ausgestattete Spiel- und Übungsräume, von winzigen Kartenspielzimmern bis zu einem großen Fußballplatz, um jedem jelmischen Bedürfnis nachzukommen.

Aber nicht einer von den vielen hundert Jelmi schien diese Vorteile zu schätzen. Die meisten Labors lagen verlassen da. Die wenigen Wissenschaftler, die offenbar arbeiteten, hingen sinnlos scheinenden Beschäftigungen nach. Die Bibliothek wurde gar nicht benutzt; die Jelmi, die überhaupt lasen, hielten sich an Autoren ihrer Rasse — und an Liebesgeschichten, Kriminalromane und Zukunftserzählungen. Viele Jelmi schienen beschäftigt zu sein, doch ihre Tätigkeit wirkte absolut sinnlos.

»Diese bleichen, empfindlichen, praktisch haarlosen, widerlichen, unvollendeten, unlogischen und verrückten Biester weigern sich nachdrücklich, in irgendeiner Weise mit uns zusammenzuarbeiten.«

Jeder Erdenmensch hätte diesen Satz wütend ausgestoßen, aber der Llurdi äußerte ihn als schlichte Tatsachenbeschreibung. »Sie selbst sehen, daß der Versuch im Hinblick auf produktive Arbeit ... aber Moment mal!«

Der Visipunkt stockte und richtete sich auf einen jungen Mann und eine junge Frau, die sich über einen Tisch beugten und an zwei Stücken eines glatten gelben Materials arbeiteten. Die beiden Stangen hatten eine gewisse Ähnlichkeit mit Kambrik.

»Mergon und Luloy vom Planeten Mallidax«, sagte

Kalton in das Mikrophon. »Was tut ihr da? Warum seid ihr so weit von euren Laboratorien entfernt?«

Mergon richtete sich auf und starrte düster auf den Punkt, von dem aus die Stimme zu kommen schien. »Das geht dich gar nichts an, du komischer Kauz!« sagte er heftig. »Aber ich will es dir trotzdem sagen. Ich baue einen kurzlangen Dingsbums, und Luloy hat nichts damit zu tun. Wenn ich fertig bin, reiße ich dir persönlich das linke Bein ab und prügele dich damit zu Tode.«

»Sehen Sie?« wandte sich Kalton gelassen an die anderen Konferenzteilnehmer. »Diese Reaktion ist typisch.«

Er bediente seine Kontrollen, und beide Jelmi sprangen auf, die Hände auf ihre Hintern gepreßt.

»Eine Nervenpeitsche«, erklärte Kalton. Er ließ das Kontrollgerät sinken, und der dreidimensionale Bildrahmen verschwand. »Nichts Ernstes — nur ein paar blaue Flecken auf ihrer empfindlichen Haut. Die beiden Biester werden sich aber erst wieder richtig wohl fühlen, wenn sie dorthin zurückkehren, wohin sie gehören. Aber nun zum Abschluß meines Berichts.

Soviel zum Fehlschlag des Bereichs Arbeit und Studium. Mit der Fortpflanzung klappt es ebenfalls nicht, wenn sich diese Behauptung auch nicht so einfach demonstrieren läßt. Die Jelmi schieben einen emotionellen, unlogischen und lächerlichen Faktor als Vorwand vor — genannt ›Liebe‹. Hinzu kommt das unverständlich übertriebene und unerklärliche Streben der Jelmi nach ›Freiheit‹.«

Der Llanzlan sagte nachdenklich: »Aber dieses Problem läßt sich doch sicher mit künstlicher Befruchtung überwinden.«

»Offenbar nicht, Herr. In dieser Sache steckt ein nichtphysischer und unlogischer, aber doch wirksamer Faktor. Meine Assistenten und ich haben bislang keine Methoden entwickeln können, die mehr als nur kurzzeitige Schwangerschaften hervorbringen, die mit Abgängen oder Fehlgeburten enden.«

»Sie wollen etwas sagen, Velloy?« fragte Klazmon.

»O ja!« schaltete sich eine nicht mehr ganz junge Llurdi-Frau ein und schlug sich mit der Schwanzspitze auf den starr ausgestreckten Flügel. »Natürlich müssen die gewünschten Ergebnisse ausbleiben! Als Führende Soziologin habe ich schon vor fünf Jahren gesagt und wiederhole nun, daß kein Verstand von der jelmischen Leistungsfähigkeit durch solche primitiven äußerlichen Mittel gezwungen werden kann. Kalton hält sie für Tiere — für primitive Wesen. Ich habe schon vor fünf Jahren gesagt und bin immer noch der Meinung, daß das nicht zutrifft. Ihr Verstand ist zwar ausbalanciert und extrem unlogisch — besitzt aber dennoch eine gewaltige Kraft. Ich habe diesem Rat schon vor fünf Jahren gesagt, daß man die Jelmi nur auf einem Weg dazu bringen kann, Ideen oder Nachwuchs — oder beides — zu produzieren — und zwar muß man den Ausgewählten die Illusion völliger Freiheit geben. Da ich meine Aussage damals mathematisch nicht beweisen konnte, wurde meine Empfehlung abgelehnt. Zwar kann ich den Beweis auch heute noch nicht antreten, aber ich bin immer noch derselben Meinung, und ich wiederhole nun meine Äußerung und meinen Antrag.«

»Ihre Vermutung wird mit jedem Jahr wahrscheinlicher«, räumte der Llanzlan ein. »Kalton, haben Sie dazu noch etwas zu sagen?«

»Sehr wenig. Da das Projekt Universität offensichtlich fehlgeschlagen ist, sollten wir natürlich ...«

Kalton wurde durch eine gewaltige Explosion unterbrochen, gefolgt von einem lauten Krachen. Eine Wand des Sitzungssaals stürzte ein.

Ein Hauch jelmischer Luft wirbelte herein und umgab eine zielstrebige Gruppe von Jelmi in gelben Kombinationen und mit Gasmasken. Einige Eindringlinge feuerten mit Pistolen um sich, andere schleuderten

Messer, und sie alle schützten acht Jelmi, die eine große Anlage sechster Ordnung mit Bomben bewarfen — den Computerkomplex, der das eigentliche Nervenzentrum des ganzen Reiches darstellte.

Die Jelmi — die eine menschliche Rasse waren — hatten sich nur zur Täuschung mit Phänomenen fünfter und sechster Ordnung beschäftigt; ihre eigentliche Arbeit hatte Effekten erster Ordnung gegolten, die so alt waren, daß man sie praktisch schon vergessen hatte.

Der Plan der Jelmi war sehr einfach: Dreißig Männer und dreißig Frauen sollten das Zentral-Computersystem des Reiches zerstören. Die Überlebenden der sechzig sollten dann nach Möglichkeit zu ihren Artgenossen stoßen, ein bereits ausgewähltes llurdisches Kundschafterschiff erobern und mit Maximalbeschleunigung starten.

Es war durchaus wahrscheinlich, daß ein Großteil und vielleicht sogar alle sechzig sterben würden. Aber die sechzig waren durchaus bereit, ihr Leben für die Vernichtung der Anlage sechster Ordnung einzusetzen, damit siebenhundertundvierzig andere Jelmi von Llurdiax fliehen konnten.

Theoretisch mußte die erste Phase des Unternehmens Erfolg haben; das Nervenzentrum des Reiches hätte in winzige Bruchstücke zersprengt werden müssen. Die Jelmi wußten genau, was sie wollten. Sie wußten, daß der Vorteil der Überraschung auf ihrer Seite lag, und sie waren sicher, daß dem ersten Augenblick des Schocks eine Sekunde der Verwirrung folgen würde — genug Zeit, um ihren Plan in die Tat umzusetzen.

Aber die Jelmi hatten noch nie einen Llurd in Bedrängnis erlebt, sie wußten nicht, wie schnell so ein Wesen reagieren konnte. Sie ahnten nicht, daß ein absolut logisch arbeitender Verstand durch nichts überrascht werden kann, so ungewöhnlich es auch sein mag.

Brüllend, schießend, zustoßend, um sich hackend —

so stürzten sich die Jelmi in den Kampf — doch sie lösten keine Lähmung und keine Verwirrung aus. Die Llurdi reagierten mit wild schlagenden Flügeln, zukkenden Schwänzen, zupackenden Zähnen und harten, geschickten Fäusten und Füßen.

Viele Bedienungen des Computers warfen sich den Bomben in der Luft entgegen und schleuderten sie durch die eingestürzte Wand in den Korridor hinaus, wo sie harmlos explodierten.

Zwei Messer bohrten sich bis zum Heft in die gewaltigen Flugmuskeln des Llanzlans. Sein linker Flügel hing schlapp herab. die Knochen waren durch Kugeln zerschmettert worden. Auch der rechte Arm war nicht mehr zu gebrauchen. Doch er schnellte an seine Kontrollen — und im nächsten Augenblick war der Kampf vorbei.

Energiestrahlen zuckten vor und fesselten die Menschen an Ort und Stelle. Energievorhänge fielen herab, drängten die Jelmi zu einer engstehenden Gruppe zusammen. Eine undurchdringliche Membrane aus Energie umschloß die jelmische Luft.

Nachdem der Llanzlan seine Wunden besichtigt und einen Blick auf die Ärzte geworfen hatte, die sich um seine ernsthafter verwundeten Artgenossen kümmerten, setzte er sich wieder an das Kopfende des Tisches.

»Die Konferenz geht weiter«, sagte er ruhig. »Die Plätze der toten Abteilungsleiter werden von deren ersten Assistenten eingenommen. Alle Abteilungsleiter machen sich jetzt Notizen und handeln entsprechend. Da das Projekt Universität ein Fehlschlag gewesen ist, wird es sofort eingestellt. Alle Jelmi — wie ich sehe, ist keiner der Anwesenden tot oder schwer verwundet — werden an Bord des Schiffs gebracht, mit dem sie Llurdiax verlassen wollten. Sie sollen alle Vorräte, Geräte und Ausrüstung erhalten, die sie haben wollen, und dürfen dann nach jedem gewünschten Ziel starten.«

Er musterte die gefangenen Jelmi und fuhr fort: »Die Sitzung ist unterbrochen, damit sich die Verwundeten versorgen lassen können. Danach wollen wir im einzelnen die Mittel besprechen, mit denen wir die Jelmi dazu bringen wollen, weitere wissenschaftliche Durchbrüche zu erzielen.«

Kapitel 3

Einige Stunden später raste das ehemalige llurdanische Kundschafterschiff — das nun nach dem bevölkerungsreichsten Jelmi-Planeten des Reiches *Mallidax* getauft worden war — mit hoher Geschwindigkeit durch das All. Seine Mannschaft aus ehemaligen Revolutionären, die noch immer verblüfft waren, daß sie überhaupt lebten, begann sich langsam von ihrem Schock zu erholen.

In einer der größten und luxuriösesten Kabinen lag Luloy aus Mallidax auf einem großen Bett und schluchzte verzweifelt. Ihr linkes Auge war zugeschwollen. Die linke Seite ihres Gesichts und der größte Teil ihres nackten Körpers wiesen dunkle Flecke auf — Prellungen, die über die Wirkung von Kaltons Nervenpeitsche weit hinausgingen. Ein Dutzend Bandagen hob sich weiß von der braunen Haut des Mädchens ab.

»Komm, beruhige dich, Lu!« sagte Mergon fast brüsk. Er war ein stämmiger junger Mann mit kurzgeschnittenem strohfarbenen Haar, und auch er war nicht ohne Wunden aus dem Kampf hervorgegangen. Sein Körper war womöglich noch mehr in Bandagen gehüllt. »Nun tu nicht so, als wolltest du die Märtyrerin spielen! Die Llurdi können sich das auf eine Platinplatte gravieren lassen, daß ich verdammt froh bin, lebend aus der Sache herausgekommen zu sein!«

Das Mädchen unterdrückte ihr Schluchzen, richtete sich in eine halb sitzende Stellung auf und starrte den Mann mit ihrem unverletzten Auge aufgebracht an.

»Du ... du Dummkopf!« rief sie. »Darum geht es ja gar nicht! Und das weißt du so gut wie ich! Es ist nur ... wie ... sie ... er ... kein einziger von *denen* hat auch nur einen Gedanken ... also für die hätten wir genausogut Moskitos sein können — winzige Bazillen, die man vernichten muß!«

»Genau«, sagte er mürrisch, und sie sah ihn überrascht an. »Genau das waren wir ja auch. Der Gedanke ist beschämend, ja enttäuschend und niederschmetternd. Wir haben versucht, die Llurdi entscheidend zu treffen, aber sie haben uns einfach ausgeschaltet und ignoriert. Ich gebe zu, daß mir das nicht mehr gefällt als dir; aber Gejammer und Selbstmitleid helfen uns da nicht weiter ...«

»*Gejammer! Selbstmitleid!* Wenn du das annimmst, kannst du ...«

»Hör auf, Lu!« unterbrach er sie heftig, »ehe ich dir noch das Hinterteil versohlen muß!«

Sie warf trotzig den Kopf in den Nacken, aber dann zuckten plötzlich ihre Mundwinkel. »Mein Hinterteil ist allerdings schon ziemlich mitgenommen. Die Konsole, auf die ich gefallen bin, war kein Kissen, mein Freund.«

»Liebling!« Er beugte sich über sie und küßte sie vorsichtig. »Du hast mir einen ganz schönen Schrecken eingejagt! Wir brauchen dich ja zu sehr — und ich liebe dich zu sehr —, als daß du mir jetzt durchdrehen dürftest. Besonders jetzt, wo wir zum erstenmal in unserem Leben die Chance haben, selbständig etwas zu unternehmen.«

»Was denn?« fragte Luloy tonlos. »Wie viele Angehörige unserer Rasse sind denn eine Rettung wert — was meinst du? Wie viele Jelmi auf allen unseren Welten kann man überzeugen, daß ihr jetziges Leben alles andere als vollkommen ist?«

»Wahrscheinlich nur sehr wenige«, räumte Mergon ein. »Jedenfalls im Augenblick. Aber ...«

Er hielt inne und sah sich um. Das Raumschiff, das zu den besten der Llurdi gehört hatte, mochte ihnen noch einige Überraschungen bescheren. Man mußte feststellen, ob die Llurdi Überwachungsgeräte in den Kabinen

angebracht hatten. Aber Mergon rechnete eigentlich nicht damit. Die Llurdi arbeiteten mit umfassenderen Mitteln.

»Hör zu«, sagte er. »Wir wollten unsere Freiheit erkämpfen, indem wir die Llurdi entscheidend trafen — im Zentrum ihrer Macht. Die Schlacht haben wir verloren. Aber wir haben doch erreicht, was wir haben wollten, nicht wahr? Warum haben sie uns wohl laufen lassen?«

Luloys Augen begannen zu blitzen. »Das ist doch ganz einfach. Da sie uns nicht dazu bringen können, in der Gefangenschaft neue Theorien oder Kinder hervorzubringen, geben sie uns etwas, das die absolute Freiheit sein soll, damit wir doch noch die gewünschten Ergebnisse bringen. Für wie dumm halten uns die Llurdi eigentlich? Wie blöd können sie sich noch anstellen? Wenn wir ihre Spionageanlagen hätten vernichten können, wäre eine Flucht vielleicht möglich gewesen — zu einem Planeten in einer anderen Galaxis, außerhalb der Reichweite ihrer Instrumente. Aber jetzt? Wenn ich mich nicht sehr täusche, haben sie uns einen Spürstrahl angehängt, der natürlich so schwach ist, daß er kaum festgestellt werden kann. Und das Ding werden wir so schnell nicht wieder los.«

»Du hast wahrscheinlich recht«, sagte Mergon und schwieg. Luloy blickte ihn fragend an, und er fuhr fort: »Du hast sogar ganz bestimmt recht, aber ich glaube nicht, daß es die Llurdi auf uns abgesehen haben. Wahrscheinlich unternehmen sie diesen neuen Versuch sehr langfristig — sie hoffen, daß wir in einer lebenslangen Illusion der Freiheit aus freien Stücken Kinder in die Welt setzen.«

Luloy nickte nachdenklich. »Und dazu würde es ja auch wohl kommen«, sagte sie entschlossen. »Bei uns allen. Denn wenn wir an Bord dieses Schiffs kinderlos sterben, welche Chance besteht dann, daß andere Jelmi jemals einen ähnlichen Versuch unternehmen? Und unsere Kinder bekämen vielleicht eine Chance, auch wenn sich für uns keine Gelegenheit mehr ergäbe.«

»Richtig. Aber wie viele Generationen dauert es andererseits, bis sich bekannte Tatsachen zu Mythen entwickeln? Bis sie völlig in Verruf gekommen sind, auch wenn wir über Wahrheitsgehalt und drohende Gefahren die beweiskräftigsten Unterlagen erstellen?«

Luloy biß sich vorsichtig auf die Lippen. »Ich verstehe, was du meinst. Diese Entwicklung ist unvermeidlich. Aber da du nicht besonders bedrückt bist, hast du offenbar schon eine Idee. Erzähl's mir schnell!«

»Ja, aber der Gedanke ist mir eben erst gekommen. Ich weiß also noch nicht, ob der Plan überhaupt funktioniert. Im Augenblick läßt sich ein Durchbruch in die sechste Ordnung nicht verheimlichen, auch wenn wir nur sehr oberflächlich bewacht werden. Habe ich recht?«

Luloy hatte ihre Schmerzen vergessen. Sie nickte mit blitzenden Augen. »O ja! Meinst du, daß man das umgehen kann? Wie denn?«

»Indem wir irgendwo ein Sonnensystem finden, dessen Bewohner so viel mehr wissen als wir, daß ihre ständigen oder regelmäßigen Abstrahlungen sechster Ordnung unsere eigenen Versuche überdecken.

Irgendwo in diesem Universum muß es eine solche Rasse geben. Die Llurdi haben das Universum vor langer Zeit kartographisch erfaßt — sie nennen es Primär-U —, und ich habe Kopien aller Bänder angefordert. Zweitens denken die Llurdi strikt logisch. Richtig?«

»Jawohl«, sagte das Mädchen. »Strikt. Fast unglaublich logisch, könnte man sagen.«

»Also schlage ich vor, daß wir etwas möglichst Unlogisches tun. Die Llurdi werden annehmen, wir suchen einen neuen Planeten, den wir besiedeln wollen — in dieser Galaxis oder in einer anderen, die nicht allzu weit entfernt ist. Aber das tun wir nicht. Wir fliegen mit Maximalbeschleunigung auf das Zentrum des Universums zu und schicken unsere empfindlichsten Ortungsstrahlen auf die Suche nach starken Wellenausstrahlungen sechster Ordnung. Unterwegs verwenden wir jedes Gramm Gehirnmasse hier an Bord, um eine neue Frequenz sechster Ordnung zu entwickeln, wobei wir natürlich so wenig Energie benutzen, daß die Eigenstrahlung des Schiffs unsere Versuche überdeckt. Wenn wir das richtige Versteck gefunden haben, machen wir uns mit voller Kraft an die Arbeit und bauen etwas, das die Llurdi nicht besitzen und mit dem wir Llanzlan Klazmon XV. von seinem Thrönchen stoßen können. Und wenn seine Allmächtigkeit dann in üblicher Weise absolut logisch reagiert, was würde er tun?«

Luloy überlegte schweigend einige Sekunden lang und versuchte dann mit ihren geschwollenen Lippen zu pfeifen. »Oh, Mann!« rief sie entzückt. »Wenn wir ihm mit einer solchen Waffe kommen, wenn wir ihm unsere Überlegenheit beweisen, ist der Kampf sehr fix vorbei. Er ist ja strikt logisch; also würde er sofort auf sämtliche Forderungen eingehen — volle Gleichheit und Unabhängigkeit, was immer wir wollen. Und zwar ohne Kampf, ohne Widerstand!«

Grinsend nahm Mergon sie am Arm und führte sie aus dem Raum. Überall im großen Llurd-Schiff begannen sich die anderen abgekämpften Jelmi zu regen. Mergon erklärte ihnen seinen Plan und steckte sie mit seiner Begeisterung an. Sofort machte man sich an die Ausarbeitung der weiteren Pläne.

Zuerst ging es darum, irgendwo einen Planeten zu finden, der ausreichende Strahlen sechster Ordnung absonderte, um das Vorhaben der Jelmi abzuschirmen. In der riesigen Leere des Universums gab es viele geeignete Welten. Die Jelmi hätten die Heimat der Norlaminer oder Dasorier auswählen können, sie hätten sich auch für einige Dutzend andere Welten entscheiden können, die ziemlich in der Nähe lagen. Aber schließlich fiel ihre Wahl auf den dritten Planeten eines ziemlich kleinen Sterns vom G-Typ, auf einen Planeten, der von seinen Bewohnem Terra, Tellus oder auch Erde genannt wurde.

Die Jelmi hätten viele Gründe nennen können, warum gerade diese Welt bestimmt wurde.

Aber keiner dieser Gründe hätte mit dem Empfang des kurzen telepathischen Impulses zu tun gehabt, an den sich keiner der Jelmi mehr bewußt erinnerte.

Auf Llurdiax verfolgte der Llanzlan den Flug des Schiffs mit Gelassenheit.

Seine großen Fledermausflügel heilten bereits, während die Beschädigungen am Hauptquartier von fleißigen Servogeräten repariert wurden.

Ohne sich um den Lärm und das Durcheinander ringsum zu kümmem, ohne auf die heilenden Wunden zu achten, die jeden Menschen einen Monat lang ans Bett gefesselt hätten, rief der Llanzlan erneut seine Abteilungsleiter zusammen und gab neue Befehle:

»Der Krieg, der rein destruktiv ist, muß als Frucht des Wahnsinns bezeichnet werden. Die Jelmi sind aber geistig nicht gesund, die Mehrzahl von ihnen muß als hochgradig geistesgestört eingestuft werden. Wenn man diesen Wesen ihren Willen läßt, stürzen sie sich oft willkürlich und aus unverständlichen Gründen in einen Krieg. Da unsere bisherigen Methoden sich als wirkungslos und daher falsch erwiesen haben, werden sie ab sofort geändert. Während der Gültigkeitsdauer dieser Anweisung werden keine Jelmi mehr hingerichtet oder kastriert; ja, ein gewisses Wahnsinnsdenken soll nicht nur toleriert, sondern sogar gefördert werden, auch wenn dies zu der Tollheit führen kann, die sie ›Krieg‹ nennen. Dabei dürfen die Ausschreitungen aber nicht mehr als höchstens drei Jelmi-Planeten kosten.

Diese Politik birgt natürlich die Gefahr, daß wir als ›Unterdrücker‹ der Jelmi angegriffen werden. Die Größe dieser Gefahr, die Wahrscheinlichkeit eines solchen Angriffs läßt sich mit den verfügbaren Daten nicht berechnen. Auch werden diese Daten durch die absolute Willkürlichkeit im Verhalten jener Jelmi weiter entwertet, die wir vor kurzem freigelassen haben.

Es wird deshalb befohlen, daß besonders im Bereich der Technologie fünfter und sechster Ordnung alle nötigen Schritte unternommen werden, um jeden auch nur theoretisch möglichen Angriff auf diesen Planeten abzuschlagen.

Die Sitzung ist beendet.«

Schon eine Viertelstunde später begannen die ersten Arbeiten — Arbeiten, die mit einer Geschwindigkeit und in einem Umfang durchgeführt werden sollten, wie sie in der langen Geschichte des Reiches bisher unbekannt waren. Ganze Asteroiden wurden eingeschmolzen und ihrer Mineralien und Erze beraubt, die in riesigen atomaren Raumschmieden zu gewaltigen Angriffs- und Verteidigungsmaschinen verarbeitet wurden. Empfindliche Strahlennetze umgaben jede von Jelmi und Llurdi bewohnte Welt. Die Geräte waren bereit, jedes sich nähernde Gebilde zu orten, aufzuspüren, zu melden und zu verfolgen. Waffen, die ganze Welten vernichten konnten, nahmen ihren Platz in gigantischen planetenumspannenden Verteidigungsanlagen ein.

Die Llurdi machten sich auf alles gefaßt.

Die llurdischen Berechnungen stimmten immer. Aber Computer sind eigentlich gar nicht klug — sie können eben *nur* logisch denken. Im Gegensatz zum menschlichen Gehirn können sie aus unzureichenden Daten kein befriedigendes Ergebnis ableiten — was sie auch gar nicht versuchen. Genügen die eingegebenen Tatsachen nicht, stellen sie die Arbeit ein und warten auf weitere Angaben.

Zwar gaben der Llanzlan und seine Mathematiker und Logikfachleute genügend Daten ein, aber es blieben doch viele Tatsachen außer Betracht, die damals noch keinem Llurdi bekannt waren. Und die Ergebnisse der Computer waren zwar richtig, aber leider unvollständig; sie entsprachen bei weitem nicht der ganzen Wirklichkeit.

Denn in Wirklichkeit hatte bereits eine Kette von Ereignissen begonnen, die die mächtigen Festungen so wirksam außer Kraft setzen sollten, daß man sie praktisch gar nicht hätte zu bauen brauchen.

Kapitel 4

Die Gefahr, die die Llurdi bedrohen sollte, kam von einer Rasse, die die Menschheit für vernichtet hielt. Wenn Richard Seaton, der unzählige Parseks entfernt an der Sicherung der Erde arbeitete, davon berichtet worden wäre, hätte er die Geschichte geradeheraus als Lüge bezeichnet. Er müßte es wissen, hätte er gesagt. Diese Gefahr für den Frieden im All war vor langer Zeit gebannt worden — und zwar von ihm!

Als der Planet der Fenachroner explodierte, nahm man an, daß Ravindau und seine Anhänger aus der Partei des Aufschubs der Universalen Eroberung, die unmittelbar vor der Vernichtung fliehen konnten, die letzten überlebenden Mitglieder der monströsen Rasse gewesen waren. Als sie ebenfalls vernichtet wurden, ging Seaton davon aus, daß kein Fenachroner mehr am Leben war.

Diese Annahme stimmte aber nicht. Es gab in der Partei des Aufschubs eine andere Gruppe, die größer war als die von Ravindau geführte — eine Gruppe, die außerdem viel besser organisiert war und ihre Arbeit wirksamer geheimhalten konnte.

Ihr Führer, ein Mann namens Sleemet, war ein fähiger Wissenschaftler, der sich sein Leben lang bemüht hatte, seinen Namen und seine Befähigung geheimzuhalten, so daß nur einige ausgewählte Freunde über ihn Bescheid wußten. Er war nicht minder patriotisch als alle anderen Fenachroner; auch er war davon überzeugt, daß die Fenachroner eines Tages nicht nur dieses Universum, sondern den gesamten Kosmos beherrschen würden. Aber er war ebenso fest davon überzeugt, daß der große Kampf erst eingeläutet werden durfte, wenn der Erfolg des Projekts über jeden Zweifel feststand.

Nach Sleemets klarer Analyse war die Wahrscheinlichkeit eines praktisch hundertprozentigen Erfolgs erst in etwa dreihundert fenachronischen Jahren zu erwarten.

Von dem Tag an, da Fenor den Thron bestieg, war Sleemet davon überzeugt gewesen, daß dieser Herrscher, der sogar für einen Fenachroner ungewöhnlich störrisch, im Grunde unwissend und überdurchschnitdich hochmütig war, den großen Tag während seiner Regierungszeit ansetzen würde — Jahrhunderte vor dem richtigen Zeitpunkt.

Sleemet hatte sich also seit gut fünfzig Jahren auf die unausweichliche Katastrophe vorbereitet, die dann ja auch prompt eintrat.

Nachdem er sich die ersten Worte des Ultimatums angehört hatte, das Samer Carfon von Dasor dem Herrscher im Auftrag des Oberherrn Seaton und seiner Streitkräfte für den Universalen Frieden übermittelte, setzte Sleemet sofort ein Signal ab.

Noch ehe Ravindaus Anhänger ihr Schiff zu besteigen begannen, stand Sleemets Flotte aus siebzehn Großschlachtschiffen tief im All und raste mit voller Beschleunigung des Antriebs fünfter Ordnung von dem zum Tode verurteilten Planeten fort.

Zum Tode verurteilt? Ja, Sleemet wußte weitaus mehr über die Kräfte sechster Ordnung als irgendein anderer Angehöriger seiner Rasse. Auch war er als einziger in den Grundzügen über den Oberherrn des Zentralsystems informiert; er wußte, wer dieser Oberherr war und was der Mann geschafft hatte. Er, Sleemet, hatte keine Lust, sich mit Richard Ballinger Seaton einzulassen. Weder jetzt noch später.

Fenor war auch wirklich zu dumm! Da man jetzt einen völlig neuen fenachronischen Planeten finden mußte, zögerte sich die Große Eroberung noch länger als dreihundert Jahre hinaus!

Zwar wußte Sleemet mehr über die Strahlen sechster

Ordnung als Ravindau, aber er hatte noch keinen entsprechenden Antrieb zur Verfügung. Er und seine Wissenschaftler und Techniker brauchten noch mehrere Monate, um eine Apparatur sechster Ordnung zu entwickeln und zu vervollkommnen. So stand die Flotte noch in der Ersten Galaxis, als sie schließlich den Antrieb umstellte und ihre Reise richtig begann — auf einem Kurs, der darauf angelegt war, die fernsten Galaxien des Ersten Universums zu erreichen und der daher bis auf einige hunderttausend Parsek an die Galaxis heranführte, in der das Reich der Llurdi lag.

Wie schon angedeutet, nahmen die Llurdi alles sehr wörtlich. Wenn der Llanzlan einen Befehl gab, so war dieser bis zum letzten Buchstaben auszuführen.

Als Llanzlan Klazmon befahl, es sollten Verteidigungseinrichtungen geschaffen werden, die ›jeden theoretisch möglichen Angriff auf den Planeten‹ abwehren konnten, meinte er genau, was er gesagt hatte — und entsprechend verfuhren die Techniker. Und die Ausführung des Befehls dauerte gar nicht mal lange — schließlich besaß man Projektoren vierter und fünfter Ordnung und kannte auch schon einige Grundbegriffe der sechsten Ordnung.

Der gesamte, fast zweihundert Kilometer lange Umkreis Llurdias' und ein weites Gebiet außerhalb der eigentlichen Stadt wurde mit gewaltigen Festungen abgeriegelt, von denen jede gegen alle Angriffe gerüstet war, denen der riesige Computerkomplex eine Wahrscheinlichkeit von mehr als Null Komma null null null eins gab.

Jede Festung war fünf Morgen groß und schmiegte sich flach an den Boden. Jede bestand aus superhartem Synthetikmetall und besaß siebenundzwanzig hochaufragende blitzableiterähnliche Spitztürme aus demselben Material. Festung und Türme waren durch in den Fels geschmolzene Röhren miteinander verbunden, und die Außenwandung der Festung führte bis tief in den

Boden. Die Festungen waren außerdem mit Antennen aller Formen und Arten versehen und mit unzähligen, schwer isolierten Projektoren bewaffnet.

Und die llurdischen Orter griffen tief in das All hinaus. Jelm Mergon hatte lange vor seinem vergeblichen Ausbruchsversuch eine miniaturisierte Monitorstation entwickelt, die jedes Signal fünfter oder sechster Ordnung bis zu einer Entfernung von vielen Kiloparseks auf gezielter Bündelfrequenz orten, verstärken und weitergeben konnte.

Hunderte dieser ›Mergons‹ schwebten bereits im freien All. Jetzt wurden diese Geräte in Gruppen von tausend hergestellt und zu Hunderten von Llurdiax ausgeschickt, um hintereinandergeschaltet nicht nur die llurdische Galaxis, sondern auch einen Großteil der intergalaktischen Leere ringsum abzudecken.

Die fenachronische Flotte raste mit der atemberaubenden Geschwindigkeit sechster Ordnung durch den intergalaktischen Raum. Die Ortungsschirme vierter, fünfter und sechster Ordnung wirkten auf große Entfernung — das Wort ›groß‹ ist hier durchaus im astronomischen Sinne gemeint. Die Strahlen sollten nicht nur die kleinste Gaswolke, sondern auch jede denkbare Äußerung auf den bekannten Frequenzen dieser Ordnungen registrieren. Ähnliche Orter wirkten zur Seite, so daß die Flotte praktisch von einem halbkugelförmigen Ortungsschirm umgeben war, dem nichts entgehen konnte.

Als sich diese Flotte nun einer ›steuerbords‹ liegenden Galaxis näherte — dieser Begriff galt mit Einschränkungen auch in der Weltraumfahrt —, sprachen sofort zwei Ortungsgeräte an.

Der massige Offizier gab das Signal weiter, und Sleemet trat sofort in Aktion. Er schaltete den riesigen Projektor fünfter Ordnung seines Flaggschiffs ein.

Die Ortung konnte nur eins bedeuten. Es gab dort in der Galaxis mindestens ein Sonnensystem mit Wesen, die zumindest die Kräfte fünfter Ordnung beherrschten. Sie mußten vernichtet werden — es sei denn, sie waren mit dem gefährlichen Oberherrn des Zentralsystems der Ersten Galaxis verbündet oder gehörten zu seinen Streitkräften. Aber in dieser gewaltigen Entfernung war die Wahrscheinlichkeit verschwindend gering.

Natürlich mochten die Unbekannten auch Waffen sechster Ordnung haben. Die Tatsache, daß solche Geräte im Augenblick nicht im Betrieb waren, schloß die Möglichkeit nicht aus.

Im Gegensatz zum seligen Fenor war er, Erster Wissenschaftler Sleemet, nicht absolut davon überzeugt, daß die Fenachroner die fähigsten, intelligentesten und mächtigsten Lebewesen der Schöpfung waren. Er wollte der Sache nachgehen, doch er würde Vorsicht walten lassen.

Die Projektionen der Fenachroner waren Energiestrukturen auf schmalen Trägerwellen. Sie waren im Ruhezustand praktisch nicht zu orten, es sei denn durch direkte Anpeilung und gezielte Anzapfung. Sleemet war hiervon fest überzeugt — gleichgültig, ob sich die Projektion über, auf oder unter der Oberfläche des Zielplaneten befand und obwohl dieser Planet so weit entfernt war, daß das Licht viele Jahrtausende brauchte, um die Strecke einmal zurückzulegen.

Die Ausstrahlungen seines von kosmischer Energie gespeisten Antriebs sechster Ordnung waren allerdings etwas anderes. Sie ließen sich nicht vermindern oder abschirmen und konnten von den Unbekannten mühelos aufgespürt werden ... Ja, eine Erkundung änderte am Grundzustand nichts.

Und tatsächlich — die Abstrahlung der fenachronischen Flotte war bereits geortet worden.

Ein vorgeschobener Mergon hatte die Impulse erfaßt und die Meldung an seinen zweiten Mergon weitergegeben, der über ein drittes Gerät schließlich einen

Alarm im Hauptcomputer auf dem fernen Llurdiax ausgelöst hatte.

Im Großen Computersaal hatte ein Abteilungsleiter den Hebel bedient, der die ungewöhnliche Information an seinen unmittelbaren Vorgesetzten weitergab. Oberaufseher Klarton hatte sich beim Anblick des Impulses mit der Schwanzspitze am linken Ohr gekratzt (ein ungewöhnliches Zeichen der Erregung bei einem Llurd). Er starrte auf das reglose Stück Band, als wolle es ihn beißen.

Was sollte er tun? Sollte er den Llanzlan stören, oder nicht?

Ein typischer Grenzfall. Wenn er nichts tat, und hinter dem Impuls steckte etwas Wichtiges, hatte er sich die Schwanzspitze versengt und wurde degradiert. Aber wenn er etwas unternahm, und die Sache brachte nichts, lief es auf dasselbe hinaus. Was immer es war, die fremde Erscheinung war ja noch so schrecklich weit entfernt ...

Ja, das war's! Am besten wartete er noch einige Sekunden lang ab — um die genaue Entfernung, Flugrichtung, Geschwindigkeit und so weiter zu bestimmen. Dann konnte er immer noch beim großen Chef Meldung machen. So war für alle Eventualitäten vorgesorgt.

Auf diese Weise hatte Sleemet Zeit, eine Analysynth-Projektion loszulassen.

Er fand ein Sonnensystem mit zwei hochindustrialisierten Planeten, von denen einer eine kühle, der andere eine kalte Atmosphäre besaß. Eine Welt war von den verdammenswerten menschenähnlichen Wesen bewohnt, die andere von einer Rasse, die noch monströser war und daher nach seiner Meinung und Einstellung noch weniger Recht auf Leben hatte.

Sleemet studierte die Planeten und ihre Bewohner schnell, aber gründlich, und je mehr er sich damit beschäftigte, desto mehr verachtete er sie. Sie besaßen keine Kriegsschiffe und keine Festungen über oder unter dem Boden, nicht einmal Geschosse! Die Wesen konzentrierten sich völlig schwachsinnigerweise auf Dinge des *Friedens!* Betrieben Musik, Kunst und dergleichen Unsinn.

Nachdem alle Einzelheiten aufgezeichnet worden waren — einschließlich des Kauderwelsch, das von verschiedenen Kommunikationssatelliten gesendet wurde, zog Sleemet seinen Analysynth ein und schickte eine volle Projektion aus.

Er hatte bereits große Vorräte an fertigen Energieuranschienen auf beiden Planeten entdeckt. Ohne sich um die Fremden zu kümmern, machte er sich mit der üblichen phantastischen Geschwindigkeit und in völliger Gelassenheit daran, auf jeder der beiden zum Untergang verurteilten Welten sechs gewaltige Pyramiden aus superatomarem Explosivstoff zu errichten. Er stellte vierundzwanzig äußerst komplizierte und sorgsam gezielte Kräfte zusammen und schickte sie auf die Reise. Dann starrte er verächtlich in einen fast völlig verdunkelten Visischirm und drückte einen Auslöser — und in Sekundenschnelle verwandelten sich die beiden Planeten in zwei gleißende Feuerbälle.

Und fast acht Milliarden unschuldige intelligente Wesen starben in dieser katastrophalen Vernichtung zweier Welten. Praktisch niemand bekam mit, was hier geschah. Einige wenige Wachoffiziere in interplanetarischen Raumschiffen konnten die Katastrophe verfolgen und hatten einige Sekunden Zeit, sich auf das Kommende vorzubereiten; aber wie später bekannt wurde, hatten nur drei Offiziere Gelegenheit, ihren überlichtschnellen Antrieb zu aktivieren und vor der vernichtenden Strahlenfront zu fliehen.

Kosmisch gesehen waren die Explosionen nicht weiter bedeutsam. Sie dauerten nicht sehr lange. Von der Planetenmasse wurden nur geringe Teile abgelöst, der Rest war praktisch nur geschmolzen. Als das Gleichgewicht wiederhergestellt war, schimmerten die Welten nicht wie Sonnen, sondern glühten dunkelrot.

Sleemet legte sich in aller Ruhe seinen nächsten Schritt zurecht.

Die Tatsache, daß er fast acht Milliarden Lebewesen ermordet hatte, bekümmerte ihn nicht im geringsten; er dachte sich die Tat in keiner Weise als Mord oder Tötung. Wenn er überhaupt an seine Tat gedacht hätte, wäre ihm allenfalls das Wort ›Ungeziefervertilgung‹ eingefallen. Eines Tages würde jeder Planet des Kosmischen Ganzen der Führenden Rasse gehören; keine andere Rasse hatte das Recht zu leben, nur die allerbeste.

Sollte er den Kommunikationsstrahlen folgen und die anderen Planeten dieser Gruppe vernichten? Am besten nicht, überlegte er. Dazu würde er die Beschleunigung mindern und vielleicht sogar den Kurs ändern müssen; und es war durchaus möglich, daß er sich noch in Reichweite der Waffen sechster Ordnung des Oberherrn befand. Außerdem konnte diese Gruppe seltsam zusammengewürfelter Wesen warten. Sobald er einen geeigneten fenatypischen Planeten gefunden und entwickelt hatte, wollte er zurückkehren und diese unwichtige Arbeit beenden.

Aber kurz nach dieser Entscheidung sollte Sleemet erkennen, daß er die neu entdeckte Zivilisation bei weitem nicht gründlich genug erkundet hatte, denn sein Schiff wurde von derart gewaltigen Kräften angegriffen, daß sein schnell reagierender Außenschirm abrupt ins Violette strahlte!

Und ehe er mehr tun konnte, als eine Hand an die Kontrollen zu legen, zeigte der Schirm die ersten schwarzen Flecken!

Im großen Computersaal auf Llurdiax stellte plötzlich eine ganze Instrumentenbatterie den Betrieb ein. Der Aufseher dieser Abteilung bediente zwei Testschalter und untersuchte dann die letzten Zentimeter zweier Aufzeichnungsbänder. Dann hielt er verblüfft inne — etwas, das einem Llurd nur selten passierte.

Schließlich fuhr er sich mit der Zunge über die Lippen und sprach ins Leere: »Llanzlan Klazmon, Herr. Blaydaxorb Drei und Blaydaxorb Fünf haben gleichzeitig zu melden aufgehört, vor elf Sekunden. Die Kreisbahn-Pyrometer beider Planeten melden am Endpunkt der Sendungen thermonukleare Temperaturen. Ende des Berichts, Herr.«

Der Aufseher verzichtete auf weitere Erläuterungen.

Er war zwar schockiert, weil er solche Katastrophen nicht für möglich gehalten hatte, aber es war nicht seine Aufgabe, Bemerkungen zu machen oder Schlußfolgerungen zu ziehen. Seine Pflicht bestand einzig und allein darin, seinen Vorgesetzten alle wesentlichen Tatsachen eines ungewöhnlichen Ereignisses oder Zustands zu melden.

Da dieser Vorfall einzigartig und von nicht zu ermessender Bedeutung war, hatte er sich weisungsgemäß direkt an die böchste Instanz gewandt und hatte auf diese Weise die Meldung von Oberaufseher Klarton überholt, die noch nicht fertig war.

Nachdem er die Neuigkeit losgeworden war, beruhigte sich der Aufseher wieder und setzte seinen Dienst fort. Er kümmerte sich nicht weiter um den Zwischenfall, auch als der Llanzlan, der sich von seiner Verwundung wieder erholt hatte, in die Halle flog und sich an die Hauptkontrollen setzte. Finger, Daumen und Schwanzspitze huschten über die Hebel der Konsole, und rings um Llurdias erwachte der kilometerbreite Festungsgürtel zum Leben.

Ein vielschichtiger Schirm entstand über der Stadt, und als Klazmon seinen Projektor fünfter Ordnung aktiviert hatte, schickte er sein Ebenbild aus reiner Energie los, um sich im Sonnensystem Blaydaxorb umzusehen.

Er war nun praktisch an zwei Orten zugleich. Er konnte sehen, hören, fühlen, schmecken und riechen, als wäre er persönlich im All unterwegs. In einem winzigen Sekundenbruchteil befand sich Klazmon im betroffenen Sonnensystem. Der Stern selbst war unverändert, aber auf den Kreisbahnen drei und fünf, denen die beiden bewohnten Planeten gefolgt waren, tobten zwei aufgewühlte glühende Gebilde aus Flüssigkeiten und Gasen.

Klazmon schickte ein leichtes, schnelles Ortungsnetz aus, das die fenachronische Flotte in weniger als einer Sekunde aufspürte. Dann richtete er seine Aufmerksamkeit wieder auf die Konsole, stellte siebzehn komplizierte Kräfte zusammen und schleuderte sie den Schiffen der Angreifer entgegen.

Klazmon war im Grunde kaum bestürzter über den Mord an vielen Millionen Lebewesen als Sleemet der Fenachroner. Der Verlust von zwei Planeten im Reich der Llurdi machte sich gar nicht bemerkbar, es sei denn, Llurdiax selbst würde bedroht. Nein, was den Llanzlan störte und es erforderlich machte, die Flotte und ihre Insassen nach eingehendem Studium zu vernichten, war die unglaubliche Kühnheit und die absolut unlogische sinnlose Brutalität des Angriffs. Und er stellte eine freche Beleidigung gegenüber dem Reich der Llurdi dar und demnach auch gegenüber dem hochherrschaftlichen Llanzlan Klazmon.

Klazmon wußte nur von einer Rasse, die solche Scheußlichkeiten vollbringen konnte, die solche willkürlichen, unlogischen, verrückten Angriffe fertigbrachte — die chloratmenden amöbischen Monstren aus der Galaxis DW-427-LU. Soweit den Llurdi bekannt war, hatten diese Lebewesen ihre Aktivitäten aber stets auf die eigene Galaxis beschränkt. Wenn diese mörderischen Amöben beschlossen hatten, sich in der Galaxis der Llurdi auszubreiten, sollten sie diesen Schritt teuer bezahlen!

Und so saß er über seinem schwarzgefilterten Visischirm, die geschlitzten Augen waren zusammengekniffen, seine Schnurrbarthaare gesträubt, und beide Hände bedienten Hochenergie-Steuerknöpfe in winzigen Bewegungen: Klazmon ging zum Angriff über.

Kapitel 5

In üblicher Llurdi-Manier waren Klazmons Befehle wörtlich ausgeführt worden, so daß Llurdiax nun wirklich gegen jeden theoretisch denkbaren Angriff gewappnet war.

Die Ingenieure hatten auch gewaltige Angriffsprojektoren entworfen, die gegen jede vorstellbare Gefahr auf Entfernungen vorgehen konnten, für die das Licht eine Millionsiebenhundertundfünfzigtausend irdische Jahre benötigte.

Im Ansturm der zustoßenden, reißenden, wirbelnden und sengenden Angriffsenergien liefen bei siebzehn fenachronischen Kriegsschiffen die Verteidigungsschirme durch das sichtbare Spektrum, überschritten das Ultraviolette und schwärzten sich vor dem Zusammenbrechen, so daß nur noch die blanke Außenwandung die Schiffe schützte.

Nun verstärkte Klazmon seinen Angriff noch und zerrte und wütete an den störrischen Abwehranlagen der Fenachroner herum, bis er fast am Ziel war, dann ließ er ein wenig nach, las seine Kontrolleinstellungen ab, lehnte sich in seinem Sitz zurück und überdachte die Situation.

Die angreifenden Raumschiffe waren riesige zigarrenförmige Gebilde, die in der Formation einer Kugel flogen, so daß sich ihre Schirme schützend überlappten. In der Mitte schwebte ein einzelnes Schiff — natürlich das Flaggschiff —, das nur angegriffen werden konnte, wenn der Energieschutz der anderen Einheiten überwunden worden war.

So weit so gut. Mit der großen Überlegenheit der planetarischen Angriffskräfte gegenüber beweglichen Einheiten hatte er, Llanzlan Klazmon XV., nun die Schirmhülle der Formation zerschlagen. Er war absolut davon überzeugt, daß er auch die Schiffe selbst vernichten konnte.

Aber es war sinnlos, auch nur ein Schiff zu zerstören, ohne zumindest die Maschinen und die Mannschaft zu untersuchen. Deshalb ließ er seine Angriffsstrahlen unverändert und stellte einen weiteren Riesenstrahl zusammen — die gesamte Energieleistung einer ganzen llurdiaxischen Festung wurde hierfür aufgebracht — und richtete ihn auf das Heckteil des Flaggschiffs.

Außenhülle und Antrieb verschwanden in wenigen Nanosekunden, und etwa fünfzig Meter des Schiffs wurden zu einem Feuermeer. Im nächsten Augenblick ließ Klazmon seine Projektion durch die Stahlwandung in den Kontrollraum des Schiffs vordringen, wo sie mit Energiestrahlen aus den Handwaffen der fenachronischen Offiziere empfangen wurde.

Diese Demonstration dauerte jedoch nur einige Sekunden. Die Offiziere erkannten sofort, daß sie sich einer Projektion gegenübersahen, und griffen den Fremden mit der vollen hypnotischen Kraft ihrer schwarzen Augen an. Als auch der geistige Angriff erfolglos blieb, verharrten sie an Ort und Stelle, und der Haß ihrer Blicke war förmlich greifbar.

Klazmon verurteilte jeden Offizier durch Strahlen zur Unbeweglichkeit und begann die Lebewesen eingehend zu studieren. Sie waren zwar kleiner und stämmiger und weitaus kräftiger als die Jelmi des Reiches, doch waren beide Rassen in allen wichtigen Aspekten jelmisch ... ja, sie konnten eindeutig auf eine gemeinsame Herkunft zurückblicken, die gar nicht mal so weit zurücklag.

Auch entsprachen Denken und Verhalten denen einer jelmischen Rasse, die sich viele Jahrtausende lang auf ihren verrückten Wegen entwickelt hatten, ohne die Vorteile einer llurdischen Kontrolle zu genießen.

Natürlich besaßen die Fremden Geräte zum Gedankenaustausch, das war bei jeder Rasse dieser offenkundigen Entwicklungsstufe zu erwarten.

Welcher dieser Burschen war wohl der Admiral? Das Wesen mit dem Multiplex-Sucher war sicher der Pilot, bei dem Wesen an den Instrumentenborden handelte es sich bestimmt um den Ersten Ingenieur; die sechs Kontrollbänke mußten Kampfstationen sein, die sechs Monstren also Kanoniere ... aha!

Das Wesen, das dort allein an einem Pult ohne technische Spielereien saß, umgeben von einer Aura der Macht und Befehlsgewalt — das mußte der Gegner sein, um den sich Klazmon kümmern wollte.

Klazmons Projektion erschien vor dem reglos dasitzenden Admiral. Die Helme des ›Lerngeräts‹ schoben sich über den Kopf des Llurd — und über den Kopf mit dem verächtlich verzogenen Gesicht, über den Kopf des Ersten Wissenschaftlers und Flottenadmirals Sleemet vom Planeten Fenachrone.

Aber das Gesicht verlor seinen spöttischen Ausdruck sofort, denn Sleemet, der noch stolzer war als die unteren Ränge seiner Rasse, hatte es nie für möglich gehalten, daß im Kosmos ein Geist existieren konnte, wie er ihn nun zu spüren bekam.

Klazmons Verstand, Produkt einer siebzigtausendjährigen, rein logisch bestimmten Entwicklung, grub sich rücksichtslos in die Gedanken des Fenachroners. Er zerrte an den mühsam aufrechterhaltenen Sperren, hämmerte darauf ein; zerschlug sie, überwand die Hindernisse ohne große Mühe.

Dann machte sich der allmächtige Klazmon daran, praktisch das gesamte Wissen des Fenachroners in sein Gehirn zu übertragen.

So erfuhr Klazmon — wie schon Richard Seaton vor ihm —, daß die Fenachroner sorgfältige Archivare waren. Er erfuhr, was aus der Zivilisation der Fenachroner geworden war und wer hinter der Katastrophe stand; er erfuhr, daß jeder einzelne Kapitän genau dieselben

Erkenntnisse hatte und über dieselben Unterlagen verfügte wie der Erste Wissenschaftler und Flottenadmiral; er erfuhr, daß jedes Raumschiff für sich in der Lage war, die Keimzelle einer neuen fenachronischen Zivilisation zu bilden.

Zu den vielen tausend Dingen, die Klazmon erfuhr, gehörten: die Tatsache, daß es viele jelmische und jelmoide — menschliche und menschenähnliche — Rassen in der sogenannten Ersten Galaxis gab. Daß sich diese Rassen in ihrer Vernichtungswut, Wildheit, Rachsucht und Intoleranz ähnelten. Nach Klazmons Ansicht besaß keine dieser Rassen den geringsten positiven Zug, und für ihn bestand kein Zweifel, daß diese Wesen ausgeschaltet werden mußten, wenn eine positive intergalaktische Zivilisation entstehen sollte.

Im Reich der Llurdi gab es kein Wort, das annähernd unserem Begriff ›Völkermord‹ entsprach. Und wenn, hätte Klazmon es für eine etymologische Kuriosität gehalten. Alle überlebenden Fenachroner mußten sterben; das war für ihn eine lediglich logische Konsequenz, keine ethische Frage: Eine solche Rasse durfte nicht existieren, denn sie stellte einen ständigen Gefahrenherd dar.

Doch vor der Vernichtung mußten diese Wesen mit llurdischer Gründlichkeit studiert werden, und etwaige interessante Ideen und Apparate waren für den llurdisch-jelmischen Lebensbereich zu übernehmen.

Aber dazu genügte es, wenn man vorübergehend ein Schiff für die Studien zurückbehielt — ja, die Reste des Flaggschiffs waren völlig ausreichend.

Das vernichtete Heckteil des Raumfahrzeugs hatte keine interessanten Neuheiten enthalten, die enzyklopädischen Unterlagen waren komplett, und die Mannschaft des Flaggschiffs — Männer und Frauen, Erwachsene, Heranwachsende und Kinder — war wohlauf.

Woraufhin sechzehn Multiplex-Projektoren ihre Leistung verdoppelten und sechzehn fenachronische Raumschiffe in winzige Sonnen verwandelten.

Und der Llanzlan gab seine Befehle: Das fenachronische Flaggschiff sollte mit einer Geschwindigkeit sechster Ordnung zum Llanzlanat geschafft werden. Weiterhin waren Testräume des Llanzlanats sofort hundertprozentig auf die fenachronischen Lebensbedingungen einzustellen. Außerdem sollte darauf geachtet werden, daß kein Fenachroner auf der Reise und während der Unterbringung in dem neuen Quartier Nachteile erlitt oder schlecht behandelt wurde. Man brauchte unbeschadete Exemplare zum Studium.

Dann verdrängte Klazmon das fenachronische Flaggschiff und die fremde Mannschaft aus seinen Gedanken und stürzte sich in neue Überlegungen.

Er hatte viel gelernt. Die Gefahr war viel größer, als zuerst angenommen — und sie kam nicht nur aus Galaxis DW-427-LU, sondern auch aus anderen Galaxien, in erster Linie aus der sogenannten Ersten Galaxis ... und dort insbesondere aus dem Grünen System oder Zentralsystem. Die grünhäutigen Norlaminer — was war mit ihnen? Und was mit dem Oberherrn dieses Systems, Seaton von der Erde? Der war offensichtlich ein Jelm ... und trotz Sleemets Voreingenommenheit war zu erkennen, daß dieses Wesen einem absolut unbeherrschten und deshalb äußerst gefährlichen Typ angehörte, der sehr wohl zu einer unmittelbaren Gefahr für die anderen Rassen werden konnte.

Die Mergons mußten noch weiter ausgeschickt werden, als ursprünglich geplant, und sie mußten besonders auf den Oberherrn Seaton aufpassen. Vielleicht lohnte es sich sogar, dieses Wesen einmal persönlich zu verhören. Vielleicht lohnte es sich, in einem der nächsten Jahre etwas Zeit abzuzweigen und diese ferne Galaxis zu besuchen, um die Bekanntschaft des Jelm Seaton zu machen.

Klazmon zuckte die Achseln und schüttelte beide

Flügel; dann schaltete er seine Projektion ab und berief eine weitere Sitzung seines Beraterstabs ein.

Er unterrichtete die anderen Llurdi über die Ereignisse.

»Wir müssen unsere übrigen Planeten im gleichen Maße schützen, wie wir Llurdiax geschützt haben«, verkündete er. »Diese Handlungsweise ist wegen der vielen jelmischen und jelmoiden Rassen erforderlich geworden, die sich seit unzähligen Jahrtausenden überall frei und ihren unlogischen Anlagen gemäß entwikkeln konnten, ohne daß irgend jemand versucht hat, sie zu lenken und zu kontrollieren.

Zweitens: Jede uns angreifende Streitmacht einer solchen Rasse muß vernichtet werden, ehe sie uns schaden kann.

Drittens: Die Herstellung und Plazierung von Mergons soll mit dem derzeitigen Ausstoß zunächst zeitlich unbeschränkt weitergehen.

Viertens: Kein Schiff und keine Flotte auf dem Weg *durch* das von unseren Mergons erfaßte Weltall soll vernichtet oder angegriffen werden — in all diesen Fällen entscheide ich allein, welche Schritte, wenn überhaupt, einzuleiten sind.«

Damit entließ der Llanzlan Klazmon seine Berater. Er spreizte gelassen die Flügel und überdachte seine Anordnungen. Er war zufrieden mit seiner Arbeit. Er kratzte sich mit der Schwanzspitze den Kopf und sagte sich befriedigt, daß er für alle Eventualitäten vorgesorgt hatte. Was immer dieser Jelm Seaton sein mochte, was immer er unternehmen mochte — er konnte das Llanzlanat nicht gefährden.

Und davon war Klazmon hundertprozentig überzeugt ...

Aber er sollte sich irren!

Kapitel 6

Wir haben verfolgt, wie sich ein Gedankenimpuls, der bei einem Zusammentreffen zwischen Seaton und seinen Beratern aus dem Grünen System geschaffen wurde, durch das ganze bekannte Weltall ausbreitete und das Leben und Geschick unzähliger Millionen Lebewesen beeinflußte, die noch nie von Seaton gehört hatten. Und doch sind noch einige weitere Elemente in unser Bild aufzunehmen — und einer dieser Aspekte betrifft die seltsamsten Intelligenzen, denen Seaton jemals begegnet war — und zugleich die gefährlichsten.

Um diese Wesen zu verstehen, muß man sich etwas mit ihrem Ursprung beschäftigen, der sehr weit zurückliegt. In einem Sonnensystem, das von Sol so weit entfernt ist, daß man sich praktisch keinen Begriff von der Distanz machen kann, und zu einer Zeit, die eine unvorstellbar große Zahl von Jahrhunderttausenden in der Vergangenheit liegt — existierte ein fruchtbarer erdähnlicher Planet, der den Namen Marghol trug. In den üblichen Jahrmillionen entwickelte sich eine Menschheit auf Marghol und durchlebte die üblichen Stufen der Evolution. Und schließlich wurde Marghol alt, wie es das vorgegebene Schicksal aller erschaffener Materie ist.

Ob ein erdähnlicher Planet normalerweise gegen Ende seiner Entwicklung für Menschen unbewohnbar wird, ehe seine Sonne zu einer Nova explodiert, ist nicht genau bekannt — und es ist auch nicht weiter wichtig. Denn ehe es dazu kommen kann, hat die betroffene Rasse einen Überlichtantrieb entwickelt und hat Dutzende oder Hunderte von erdähnlichen Planeten gefunden, auf denen sich noch nicht einmal vormenschliches Leben entwickelt hat. Marghol folgte im allgemeinen der üblichen Entwicklung, zeigte aber eine Besonderheit, die, soweit bekannt, im erschlossenen All einzigartig ist.

Auf Marghol hatte sich im Lauf der jahrmillionenlangen Blütezeit ein kleiner, eng zusammengeschlossener Kult von Denkern gebildet — von Männern und Frauen, die sich mit voller Kraft den geistigen Belangen widmeten. Sie selbst wußten nicht, welcher geistige Wesenszug oder welcher Aspekt der biologischen Entwicklung das Endergebnis ermöglichte, doch nach vielen Millionen Jahren, in welcher Zeit die stets Inzucht treibende Gruppe geistig immer stärker, aber körperlich immer schwächer wurde, gelang es den sieben Überlebenden, ihr Bewußtsein vom Körper zu befreien — ihren Geist, der völlig intakt und absolut funktionsfähig war. Sie trennten ihren Geist von dem anfälligen, vergänglichen Fleisch ihrer physischen Erscheinung.

Nun vermochten sie sich mit der unmeßbaren Geschwindigkeit von Gedanken zu bewegen und hatten die ganze Zukunft zur Verfügung — und sie machten sich an die Aufgabe, alles in Erfahrung zu bringen, was es überhaupt zu wissen gab. Sie wollten sich nicht nur mit dem Weltall und der Zeit und dem Begriff Null und der Unendlichkeit und mit der Vielfalt von intelligenten und nicht intelligenten Lebewesen und mit der Frage nach Leben und Tod beschäftigen — sondern auch mit allen Dingen, die direkt oder indirekt mit der Gesamtheit der Existenz des Kosmischen Alls zusammenhingen.

Dieses Streben nach Wissen hatte sich durch unzählige Universen und Dimensionen fortgesetzt — in einem Zeitraum, der — in irdischen Jahren ausgedrückt — für den menschlichen Verstand unfaßbar wäre. Die Geistwesen maßen die Zeit nach Lebenszyklen von Sonnen, nach den Äonen, die sie bereits unterwegs waren. Sieben freie Geistwesen hatten Marghol verlassen. Sie nannten sich ›Eins‹ bis ›Sieben‹ — in der Reihenfolge ihrer Befreiung. Für kurze Zeit — eine bloße kosmische Sekunde, ein paar hundert Millionen Jahre lang — hatte die Gruppe acht Mitglieder gehabt, da Eins einen Kandidaten von einer anderen Welt für die Unsterblichkeit mit auf die Reise genommen hatte. Aber Acht war des ewigen Lebens überdrüssig geworden und hatte Selbstmord begangen, indem er sich gegen Richard Seatons Schirme sechster Ordnung warf.

Die sieben Geistwesen waren immer noch unterwegs, jetzt in Begleitung des freien Geistes von Unsterblichkeitskandidat DuQuesne, dem Gegenspieler Seatons. Sie rasten durch das Weltall, in einer Kapsel eingeschlossen, in der ein Zeitstillstand herrschte. Wie schon berichtet, sollte diese Zeitkapsel eine fast unendliche Strecke in Raum und Zeit zurücklegen. Doch Seatons Berechnungen stimmten nicht, wie die Norlaminer nachweisen konnten.

Viele Wochen lang passierte jedoch nichts. Dann, an einem Punkt im intergalaktischen All, von dem aus die Galaxis auch durch die größten Teleskope nicht mehr sichtbar gewesen wäre, traf die dahinrasende Kapsel auf eine Wasserstoffwolke.

Dieses Gas war nach irdischen Verhältnissen ein absolutes Vakuum. Doch die Kapsel hatte inzwischen eine so große Geschwindigkeit erreicht, daß die Wolke ebensogut ein solides Felsengebirge hätte sein können. Die Steuerautomatik der Kapsel versuchte dem Hindernis mit voller Kraft auszuweichen, aber trotz größter Beschleunigung blieb nicht mehr genug Zeit.

Acht tonnenschwere Energieschienen aus aktiviertem Uran flammten praktisch gleichzeitig auf, wurden zu molekularem, atomarem und subatomarem Gas. Ein Lichtpunkt, der heller strahlte als eine Sonne, flammte kurze Zeit auf, dann war an der Stelle des massiven Gebildes nichts mehr zu sehen.

Und aus dieser Leere kam ein kalter, klarer Gedanke, ein Gedanke Dr. Marc C. DuQuesnes.

»Eins, bist du mit diesem Raumsektor so gut vertraut, um festzustellen, wie lange wir im Zeitstillstand gefangen waren und wo wir uns jetzt in bezug auf die Erste Galaxis befinden?«

Das Geistwesen antwortete nicht direkt. »Was kommt es darauf an?« fragte Eins zurück. Wenn der Gedanke eines bereits unglaublich alten und unsterblichen Wesens überhaupt Überraschung zeigen kann, so traf dies bei Eins jetzt zu. »Es müßte dir doch klar sein, obwohl du in Begriffen eines unglaublich kurzen Lebens denkst, daß jeder Zeitabschnitt, der in einer endlichen Zahl definitiver Zeitperioden ausgedrückt werden kann, nur ein winziger Augenblick ist. Das Kosmische All ist riesig; um viele Größenordnungen größer, als sich die kühnsten eurer Denker bisher vorzustellen wagten.

Ob der Raum unendlich ist, weiß ich nicht. Ob meine Lebensspanne unendlich sein wird, ist mir ebenfalls nicht bekannt. Bis jetzt habe ich den Begriff der Unendlichkeit noch nicht hundertprozentig erfaßt. Ich weiß aber, daß sowohl eine unendliche Zeit als auch ein unendlicher Raum erforderlich sind, wenn man unendliches Wissen erringen will, was mein Ziel ist; und damit bin ich zufrieden. Es gibt keinen vernünftigen Grund für den Wunsch, zu deiner Erde zurückzukehren. Du müßtest vielmehr ebenso begierig sein wie ich, das Unbekannte zu erkunden und zu studieren.«

»Ich habe zu Hause noch etwas zu erledigen«, erwiderte DuQuesne nüchtern. »Ich kehre zur Erde zurück, ob ihr nun mitkommt oder nicht.«

»Um Lebewesen zu töten, die bestenfalls noch einen winzigen Augenblick zu leben haben? Um über ein mikroskopisch kleines kosmisches Staubkorn zu herrschen? Über ein winziges Staubkorn im All, dessen vorüberhuschendes Dasein im Großen Plan der Dinge nur von unvorstellbar geringfügigster Bedeutung ist? Bist du trotz deiner Wandlung noch so kindisch, daß solche unbedeutenden Gründe für dich ausschlaggebend sind?«

»Mir reichen diese Gründe aus. Und ihr müßt ebenfalls zurückkommen, möchte ich meinen. Oder trifft es nicht mehr zu, daß die Wissenschaft die Entmaterialisierung der ganzen *Skylark*-Gruppe erfordert?«

»Die Wahrheit ist variabel«, erwiderte Eins. »So waren zwar einige unserer Äußerungen im kleineren Rahmen zutreffend, sollten aber zugleich eine größere Wahrheit ergeben. Sie halfen bei der Auslösung von Ereignissen, durch deren Beobachtung ich in der Lage sein werde, eine große Zahl weiterer Elemente des von dir Erstes Universum genannten Gebildes im Großen Plan der Dinge an richtiger Stelle zu sehen.

Aber nun zu dir, DuQuesne. Die Wahrscheinlichkeit war von vornherein gering, daß du fortgeschritten genug bist, um ein würdiges Mitglied unserer Gruppe zu werden; aber ich beschloß, dir eine Chance zu geben und erlaubte es Richard Seaton, deinen Geist vom Körper zu trennen. Ja, eigentlich bin ich in deinem Fall tätig geworden, nicht Seaton. Du hast versagt; und ich schließe jetzt daraus, daß kein Angehöriger deiner Rasse ein wahrer Geistesgelehrter werden kann. In einigen Millionen Jahren deiner Zeitrechnung würdest du nicht mehr an Wissen und Lernen denken, sondern nur noch an Selbstvernichtung. Erst vor kurzem irrte ich, indem ich Acht in unsere Gruppe aufnahm; ein Wesen, das damals etwa auf derselben Entwicklungsstufe stand wie du jetzt. Ich möchte diesen Irrtum nicht wiederholen. Du wirst rematerialisiert und kannst dann tun, was dir gefällt.«

Der Geist DuQuesnes schien entsetzt zu sein. »Hier draußen? Aber auch wenn du mein Schiff neu schaffst, könnte ich nie zurückkehren!«

»Du wirst genau dieselbe Chance haben wie zuvor, dein normales Leben auf normale Weise zu beenden. Zu diesem Zwecke werde ich ein Schiff für dich bauen, das in allen Einzelheiten deinem früheren Schiff entspricht — nur wird es einen Antrieb sechster Ordnung besitzen, so daß du in der Lage bist, die Strecke in einer Zeit zurückzulegen, die nur wenige Tage deiner Zeitrechnung mißt. Ich werde dich in der Bedienung dieses Antriebs und gewisser anderer Dinge unterweisen, die erforderlich sind. Außerdem werde ich die Kontrollen des Raumschiffs auf deine Heimatgalaxis ausrichten.

Ich berechne ... und baue ...« Und schneller als selbst ein elektronisches Auge den Phasen zu folgen vermochte, erschien ein unglaublich kompliziertes Gebilde im leeren All.

Elementare Partikel, die sich spontan verbanden, die praktisch ohne Zeitverlust aus Elektronen und Protonen zu Atomen und Molekülen aufgebaut wurden, formten Streben und Waffen im Gewicht von einer Million Tonnen oder mehr — ein vollkommenes Großkampfschiff. Gleichzeitig entstanden die etwa neunzig Kilo Körpermasse, die DuQuesnes Geist aufnehmen sollten — der ganze Vorgang dauerte kaum einen Lidschlag.

»... ich unterweise ... die Arbeit ist vollbracht.« Und die sieben Geistwesen verschwanden.

DuQuesne fand sich an einem durch und durch bekannten Kontrollpult sitzend, spürte die normale Schwerkraft und starrte auf die Instrumente. Im ersten Augenblick war er völlig verblüfft.

Den Instrumenten zufolge bewegte sich das Schiff bereits mit einer Geschwindigkeit von der hundertundsiebenundzwanzigfachen des Lichts und wurde immer weiter beschleunigt.

Er sah sich im Raum um und musterte eingehend jedes vertraute Objekt. Er aktivierte einen Visischirm und suchte das gesamte Raumschiff innen und außen ab — von Bug bis Heck — und stellte fest, daß es sich bis auf die angegebenen Verbesserungen um einen exakten Nachbau des mächtigen Kriegsschiffs handelte, das er früher geflogen hatte, seiner Auffassung nach eins der mächtigsten Schlachtschiffe, die je von Menschenhand erbaut worden waren.

Erst jetzt untersuchte er die Hände, die gelassen auf dem flachen Rand der Kontrollen ruhten. Sie waren groß, sonnengebräunt und kräftig — mit langen, sicher wirkenden Fingern. Es waren seine Hände — in jeder Einzelheit, bis zu der winzigen Narbe am linken Zeigefinger, wo vor Jahren der Glassplitter eines explodierenden Laborgefäßes seine Spuren hinterlassen hatte. Kopfschüttelnd stand er auf und ging in seine Privatkabine, wo er sich vor einen hohen Spiegel stellte.

Der Mann, der ihn aus dem Glas anstarrte, war groß und stämmig, mit dichtem, leicht gewelltem Haar, das tiefschwarz schimmerte. Die Augen, die kaum heller waren, ruhten unter buschigen schwarzen Augenbrauen, die über der schmalen, vorspringenden Nase zusammengewachsen waren. Das mürrische Gesicht wirkte im Kontrast zu den schwarzen Haaren und den dunklen Bartstoppeln sehr bleich, obwohl es ebenfalls gebräunt war.

»Eine vollkommene Neu-Materialisierung«, sagte er laut vor sich hin. »Und dazu das ganze Schiff — makellos!«

Er runzelte die Stirn und ging ins Badezimmer. Gewicht und Größe stimmten genau.

Er untersuchte die verschiedenen Einrichtungsgegenstände. Den Rasierapparat, der aus osnomischem Arenak bestand, Kamm, Bürste, Zahnbürste, Rasierwasser. Alle Gegenstände lagen dort, wo er sie hinterlassen hatte — bis hinab zur zerdrückten Zahnpastatube und Rasiercreme, die genau in seine linke Hand paßten.

»Da ... soll ... doch ...«, sagte DuQuesne laut.

Kapitel 7

Die *Skylark von Valeron* kreiste um die irdische Sonne. Sie war eigentlich mehr eine kleine Welt als ein Raumschiff — eine vollkommene Kugel von gut tausend Kilometern Durchmesser. Diese Größe hatte ihren Grund, mußte sie doch unter anderem die tausend Kilometer durchmessenden Deklinations- und Rektaszensionskreise beherbergen, mit deren Hilfe die vielen Milliarden Galaxien erfaßt wurden, aus denen jedes Universum im Kosmischen All besteht.

Das Schiff war weitgehend ausgeschaltet und unbeleuchtet. Selbst die Helme der Hauptkontrollen mit ihren unzähligen haarfeinen Silberdrähten hingen desaktiviert in dem nüchtern-grauen Hauptkontrollraum. Der riesige Computer jedoch — der riesige Komplex ultraminiaturisierter Schaltkreise, der allgemein das ›Großgehirn‹ genannt wurde — funktionierte natürlich; und in dem riesigen Kartenraum der kleinen Welt, ›Tank‹ genannt, schimmerte unverändert die linsenförmige Ansammlung von Lichtpunkten, die eine Nachbildung des Ersten Universums war, wobei jeder Lichtfleck eine Galaxis aus Milliarden von Sonnensystemen darstellte.

Ein genau kodierter Gedanke traf auf einen Empfänger.

Ein Relais klickte, woraufhin ein benachbartes Instrument, das den Stromzufluß registrierte, sich lautlos-geschäftig ans Werk machte und eine ganze Instrumentengruppe aktivierte.

Ein Schalter nach dem anderen wurde umgelegt. Ein Zeitstillstand nach dem anderen wurde aufgehoben. Die künstliche Sonne des Planetoiden begann wieder zu scheinen; Windstöße bewegten die Blätter von Bäumen und Büschen; Insekten nahmen ihre hastige Wan-

GR2
B1

derung zwischen den Blüten wieder auf. Würmer setzten ihre Arbeit unter den grünen Samtteppichen der Rasenflächen fort. Bäche lösten sich aus ihrer Erstarrung und strömten plätschernd weiter. Vögel schwangen sich zwitschernd durch die Luft, und drei Häuser — nun verfügte auch Shiro und seine frisch Angetraute über eine Unterkunft — wurden angenehm erwärmt.

All diese Aktivität bedeutete natürlich, daß die Gruppe Seaton-Crane in Kürze an Bord kommen würde.

Sie war schon unterwegs — in der *Skylark II*, der zwölf Meter durchmessenden Kugel, die ursprünglich aus osnomischem Arenak bestanden hatte und nun mit Inoson überspritzt worden war. Sie diente als Kapitänsbeiboot, Rettungsboot, Landefahrzeug und dergleichen. Es gab natürlich noch viele andere Raumfahrzeuge an Bord der *Skylark von Valeron*, doch von allen war die *Skylark II* den Seatons am liebsten.

Als sich die winzige Kugel der *Valeron* näherte, bediente Seaton die Kontrollen, bis das kleine Fahrzeug vor einem riesigen Tor schwebte. Dann gab er einen Steuergedanken in den Helm ein, der bereits auf seinem Kopf ruhte; gleich darauf öffneten sich massive Schleusentore, und das kleine Boot machte sich daran, die kilometerdicke Außenwandung des Planetoiden zu überwinden. Während die *Skylark II* langsam weiterschwebte, öffneten sich vor ihr immer neue Schleusen, während hinter ihr die Tore zuklickten. Nach Verlassen der letzten Schleuse legte Seaton anderthalb ge Gegenbeschleunigung vor und setzte die kleine Kugel im Hinterhof der Seatons auf einer Halterung auf.

Acht Menschen stiegen aus: die drei Seatons und die drei Cranes (die kleine Lucile Crane saß fröhlich auf Mutters Hüfte), dazu Shiro, der in den Annalen der *Skylark* keine unbedeutende Rolle spielt. Ursprünglich Cranes Bediensteter, war er längst zu Cranes Freund geworden und gehörte nun fest zur Mannschaft der *Skylark*.

Die achte Person war Lotosblüte, Shiros kleine, zierliche Braut, die in San Francisco geboren worden war. Die anderen hatten sie erst vor wenigen Stunden kennengelernt. Sie sah aus wie ein Püppchen — doch Äußerlichkeiten können täuschen! Sie war eine der größten Spezialistinnen für die waffenlose Verteidigung, die es auf der Erde gab.

»Gehen wir zu uns ins Haus, wir alle«, sagte Dorothy. »Wir müssen etwas essen, ehe wir uns an die Arbeit machen. Ich habe wirklich einen Heißhunger!«

Margaret lachte. »Und ich erst!« rief sie.

»Gut«, sagte Seaton, und die acht wurden von Energiestrahlen in die geräumige Küche des Hauses getragen, das fast eine hundertprozentige Nachbildung des Seaton-Hauses auf der Erde war. »Du bist der Cheftechniker in der Küche, mein Schatz. Nun zeig uns mal, was du kannst.«

Dorothy gab Gedankenimpulse in das Kontrollgerät ein — die Technologie war inzwischen so weit fortgeschritten, daß sie keine Kopfhauben mit begrenztem Kontrollbereich mehr zu tragen brauchte. Ein für sechs Personen gedeckter Tisch erschien, umgeben von sechs geschnitzten Eichenstühlen und zwei hohen Kindersitzen und beladen mit köstlichen Speisen.

Das japanische Mädchen zuckte heftig zusammen und lächelte entschuldigend. »Shiro hat mir von all dem schon erzählt, aber ... Na ja, vielleicht gewöhne ich mich noch daran.«

»Sicher«, sagte Seaton. »Diese Dinge kommen einem zuerst ziemlich unheimlich vor, aber man paßt sich schnell an.«

»Das will ich hoffen«, sagte Lotosblüte, und man setzte sich zu Tisch.

Vielleicht kommt an dieser Stelle unter Historikern und Lesern, die mit der Geschichte der *Skylark* nicht vertraut sind, die Frage auf, warum die Mutmaßungen einiger Norlaminer über einen einzigen Menschen soviel Verwirrung und Sorge auslösten — über einen Menschen, der vor kurzem als Energiewesen ins All hinausgeschickt worden war, aber jetzt in materialisierter Form wieder ins Universum zurückkehren mochte.

Aber diese Historiker kennen Blackie DuQuesne nicht.

Eine Stunde später war das Essen beendet, Tisch und Stühle waren verschwunden, und die drei Paare saßen im Wohnzimmer beisammen. Seaton zündete seine zerkratzte schwarze Bruyèrepfeife an, während Crane eine seiner Spezialzigaretten zwischen die Lippen steckte.

»Nun?« fragte Seaton schließlich. »Sind euch schon Ideen gekommen, die wir in diesem Stadium diskutieren können?«

Crane lächelte bedauernd. »Ich habe leider nur eine kleine Anmerkung. Denken wir mal einen Augenblick über die Gedankenbotschaft nach, die Carfon ins All hinaussendet. Er sagt, der Impuls wird nur von Personen oder Wesen empfangen, die über gewisse Dinge nicht nur mehr wissen als wir, sondern auch positiv genug eingestellt sind, um ihr Wissen mit uns teilen zu wollen. Unklarer wird die Sache noch durch den Umstand, daß wir weder wissen, was uns an Erkenntnissen fehlt, noch was wir als nächste Wissensstufe anstreben sollten. Deshalb wäre ja wohl die erste Frage: Wie werden sich die Unbekannten mit uns in Verbindung setzen? Durch Zauberei, wie du dich ausgedrückt hast?«

Seaton antwortete nicht sofort, sondern nickte nur. »Nenn es, wie du willst — Zauberei oder außersinnliche Wahrnehmung oder eine unbekannte Frequenz sechster Ordnung, was auch immer —, es wird auf jeden Fall eine biologisch gesteuerte Sache sein. Und wer immer sich an uns wendet, ist fortschrittlich genug, um zu wissen, daß wir darauf ansprechen werden — also

Zwischendurch: [redacted] Dorothy ist der Cheftechniker in der Küche – mit Gedankenimpulsen steuert sie die Anlagen … [redacted] Soweit sind wir heute noch nicht – doch auf dem besten Wege dazu: Für eine kleine heiße Mahlzeit zwischendurch genügen uns schon heißes Wasser und die … [redacted]

brauchen wir nur abzuwarten. Was mich im Augenblick am meisten interessiert, ist nicht ganz so abstrakt. Was würde der reinkarnierte Blackie DuQuesne als erstes anstellen?«

»Zum Beispiel?«

»Na ja, zunächst würde er sich natürlich daran machen, ein Gerät zu entwerfen und zu bauen oder auch einen Trick zu finden, um mich umzubringen. Auf jeden Fall mich und dich ebenfalls — wahrscheinlich uns alle.«

Dorothy und Margaret sahen sich entsetzt an, während Crane nur gelassen nickte. »Du hast recht. Mit diesem Bemühen wird wahrscheinlich der umfassende Versuch einhergehen, die Erde zurückzuerobern. Im Augenblick läge ihm wohl nicht daran, die Erde zu vernichten — oder was meinst du?«

Seaton überlegte einen Augenblick lang und sagte dann: »Ich glaube nicht. Er will die Erde beherrschen, und nicht auslöschen. Aber es gibt da einige andere Punkte, die vielleicht von Bedeutung ...«

»Moment mal!« rief Dorothy. »Diese beiden ersten Aspekte genügen mir schon völlig. Ich möchte jedenfalls meinen Mann nicht verlieren!«

»Der Meinung bin ich auch«, grinste Seaton. »Doch solange ich an Bord der *Valeron* bleibe, hat er nicht die geringste Chance; an mich heranzukommen ...«

Wie sehr sich Seaton irren sollte!

»... also ist der zweite Aspekt von überragender Bedeutung. Das Problem besteht darin, daß wir keine Ahnung haben, wann er losschlägt. Durchaus möglich, daß er schon dabei ist, sein neues Schiff zu bauen — Techniker Martin Crane, du solltest uns also sagen, wie wir die Erde möglichst schnell zur Verteidigung rüsten.«

Crane zog langsam den Rauch in seine Lungen, atmete noch langsamer wieder aus und drückte den Zigarettenstummel in den Aschenbecher. »Da verlangst du ziemlich viel, mein lieber Dick«, sagte er schließlich, »aber ich halte die Lage nicht für hoffnungslos. Da wir DuQuesnes Abflugkurs kennen, ist uns ungefähr auch die Richtung bekannt, aus der er zurückkehrt. Als erste Vorsichtsmaßnahme sollten wir diese Richtung gründlich mit empfindlichen Ortungsautomaten abdecken. Dabei wäre die vierte und die fünfte Ordnung völlig zu schließen, womit wir alles abwürgen, von dem wir wissen, daß er es kennt ... aber was die sechste Ordnung angeht ...« Crane zögerte.

»Ja«, sagte Seaton. »Mit der sechsten Ordnung sieht es anders aus. Die große Frage. Ich würde meinen, daß uns nichts anderes übrigbleibt, als alles abzusichern, was wir von der sechsten Ordnung kennen, und dann überempfindliche Analysynths dazuzuschalten und uns der besten Helfer zu versichern, die wir bekommen können — die Norlaminer und Sacner Carfon und wir sechs. Jedenfalls wissen wir, daß wir ihn rechtzeitig erwischen müssen. DuQuesne wird uns keine höfliche Aufforderung schicken, sondern mit voller Kraft zuschlagen. Also sollten wir uns schleunigst an die Arbeit machen. Die Berichte der norlaminischen Beobachter stapeln sich. Und wir alle müssen unsere Instrumente gut einstellen und die Augen und Ohren offenhalten!«

Zur gleichen Zeit saß DuQuesne in der unendlichen Tiefe des intergalaktischen Weltraums an den Kontrollen seines Computers und erkundete zehn anstrengende Stunden lang den Umfang seines neuen Wissens.

Dann setzte er einen Kontrollhelm auf und bestellte mit Gedankenimpulsen ein Abendessen, das er verzehrte, ohne daß ihm der Geschmack bewußt wurde. Anschließend arbeitete er weitere zehn Stunden lang. Schließlich lehnte er sich in seinen Konturensessel zurück und schlief ein — er war ja nun kein körperloses Geistwesen mehr, das auf körperliche Bedürfnisse nicht zu achten brauchte.

Als er einige Stunden später erwachte, fühlte er sich steif und erschöpft und hatte einen Heißhunger. Er bestellte Steak mit Pilzen und Spinat, danach Kaffee und ein Stück Kuchen. Er verzehrte alles und suchte schließlich das Bett in seiner Kabine auf.

Am Ende der Schlafperiode kehrte er nach einer Dusche und einer Rasur und einem Frühstück aus knusprigem Speck und leicht angebratenen Eiern, Toast, Butter, Marmelade und vier Tassen starkem schwarzen Kaffee an seine Kontrollen zurück und nahm seine Überlegungen wieder auf. Diesmal dachte er in Worten und Sätzen, um seine Schlußfolgerungen besser präzisieren zu können.

»Eins hat gesagt, ich würde genau dieselbe Chance haben wie zuvor, mein normales Leben auszuleben. Was heißt ›wie zuvor‹? Vor der Entmaterialisierung oder ehe Seaton sich sein neues Wissen verschaffte? Da mir das Geistwesen einen Antrieb und Offensiv- und Defensivwaffen und auch Kommunikationsmittel sechster Ordnung gegeben hat, hat er mich damit wahrscheinlich auf die gleiche Stufe gestellt, die Seaton im Augenblick erreicht hat. Oder hat er mir vielleicht sogar einen Vorteil verschafft?«

DuQuesne hielt inne und betätigte sich zehn Minuten lang eifrig an den Computerkontrollen. Seine Ergebnisse hatten die Form von Kurven und mathematischen Angaben — er versuchte sie nicht in Worte zu fassen, sondern starrte nur blicklos ins Leere.

Nachdem er sich überzeugt hatte, daß die Wahrscheinlichkeit ausreichend war, um einen Plan darauf zu gründen, setzte er seinen Monolog fort: »Nein. Warum sollte mir Eins alles geben, was Seaton besitzt? Er war mir nichts schuldig!« Für Blackie DuQuesne war das kein Ausdruck des Bedauerns, sondern die Feststellung einer Tatsache. Er fuhr fort: »Ich will einmal annehmen, daß Seaton und ich im Augenblick einen relativ kleinen Teil des Spektrums aller Kräfte sechster

Ordnung beherrschen. Wenn ich diesen Antrieb weiter benutze ... he! Was war das?«

DuQuesne sprang auf. ›Das‹ war ein Ortungsimpuls sechster Ordnung gewesen, bei dessen Berührung sämtliche Verteidigungsschirme der gleichen Ordnung aufgeflammt waren.

DuQuesne war alles andere als erschrocken. Aber er war überrascht, und schon dieses Gefühl behagte ihm ganz und gar nicht. Solche Impulsfühler hätte es hier draußen nicht geben dürfen!

Der Impuls war augenblicklich abgeschaltet worden, aber ›augenblicklich‹ ist eben nicht simultan, und da die Kräfte sechster Ordnung gedankenschnell arbeiten, hatte DuQuesne in der kurzen Zeit, die der Kontakt gedauert hatte, einiges erfahren können. Das Wesen war offenbar hochintelligent — und ebenso eindeutig unmenschlich und fast schon monströs ... DuQuesne bezweifelte nicht, daß der Außerirdische umgekehrt von ihm denselben Eindruck hatte.

DuQuesne musterte seine Kontrollen und stellte zu seiner Verwunderung fest, daß nur ein Instrument überhaupt einen ungewöhnlichen Energieabfluß feststellte, und zwar in einem derartig geringen Umfang, daß er der Sache sofort verwundert nachging. Es wurde ja gar nicht angegriffen, sondern nur beobachtet — und durch ein System, das praktisch überhaupt keine Energie erforderte.

Er setzte einen Helm auf, um selbst mit Gedankenschnelle arbeiten zu können, und begann — zuerst sehr vorsichtig — seine Schutzschirme und Energiezonen abzuschwächen. Immer niedriger fuhr er die Leistung seiner Energieanlage, bis zu einem Punkt, da eine sichtbare Projektion die Barrieren überwinden konnte.

Und die Projektion kam.

Von Marc C. DuQuesnes Bekannten — Freund oder Feind — hätte niemand behaupten können, daß er ein Schwächling oder Feigling war. Alle Beurteilungen stimmten darin überein, daß er eine ungewöhnliche innere Härte mitbrachte. Als jedoch das Abbild Llanzlan Klazmons XV. einen Meter vor ihm erschien und mit knorrigem Zeigefinger auf die Helme des Lerngeräts zeigte, war sogar DuQuesnes kampfgewohnter Geist etwas angeschlagen — aber er war stark und beherrscht genug, um sich nichts anmerken zu lassen.

Er aktivierte jeden Gedankenblock, der ihm bekannt war, setzte eine Kopfhaube auf und reichte seinem Besucher eine andere Haube. So trat er dem monströsen Fremden auf geistigem Feld entgegen. Schließlich senkte er seine Schutzbarrieren und schickte dem Llurdi einen kalten, scharfen — und nicht wahrheitsgemäßen — Gedanken entgegen.

»Ja?« fragte er. »Wer sind Sie, und was wollen Sie? Warum drängen Sie sich mir ungebeten auf, mir, Foalang Kasso a'Doompf, dem Höchstimperialen des Drailsen-Quadranten?«

Für DuQuesne war diese Reaktion ganz selbstverständlich; er hatte keine Lust, Tatsachen zu verraten, wenn ihn Lügen viel billiger kamen und weniger gefährlich schienen. Zugleich war dies aber das denkbar ungünstige Verhalten gegenüber Klazmon, verstärkte es doch den negativen Eindruck, den der Llurd bereits aus seiner blitzschnellen Vorprüfung des Mannes und seines riesigen Raumschiffs gewonnen hatte.

Klazmon antwortete nicht direkt. Statt dessen richtete er seine Gedanken zunächst an sich selbst und, wie DuQuesne erkannte, an das automatische Logbuch seines Computers; Gedanken, die der Erdenmensch wie gedruckt zu lesen vermochte.

Für den Llurd war DuQuesne eine besonders widerliche Monstrosität. Äußerlich ein Jelm, gehörte er für ihn einer Rasse von Jelmi an, die nie einer vernünftigen Kontrolle unterlegen hatten.

Klazmon formulierte seine Gedanken über DuQuesne; er verglich ihn einerseits mit Mergon und Luloy und andererseits mit Sleemet von den Fenachronern — und kam zu dem Schluß, daß alle drei Rassen grundlegend identisch waren. Der Llurd offenbarte weder Haß noch Verachtung; er war einfach intolerant und absolut logisch. »Gemeinsam mit den wenigen verbleibenden Fenachronem und der Rebellengruppe unserer Jelmi und den Wesen, die du Chloraner nennst, ist eure Rasse gefährlich; sie stellt ein Risiko für alles andere Leben dar, das beseitigt werden muß. Wo« — brachte Klazmon plötzlich eine direkte Erage an —, »liegt der Drailsen-Quadrant?«

DuQuesne ließ sich nicht übertölpeln. Seine Gedankensperren hielten dem Ansturm stand. »Das werden Sie nie erfahren!« spottete er. »Jede Ihrer Flotten, die auch nur in unsere Nähe kommt, wird nicht lange genug bestehen, um einen Kommunikator sechster Ordnung zu aktivieren.«

»Das ist eine lächerliche Drohung«, sagte Klazmon nachdenklich. »Es stimmt, daß du mit deinem Schiff außerhalb der Reichweite meiner llurdiaxischen Angriffsstrahlen stehst. Schon meine Projektion muß über vier Mergons weitergeleitet werden. Trotzdem können und werden wir euch notfalls mühelos finden. Und dazu kommt es, sobald wir die vernünftigste Methode zur Auslöschung solcher Rassen erarbeitet haben.«

Klazmons Projektion verschwand, und der Helm, den sie getragen hatte, fiel zu Boden.

DuQuesne war schockiert wie nie zuvor in seinem Leben; und als seine Analysynths ihm verrieten, wie groß die Reichweite eines ›Mergon‹ war, mußte er sich zusammennehmen, um die Beherrschung nicht zu verlieren.

Eins war kristallklar: Hier hatte er es mit einem wahrlich erstklassigen Gegner zu tun. Und diese Wesen hatten die eindeutige, offen erklärte Absicht, ihn — Blackie DuQuesne — zu vernichten.

Der Meister der Lüge wußte den Wert einer Wahrheit

durchaus zu ermessen. Und er erkannte, daß die Drohung Klazmons ernstzunehmen war. Woraufhin Blackie DuQuesne ernsthaft nachzudenken begann — und im Vergleich zu seinen jetzigen Überlegungen waren seine früheren Anstrengungen wohl eher eine Träumerei an einem Sommernachmittag gewesen.

Wir wissen natürlich, daß Blackie DuQuesne gewisse wesentliche Informationen fehlten; seine Überlegungen konnten daher nicht vollständig sein. Ihnen fehlte die norlaminische Konsequenz und auch die totale Visualisierung seiner körperlosen Reisegefährten. Ihnen fehlte ein Teil der Informationsgrundlage.

DuQuesne wußte nichts von Mergon und Luloy, die sich auf Umwegen der Erde näherten. Er hatte keine Ahnung, wie sein unheimlicher Besucher von den Fenachronern erfahren hatte. Auch wußte er nichts von der seltsamen Frequenz sechster Ordnung, die Seaton scherzhaft als ›Zauberei‹ bezeichnete. Kurz — DuQuesne versuchte die wichtigste Entscheidung seines Lebens zu treffen, wobei ihm alles andere als vollkommene Hilfsmittel zur Verfügung standen.

Aber Blackie DuQuesne war kein unfähiger Mann, und so schmiedete er nach einiger Zeit einen Plan, der der brillanteste, vielleicht aber auch der sinnloseste seiner ganzen Karriere war.

DuQuesnes Lippen verzogen sich zu einem spöttischen Lächeln, als er sich an seine Konstruktionskontrollen setzte. Er war zu der Schlußfolgerung gekommen, daß er in erster Linie Hilfe brauchte, und wußte genau, wo er sich da umsehen mußte. Sein Schiff war bei weitem nicht groß genug, um eine Projektion sechster Ordnung über größere Entfernungen zu halten ... aber er konnte in knapp einer Stunde einen Sender sechster Ordnung bauen. Die Impulse dieses Senders waren alles andere als selektiv, und würden unglaublich viel Energie kosten. Aber sie würden ein halbes Universum überbrücken können.

Und so eilte nach einer Stunde ein Signal ins All hinaus:

»DuQuesne ruft Seaton! Antwort auf Bündelstrahl sechster Ordnung! DuQuesne ruft Seaton! Antwort auf Bündelstrahl sechster Ordnung! DuQuesne ruft Seaton ...«

Kapitel 8

Als Seaton und Crane die Erde mit unglaublich billiger Energie zu versorgen begannen, hatten sie mit einem wirtschaftlichen Aufschwung und einer spürbaren Verbesserung des Lebensstandards gerechnet. Doch keiner von beiden hatte eine Vorstellung von den Auswirkungen gehabt, die ihre Raumflüge haben würden — im Gegensatz zu manchen Wirtschaftsmagnaten.

Viele dieser großen Bosse vestanden ihr Geschäft. Sie leckten sich alle zehn Finger, wenn sie sich vorstellten, daß interstellare Reisen in wenigen Tagen geschafft werden konnten. Sie dachten freudig an die vielfache Steigerung der Produktionskapazität, die sich ergeben würde, sobald der Handel mit Dutzenden und vielleicht sogar Hunderten von erdähnlichen Welten begann. Und wenn sie sich Aberhunderte von unbewohnten erdähnlichen Planeten vorstellten, die auf Besucher und Ausbeuter warteten ... ja, da gerieten die hohen Herren der Industrie natürlich völlig aus dem Häuschen.

Für diese Männer war Geld nicht einfach Geld, sondern das wirksamste und wichtigste Handwerkszeug — ein Handwerkszeug, das so geschickt eingesetzt werden mußte, wie der Holzfäller alter Zeiten mit seiner Axt umging.

So machte die Erde innerhalb kürzester Zeit einige drastische Veränderungen durch, die revolutionärer waren als alles, was in der bisherigen Geschichte geschehen war. Der Druck, der von verschiedenen Seiten ausgeübt wurde, ließ jede Zurückhaltung verfliegen. Seaton und Crane und ihre Helfer arbeiteten seit Monaten fünfzehn Stunden täglich, um bisher unbekannte Fähigkeiten und Erkenntnisse zu vermitteln, um zu verhindern, daß die förmlich explodierende Wirtschaft sich in ein völliges Chaos verwandelte.

Diese Aufgabe hätten sie natürlich nicht allein bewerkstelligen können. Tatsächlich waren fast tausend norlaminische ›Beobachter‹ eingesetzt, die sich anstrengen mußten, die Lage einigermaßen im Griff zu behalten. Sogar der Kongreß hieß die Außerirdischen mit offenen Armen willkommen; denn das Parlament steckte in seinen Bemühungen, die Gesetze der veränderten Situation anzupassen, hoffnungslos in der Sackgasse.

Stahlwerke arbeiteten mit hundertundzehn Prozent ihrer Kapazitäten, wie auch fast alle anderen Fabriken. Werkzeugmaschinen waren derart gefragt, daß Lieferzeiten nicht genannt werden konnten. Arenak, Dagal und Inoson, die neuen Wundermetalle der Industrie, mochten eines Tages allgemein verfügbar sein; aber dieser Tag mußte so lange hinausgezögert werden, bis gewährleistet war, daß der Wechsel zu diesen Grundstoffen ohne Erschütterung für die gesamte Wirtschaft vorgenommen werden konnte. So war die Lieferung von Inoson zum Beispiel auf den Raumschiffbau beschränkt. Hier gab man sich zwar größte Mühe, die Kapazitäten so schnell wie möglich zu vergrößern, doch die Nachfrage nach Raumschiffen war so groß, weil jedes raumtüchtige Fahrzeug im All unterwegs war.

Millionenschwere Firmen wurden überall auf der Erde gegründet. Jede suchte sich einen erdähnlichen Planeten aus und begann ihn zu entwickeln — entweder, um eine zivilisierte Welt zu schaffen, oder um die Bodenschätze der Welt auszubeuten. Jede dieser Firmen forderte mit allen Mitteln — mit schönen Worten, Lobbyvorstößen, Tauschgeschäften und auch mit Geldzuwendungen — neue Raumschiffe, Personal, schwere und leichte Maschinen, Büroeinrichtungen und andere Versorgungsgüter. Auf der Erde herrschte allenthalben Überbeschäftigung.

Die Welt war zu einem Tollhaus geworden ...

Kein Wunder, daß Seaton und Crane ziemlich erschöpft waren, als sie ihre Aufgaben an zwei Norlaminer abgeben und die Erde verlassen mußten.

Aber Erholung gab es für sie jetzt auch nicht.

Die ersten Schritte waren einfach — jedenfalls waren die zu treffenden Entscheidungen einfach. Die sich daraus ergebende Arbeit entsprach grob gerechnet dem Energiehaushalt mehrerer sonnenähnlicher Sterne. Es ist ein gewaltiges Projekt, eine viele hunderttausend Kilometer lange Verteidigungslinie zu schaffen, besonders wenn die Verteidiger nicht genau wissen, welche Art Angriff sie zu erwarten haben. Sie wußten in diesem Fall nur eins: daß die Norlaminer die Wahrscheinlichkeit errechnet hatten, Marc DuQuesne würde sich in absehbarer Zeit wieder bemerkbar machen.

Das genügte als Vorwand und Grund, um die denkbar größten Anstrengungen zu machen. Schon bei den Vorarbeiten ging es darum, Aktionsachsen festzulegen, die zahlreiche Sonnensysteme erfaßten, und Materialien und Energien zu erschließen, mit denen sich hundert Sonnen hätten auslöschen lassen. Als die Arbeit konkrete Formen annahm, stießen Seaton und Crane auf die sekundären Probleme ... und an diesem Punkt schlug sich Seaton mit der Hand vor die Stirn. »Dunark!« rief er.

Crane blickte auf. »Dunark? Ja, du hast recht, Dick. Dunark ist nicht nur der größte Stratege im Universum, sondern kennt den Gegner auch fast so gut wie du und ich.«

»Außerdem denkt er nicht wie wir«, fügte Seaton hinzu. »Ganz und gar nicht. Und so etwas brauchen wir ja. Ich setze mich gleich mit ihm in Verbindung, dann berechnen wir ein Rendezvous.«

So kam es, daß einige Tage später Dunarks osnomischer Raumkreuzer seine Geschwindigkeit an die der Miniwelt anpaßte und durch die Schleusen einflog. Seaton erhöhte den Luftdruck in der *Valeron*, senkte die Schwerkraft und griff nach dem Hauptthermostaten.

»Mach's nicht zu heiß, Dick«, sagte Dorothy. »Mit einer leichteren Anziehung bin ich einverstanden, aber unsere Besucher sollen ruhig Kleidung tragen, wenn sie ihre Privatquartiere verlassen. Ich habe keine Lust, nackt herumzulaufen. Und bei meinen Gästen lasse ich so etwas auch nicht zu.«

Seaton lachte. »Gut, dann die üblichen Temperaturen und fünfundzwanzig Prozent Feuchtigkeit. Dann müssen die Osnomer Kleidung tragen. Damit kommen wir gut zurecht.« Die vier Erdenmenschen gingen zum Landedock, um ihre grünhäutigen Freunde zu begrüßen: Kronprinz Dunark und Kronprinzessin Sitar von Osnome — von einem der Planeten der riesigen zentralen Sonne im Zentralsystem.

Der kriegerische, kampferprobte, überaus fähige Dunark — und Sitar, seine liebliche, lebhafte und nicht weniger kriegerische Frau. Er trug Winterhosen (Osnomes Temperatur beträgt zu jeder Jahreszeit gut vierzig Grad im Schatten), einen dicken Pullover und Wollsokken. Sitar hatte unter ihrem üblichen phantastischen Arrangement aus osnomischem Schmuck einen Wollanzug angezogen und einen langen Pelzmantel darübergeworfen. Beide waren mit osnomischen Maschinenpistolen bewaffnet.

Die drei Männer begrüßten sich herzlich, während die drei Frauen nicht minder herzlich aufeinander zustürzten und sofort in ein angeregtes Gespräch vertieft waren.

Einige Tage später traf eine norlaminische Arbeitsgruppe ein. Nun wurde ein Kriegsrat abgehalten, der einen ganzen Arbeitstag lang dauerte. Nachdem die Verteidigung bis ins letzte geplant war, begannen die eigentlichen Bauarbeiten. Seaton und Crane saßen an den beiden Hauptkontrollhelmen des Großgehirns. Rovol arbeitete mit dem Gehirn des norlaminischen

Raumschiffs. Dutzende von anderen Helfern arbeiteten an anderen und weniger leistungsfähigen Geräten.

Auf einem nahegelegenen Planeten wurden zwanzigtausend Quadratkilometer eingeebnet und zum Arbeitsgebiet erklärt. Dort erschienen dann stapel- und reihenweise Stützpfeiler und Bauelemente — wie durch Zauberhand herbeigerufen. Gigantische Energiestrahlen, durch einen dünnen Pseudonebel sichtbar gemacht, zuckten hierher und dorthin, ergriffen die verschiedenen Bauteile und setzten sie mit phantastischer Geschwindigkeit zu enormen Türmen und Plattformen und teleskopähnlichen Geräten und verstellbaren Röhren und Projektoren zusammen.

Einige dieser Projektoren trugen Behälter aus reiner Energie in weiße Zwergsterne, um Neutronium zu holen. Andere versetzten Faidons — unzerstörbare Edelsteine, die der Angelpunkt jeder Projektion höherer Ordnung sind — in die Kerne von Sternen, um sie dort zu Linsen verschiedener Formen und Größen zu verarbeiten. Nur bei vielen Millionen Grad Temperatur und vielen Millionen Tonnen Druck pro Quadratzentimeter läßt sich ein Faidon überhaupt formen.

Die Grundlinie, die aus gewaltigen und absolut starren Energiestrahlen errichtet werden sollte, mußte notwendigerweise von gigantischen Ausmaßen sein. Sie mußte sich genau berechnet vom Kern eines Sterns zum Kern eines anderen Sterns erstrecken. Die erforderlichen Vorarbeiten dauerten eine Woche, dann stand sie und war ausgemessen — und nun ging die Arbeit schon viel schneller von der Hand.

Die wahrscheinlichsten Angriffsrichtungen wurden durch Installationen vierter, fünfter und sechster Ordnung blockiert; weniger gefährdete Richtungen durch nicht ganz so mächtige Verteidigungseinrichtungen. Hyperempfindliche Ortungsnetze spannten sich jedenfalls in allen Sektoren. Die ganze Arbeit, die vor kurzem noch viele Jahre gedauert hätte, wurde mit den riesigen Bauprojektoren auf dem Arbeitsfeld in wenigen Wochen erledigt.

Als alles Menschenmögliche getan war, zündete sich Seaton eine Pfeife an, steckte beide Hände in die Taschen, und wandte sich an seine Frau. »Also, das wäre geschafft — was fangen wir nun damit an? Wollen wir abwarten, bis Blackie DuQuesne den Abzug drückt oder bis irgendein barmherziger Samariter auf unseren Gedankenruf reagiert? Ich würde drei Cents geben, um zu wissen, ob er schon in Freiheit ist oder nicht. Und wenn er schon wieder herumstreunt, wüßte ich zu gern, wo er steckt.«

»Du weißt ja, was die Norlaminer vermuten«, antwortete Dorothy. »Wenn er befreit wird, erhält er wahrscheinlich auch wieder einen Körper und ein gutes Raumschiff. Und vor dem Angriff auf uns wirbt er bestimmt Helfer an, Männer und Frauen, die ihn unterstützen und ihm die Einsamkeit vertreiben sollen ... Moment mal — *Einsamkeit!* Wen hätte er wohl am liebsten bei sich — ein Mädchen?«

Seaton schnipste mit den Fingern. »Das könnte ich mir ganz gut vorstellen. Hunkie de Marigny!«

»Hunkie wer? Oh, ich weiß! Die Große mit dem schwarzen Haar und der drallen Figur!«

Seaton lachte. »Komisch, wie irreführend eine genaue Beschreibung sein kann! Aber ich glaube, sie wüßte Bescheid ... Es wäre sicher ratsam, mal ins Büro hinüberzufliegen und zu sehen, was ich feststellen kann. Möchtest du mitkommen?«

»Ach nein. Mir liegt das Mädchen nicht recht.«

Seaton schickte seine sichtbare Projektion zur fernen Erde, nach Washington, und verharrte auf dem Bürgersteig vor einem Gebäude. Er erstieg die Vortreppe, betrat das Gebäude, nickte dem blonden Empfangsmädchen freundlich zu und fuhr mit dem Lift in die sechzehnte Etage, wo er nachdenklich stehenblieb.

Es war nicht ratsam, Hunkie als erste oder einzige

aufzusuchen; Ferdinand Scott, das schlimmste Klatschmaul der Welt, hätte sofort darüber geredet, und daraus mochte Hunkie falsche Schlüsse ziehen. Lieber zuerst mit Scottie sprechen.

Und so betrat er das Labor neben dem Raum, in dem er früher gearbeitet hatte. »Hallo, Scottie«, sagte er und streckte die Hand aus. »Nun sag bloß nicht, daß man dich tatsächlich mal arbeiten läßt!«

Scott, ein untersetzter junger Mann mit strohblondem Haar, das dringend geschnitten werden mußte, sprang von seinem Laborstuhl und schüttelte Seaton lebhaft die Hand. »Hallo, Dickie! Alter Knabe! 's gibt immer Arbeit. ›Sklave Scott‹ — so werde ich hier genannt. Aber du und deine falsche Abfallösung! Ihr habt die ganze Welt revolutioniert! Warum passiert mir nie so etwas? Aber ich hätte wohl die Erde nur in die Luft gejagt, anstatt sie in den erbärmlichen Zustand zu bringen, in dem sie heute ist — da habt ihr und Blackie DuQuesne euch tüchtig angestrengt. Mann, was für ein Durcheinander!«

»Da wir gerade von DuQuesne sprechen — hast du ihn kürzlich gesehen?«

»Seit dem großen Streit nicht mehr. Die Norlaminer müßten doch über ihn Bescheid wissen.«

»Nein, sie haben ihn verloren.«

»Na, dann frag mal Hunkie de Marigny. Wenn es überhaupt jemand weiß, dann sie.«

»Oh, arbeitet sie noch immer hier?«

»Ja, die meisten von uns sind noch an Ort und Stelle.«

Seaton plauderte noch eine Weile mit dem ehemaligen Kollegen, dann sagte er: »Alles Gute, alter Junge« und ging durch den Korridor zu Zimmer 1631. Da die Tür weit offen stand, trat er ein, ohne anzuklopfen.

»Nehmen Sie Platz! Ich komme gleich«, sagte eine angenehme Altstimme, und Seaton setzte sich auf einen Stuhl neben der Tür.

Die Frau — Dr. Stephanie de Marigny, eine hervorragende Atomphysikerin — starrte unverwandt auf ein vierfaches Anzeigegerät, das sich etwa dreißig Zentimeter vor ihrer Nase befand. Ihre gepflegten rotlackierten Finger arbeiteten blind und mit größter Genauigkeit, bedienten Hebel, bewegten Schieber und drehten ein Dutzend Einstellknöpfe in winzigen Bruchteilen von Grad.

Ein uneingeweihter Zuschauer hätte nicht gewußt, was sie hier tat. Woran sie auch immer arbeitete — es mochte sich hinter dem Instrumentenbord befinden, unten im Tiefkeller oder auf dem Testgelände am Potomac oder eine Million Kilometer oder Parsek entfernt im All. Sie schaffte es jedenfalls, die vier Nadeln auf den Hauptinstrumenten in immer größere Übereinstimmung zu bringen, während sich die Nadelspitzen dem in der Mitte der Anzeigen gelegenen Nullpunkt näherten …

Bis schließlich die vier haarfeinen Nadeln genau auf den Nullpunkt deuteten. Woraufhin vier schwere Plungerschalter betätigt wurden. Die Lichter an den Kontrollen blitzten grün auf und erloschen.

»Stimmt«, sagte Dr. de Marigny laut, stand auf, reckte sich anmutig und wandte sich ihrem Besucher zu.

»Hallo, Hunkie«, sagte Seaton. »Haben Sie eine Minute Zeit für mich?«

»Das ist aber eine Freude, Dick!« Sie kam mit ausgestreckter Hand auf ihn zu. »Vielleicht können Sie mich sogar dazu überreden, zwei Minuten daraus zu machen!«

Stephanie de Marigny war groß — fast einsfünfundsiebzig — und wirkte aufgrund ihrer aufrechten Haltung und ihres hochgekämmten tiefschwarzen Haars eher noch größer. Ihre Figur war makellos, und ihre Beine hätten nicht nur jeden Modefotografen begeistert. Ihr Gesicht war zwar nicht ganz so schön wie ihr Körper, zog aber dennoch die Blicke auf sich. Die Bögen der Lider über ihren tiefbraunen Augen waren hoch gewölbt, ihre Wangenknochen standen etwas zu sehr vor, und der Mund war etwas zu groß. Ihr freundliches Grübchenlächeln jedoch offenbarte ihren wahren Charme.

»Wie immer, sind Sie eine Wohltat für den Sehnerv«, sagte Seaton.

Sie ging auf sein Kompliment nicht ein. »Sie aber nicht; Sie sehen ziemlich mitgenommen aus. Sie müssen besser auf sich aufpassen, Dick. Öfter schlafen.«

»Das tue ich, sobald es geht. Aber weshalb ich hier bin — haben Sie in letzter Zeit von Blackie gehört?«

»Nein. Nicht seitdem er größenwahnsinnig geworden ist. Warum? Sollte ich von ihm gehört haben?«

»Nicht, daß ich wüßte. Ich meinte nur, daß Sie beide sich nahe genug gestanden haben, um in Kontakt zu bleiben.«

»Ja, ich bin ein paarmal mit ihm ausgegangen. Aber es war nichts Ernstes ...« Sie hielt inne und biß sich auf die Unterlippe. »Ich würde sagen, daß er sich irgendwo auf einem der neuen Planeten herumtreibt und im Jahr mehrere hunderttausend steuerfreie Dollar verdient. Und genau das habe ich auch vor, sobald ich mit meinem Vertrag hier fertig bin.«

»Ihnen ist das zuzutrauen, Hunkie. Viel Glück.«

»Ihnen auch. Dick. Lassen Sie sich doch mal wieder sehen.«

Und an Bord der *Skylark von Valeron* wandte sich Seaton stirnrunzelnd an Dorothy. »Niemand hat ihn gesehen oder von ihm gehört — also ist er wahrscheinlich noch nicht frei. Ich hasse das Warten. Verflixt, ich wünschte, der Bursche würde endlich loslegen!«

Seaton wußte nicht, daß DuQuesne im Begriff stand, ihm seinen Wunsch zu erfüllen.

Es geschah eines Abends, nachdem Seaton zu Bett gegangen war.

Der Ruf klang laut und deutlich aus Seatons privatem Empfänger, der direkt vom ewig wachen Großgehirn gespeist wurde.

»Seaton. Antwort auf Bündelstrahl sechster Ordnung. DuQuesne ruft Seaton, Antwort auf Bündelstrahl sechster Ordnung. DuQuesne ruft ...«

Als Seaton seinen Namen hörte, wurde er sofort wach, schob die Bettdecke zurück, schaltete mit einem Gedankenimpuls das Licht ein und eilte an den Apparat. Hastig setzte er den Fernkontrollhelm auf.

»Anruf orten. Bündelstrahl sechster Ordnung ausrichten«, dachte er. Dann nahm er den Helm ab und sagte laut: »Wir empfangen Sie laut und klar. Was ist los?«

»Auch hier ist der Empfang gut. Die Hölle ist los! Ich bin gerade auf den gefährlichsten Außerirdischen gestoßen, den man sich vorstellen kann — Zähne, Flügel, ein Schwanz, unglaublich. Klazmon heißt der Bursche. Anführer von zweihunderteinundvierzig Planeten voller Ungeheuer wie er. Er ist zu dem Ergebnis gekommen, daß die Menschheit überall im Universum elimimert werden muß; und es sieht mir ganz danach aus, als hätte er die Mittel dazu.«

Dorothy hatte sich schläfrig aufgerichtet. Sie sah großartig aus, überlegte Seaton. Doch als ihr DuQuesnes Worte bewußt wurden, erschien ein entsetzter Ausdruck auf ihrem Gesicht, und sie wollte etwas sagen; doch Seaton hielt einen Finger an die Lippen.

»Eine hübsche Zusammenfassung, DuQuesne«, sagte Seaton schließlich. »Aber jetzt bitte mehr Einzelheiten, ja?« Und DuQuesne schilderte präzise sein Gespräch mit Llanzlan Klazmon aus dem Reich der Llurdi.

»Soweit die Tatsachen«, schloß DuQuesne. »Jetzt die Schlußfolgerungen und Vermutungen. Ihnen ist sicher bekannt, daß einem im gedanklichen Verkehr mit anderen Lebewesen auch mehr oder weniger unwichtige Dinge nebenbei bewußt werden. Eine Art Nebeneffekt, ja?«

»Klar. Ich verstehe, daß Sie auf diesem Wege die Sache mit den Schiffen der Fremden aufgegriffen haben. Aber wie groß ist Ihre Gewißheit, daß die siebzehn Schiffe *fenachronischen* Ursprungs waren?«

»Davon bin ich fest überzeugt. Der Gedanke war klar. Und soweit es diese Frage angeht, muß es noch andere Fenachroner geben. Wie groß ist die Wahrscheinlichkeit, eine Rasse hundertprozentig auszulöschen, die so lange wie die Fenachroner die Raumfahrt kennen?«

»Da haben Sie vielleicht recht«, sagte Seaton. »Und Klazmon ist also der Auffassung, daß wir im Grunde dieselbe Rasse sind, sowohl geistig — wilde, egoistische, destruktive Wesen — als auch körperlich. Wie ist es nur möglich, solchen Unsinn zu glauben?«

»Für den ist das nicht unmöglich. Klazmon ist uns etwa so ähnlich, wie wir den Insekten auf dem X-Planeten ähneln. Stellen Sie sich eine mannshohe Fledermaus mit einem äußerst beweglichen Schwanz, mit Katzenaugen und -zähnen vor, dazu humanoide Arme und Hände, ein Brustbein wie der Bug eines Schlachtschiffs, Brustmuskeln, die wie vierzig Pfund schwere Schinken aussehen, und ...«

»Moment mal — eine Frage zur Größe. Sie hatten doch Besuch von einer Projektion?«

»Richtig. Eins achtzig groß. Aber Klazmon scheint mir nicht der Typ zu sein, der seine Projektion vergrößert oder verkleinert. Das hat er nicht nötig.«

»Das will ich gern glauben. Und der Bursche denkt absolut logisch — und hat eigene Vorstellungen davon, was Logik ist.«

»Genau. Und nach dieser Logik sind wir für den Universalen Kosmos zu gefährlich und müssen ausgelöscht werden. Ich beschloß also, Sie zu warnen, damit Sie wissen, womit es die menschliche Rasse zu tun hat, und um ein Zusammentreffen vorzuschlagen, das wir absolut abhörsicher gestalten können. Einverstanden?«

»Aber ja. Wir schließen unsere Projektoren sechster Ordnung zusammen, und die weisen die Computer an, ein Rendezvous in relativer Nullgeschwindigkeit und in Minimalzeit zu berechnen. Geht das?«

»Klar — schon geschehen«, sagte DuQuesne. Seaton setzte seinen Helm auf und stellte einige hastige Beobachtungen und Berechnungen an, dann verließ er die Kontrollen und kehrte ins Bett zurück.

»Aber Dick!« sagte Dorothy. »DuQuesne! Glaubst du, es ist ratsam, ihn so einfach an Bord kommen zu lassen?«

»Ja. Und nicht nur ratsam, sondern erforderlich — wir wollen doch solche Dinge nicht über viele Millionen Parseks hinweg besprechen. Ich sehe überhaupt keine Gefahr, denn wir sind immer noch weitaus besser gerüstet als er — was immer er auch im Schilde führt. Schlaf jetzt weiter, mein Schatz.«

»Solltest du nicht noch die anderen verständigen? Die Norlaminer?«

»Du hast recht, mein Schatz.« Seaton setzte seinen Helm auf, und nun dauerte es doch einige Zeit, ehe die beiden Seatons wieder zur Ruhe kamen. Dorothy hielt krampfhaft die Augen geschlossen und atmete regelmäßig, damit ihr Mann nicht merkte, wie aufgewühlt sie war; und auch Seaton lag stundenlang wach und starrte blicklos in die Dunkelheit.

Es war lange her, daß Richard Ballinger Seaton und Marc C. DuQuesne in direkter Konfrontation aufeinander gestoßen waren. Diese Galaxis, das ganze Erste Universum war für die beiden nicht groß genug. Wenn sie sich wieder begegneten, würde einer den anderen erledigen.

Der Tatbestand war ganz simpel. Und doch hatte Seaton seinen Hilferuf entgegengenommen. Der gewaltige Verteidigungskomplex, den er unter Mühen gegen DuQuesne geschaffen hatte, mußte nun gegen eine andere, vielleicht sogar größere Gefahr für die Zivilisation gerichtet werden. Und das war völlig richtig so.

Aber wo immer die Interessen der Zivilisation in dieser Sache liegen mochten, Seaton wußte, daß es für ihn selbst keine größere Gefahr gab, als den kaltblütigen, rücksichtslosen und absolut logisch denkenden Blackie DuQuesne.

Kapitel 9

Ein halbes Universum entfernt gingen andere Ereignisse ihrem Höhepunkt entgegen.

Wie schon berichtet, handelte es sich bei den achthundert Jelmi an Bord des früheren llurdischen Kreuzers um eine Auswahl der vielen Milliarden Angehörigen ihrer Rasse auf zweihunderteinundvierzig Planeten.

Die jüngeren waren nach geistigen und körperlichen Gesichtspunkten ausgesucht worden, die älteren wegen ihrer hervorragenden wissenschaftlichen Leistungen in den letzten hundert Jahren. Und in der Gruppe der Älteren behauptete Tammon eindeutig die Spitzenposition. Er war der Newton oder Einstein seiner Rasse.

Er sah wie ein lebhafter, grauhaariger Sechzigjähriger aus, doch sein Alter betrug in Wirklichkeit zweihundertundelf mallidaxische Jahre.

Tammon saß gerade über einer Kurve, deren Merkmale er mit Zirkeln, einem Elektronenmikroskop und einem integrierenden Planimeter bestimmte, als Mergon und Luloy Hand in Hand ins Labor traten. Beide hatten sich inzwischen von den Wunden erholt, die sie sich bei dem Kampf mit den Llurdi zugezogen hatten.

»Hallo, Tamm«, sagten die beiden, und Mergon fuhr fort: »Haben Sie die Ursache der seltsamen Kurve schon gefunden?«

Tammon nahm eine andere Darstellung zur Hand und starrte stirnrunzelnd auf eine Spitze, die fast bis zum oberen Rand der Meßskala reichte. »Dies? Ich bin mir meiner Sache noch nicht ganz sicher, aber ich habe vielleicht eine Erklärung. Wenigstens habe ich die Sache mit einer völlig neuen und mehr als verrückten Gruppe von Determinanten berechnet und dieses Ergebnis erzielt.« Und er fuhr mit der Fingerspitze an der glatten Kurve auf dem Blatt entlang, das er gerade studiert hatte.

Mergon pfiff durch die Zähne. Luloy starrte einen Augenblick lang auf die Kurve und sagte dann: »Wunderbar, o Gelehrter. Können Sie uns bitte eine Erklärung geben?«

»Die Kurve muß auf jeden Fall eine Komponente aus der sechsten Ordnung, aus dem Bereich der Gedankenwellen enthalten, aber keine bekannten Determinanten könnten sie beeinflussen. Deshalb wandte ich die Mathematik der symbolischen Logik auf eine Vielzahl von Annahmen, Träumen, Vermutungen, Vorahnungen, Intuitionen, Spekulationen an ...«

»Bei den Augäpfeln Llenderllons!« unterbrach ihn Luloy. »Deshalb haben Sie uns also vor kurzer Zeit so durch die Mangel gedreht.«

»Genau. Nun haben wir die neuen Determinanten in verschiedenen Zusammenhängen eingesetzt — nicht nach mathematischer Logik, sondern mit Glück, Intuition und Beharrlichkeit —, und so ergab sich schließlich ein Satz einzigartig manipulierbarer Determinanten, die diese glatte Kurve bildeten, deren aufgehende Gleichung sich herrlich reduzieren läßt auf ...«

»Moment, Tamm«, sagte Mergon. »Das ist zu hoch für mich. Was bedeutet das alles?«

»Es wird Jahre dauern, die Konsequenzen zu ergründen, doch eine Tatsache ist schon jetzt klar: Die vierte Dimension des Weltalls existiert wirklich. Deshalb scheint die Schlußfolgerung unvermeidlich, daß ...«

»Halt!« sagte Luloy. »Es ist gefährlich, über diese Dinge zu reden. Auf einen solchen Durchbruch hat Klazmon doch seit Jahren gewartet! Und Sie wissen sehr wohl, daß wir eigentlich gar nicht frei sind, sondern ständig beobachtet werden.«

»Aber nur über Ortungsgeräte«, wandte Mergon ein. »Eine voll funktionsfähige Projektion auf diese Entfernung? Ich glaube nicht, daß er das schafft. Aber es ist trotzdem ratsam, sich in acht zu nehmen.«

Tage wurden zu Wochen. Die *Mallidax* näherte sich dem Zentrum des Ersten Universums und wurde dabei mit einer Positiv-und-negativ-Beschleunigung gesteuert, die sie eben vor einer Kollision mit intergalaktischen Wolken aus Gas oder kosmischem Staub schützte.

Das Flugziel war eine kleine Sonne, zu deren unauffälligen Planeten eine mittelgroße Sauerstoffwelt mit einem ziemlich großen, aber ansonsten uninteressanten Mond gehörte.

Tammon, der seinen wissenschaftlichen Durchbrucb vertiefen wollte, hielt seinen Ersten Assistenten Mergon vierzehn bis fünfzehn Stunden täglich auf Trab und baute allerlei seltsame Geräte; Mergon seinerseits stellte nicht weniger hohe Ansprüche an seine Frau Luloy.

Tammon trug die meiste Zeit eine schwere Panzerung zum Schutz vor den tödlichen Kräften, mit denen er nonchalant umging. Mergon mußte seine verstellbare Blendbrille praktisch auf schwarz stellen, um in die grellen Frequenzen der Schweißbögen blicken zu können. Luloy steckte ebenfalls in schwerer Schutzkleidung, während sie Versuche machte und ihre Ergebnisse immer wieder überprüfte.

Die anderen Jelmi arbeiteten nicht minder hart; sogar Oberbiologin Sennloy, die ihr blondes Haar emporgetürmt trug und sich mit den Geheimnissen des Lebens auseinandersetzte.

Ein Forscher, der weiterkommen will, darf nicht zu schnell aufgeben; er muß in der Lage sein, mit dem Kopf immer wieder gegen die unüberwindlich scheinende Mauer anzurennen, und darf nicht zu früh die Flinte ins Korn werfen. So entwickelte Tammon eine Theorie nach der anderen, die Mergon und Luloy mit unzähligen Maschinenmodellen erprobten — Modelle, mit denen Gegenstände im normalen All von einem Ort zum anderen transportiert wurden, indem sie sich *durch* die vierte Dimension bewegten — doch ein Modell nach dem anderen versagte den Dienst.

Die Versuche schlugen unweigerlich fehl. Mergon hatte schon etwas von seiner Begeisterung verloren, als er und Luloy das neunundvierzigste Modell der Serie in Tammons Labor trugen. Während der alte Wissenschaftler das Gerät in einer etwa fünf Meter langen Versuchsanordnung anschloß, nahm Mergon gelangweilt einen schweren Stahlkasten zur Hand, ließ sechs große Stahlkugeln hineinfallen, verriegelte den Deckel, hob die Last mit der linken Hand und stellte eine leere Schale auf die Werkbank.

»Jetzt«, sagte Tammon und legte einen Schalter um, und sechs schwere Stahlkugeln polterten aus dem Nichts in die Schale.

»*Was?*« Mergons linke Hand zuckte hoch und öffnete den Deckel des Stahlkastens. Er starrte mit offenem Mund in den leeren Innenraum.

»Bei den Augenbrauen Llenderllons!« rief Luloy. »Es hat geklappt!«

»O ja«, sagte ein Techniker und wandte sich besorgt an Tammon. »Aber, Herr. Bringt uns diese Tatsache nicht in eine äußerst gefährliche Situation? Klazmon kann zwar auf diese Entfernung keine funktionsfähige Projektion aufrechterhalten, aber er hat bestimmt seine analytischen Detektoren auf uns gerichtet, von denen einige unseren Versuch aufgezeichnet haben.«

»Nein«, sagte Mergon. »Unsere Frequenzen findet er nie — das ist ja, als wollte man ein Arrangement von Strahlen fünfter oder sechster Ordnung mit einem Lichtspektroskop analysieren.«

»Da haben Sie wohl recht«, sagte der Techniker, und Luloy schaltete sich ein: »Ich frage mich die ganze Zeit, was uns das nützen soll! Wozu braucht man so etwas? Man kann höchstens eine Bank damit ausrauben.«

»Diese Erfindung reduziert unsere Theorie auf die Praxis«, erwiderte Tammon. »Sie verschafft uns kostbare Daten, deren Anwendung auf bereits bekannte Konzeptionen uns zu Geräten führen wird, die bisher unmögliche Leistungen erbringen. Unerhörte Ergebnisse, von denen sich bisher niemand etwas hat träumen lassen.«

»Vielleicht sollten wir wirklich etwas vorsichtig damit umgehen«, sagte Mergon. »Um unsere Erfindung voranzutreiben, müßten wir in großem Umfang auf Kräfte sechster Ordnung zurückgreifen, die Klazmon orten und analysieren könnte. Und dann beginnt er sich zu fragen, was wir im Schilde führen — und unternimmt etwas dagegen.«

Tammon nickte. »Daran ist etwas Wahres. Um wesentliche Fortschritte machen zu können, müssen wir irgendwo landen, da das Schiff nicht groß genug ist für die Projektoren, die wir brauchen. Auch fehlen uns gewisse Grundvoraussetzungen, insbesondere Neutronium und Faidons ... und die Projektoren dieser Ultrafrequenzen sind zwangsweise von erheblicher Ausstrahlungskraft und Reichweite, darin haben Sie recht. Wir müssen also ein Sonnensystem finden, das Energien sechster Ordnung abstrahlt — und zwar in ausreichendem Maße, um unsere eigenen unvermeidlichen Abstrahlungen zu überlagern. Wir haben außerdem genug neue Daten, um Reichweite, Empfindlichkeit und Genauigkeit unserer Orter erheblich zu verbessern. Sorgen Sie dafür, Mergon, und suchen Sie uns einen guten Landeplatz.«

»Jawohl, Herr!« Mergon ging mit neu entflammter Begeisterung ans Werk.

Der Umbau und die Verbesserung der Ortungsanlagen dauerte nicht lange; dagegen war die Suche nach einem geeigneten Landeplatz schon schwieriger.

Die Jelmi hatten angenommen, daß viele Galaxien im Bereich der sechsten Ordnung annähernd so aktiv sein würden wie ihre Heimatgalaxis, doch das war ein Irrtum. In drei Wochen fanden sie nur drei Galaxien, die überhaupt entsprechende Strahlungen aufwiesen; und nur in einer dieser Galaxien war die Strahlung so stark wie die Leistung ihres kleinen Schiffs.

Nach einer weiteren Woche bat der wachhabende Wissenschaftler Mergon zu sich. »Steuerbord voraus liegt eine gewaltige Strahlenquelle. Ich hätte es nicht für möglich gehalten, daß sich auf solche Entfernungen derart hohe Strahlenwerte ergeben können.«

»Haben Sie Ihre Instrumente überprüft?« fragte Mergon.

»Natürlich. Es ist alles in Ordnung.«

»Hauptkontrolle!« rief Mergon in ein Mikrophon. »Hier Mergon. Eins-Achtzig Kurswechsel. Maximale Gegenbeschleunigung.«

Aus dem Lautsprecher tönte die Wiederholung des Befehls, und das Schiff drehte sich und ging sofort auf höchste Gegenbeschleunigung.

Mergon eilte zu Tammons Laboratorium, riß die Tür auf und berichtete hastig über die Neuigkeit. Er schloß mit den Worten: »Die Ausstrahlung ist offenbar viele tausendmal größer als die unserer ganzen Galaxis — wir sollten uns also mit Vorsicht nähern.«

»Können wir rechtzeitig abbremsen, oder müssen wir einen Bogen fliegen?«

Mergon hatte diesen Aspekt noch gar nicht bedacht. Man meldete ihm, daß man über das Ziel hinausschießen würde, doch die Verzögerung würde nur knapp einen Tag betragen.

»Kümmern Sie sich darum, Mergon«, sagte Tammon und nahm seine Arbeit wieder auf.

Das Schiff näherte sich der Galaxis. Überraschung wurde zu Verblüffung, als man feststellte, daß die Strahlung praktisch von einem einzigen Planeten stammte; aber da dieser Zustand besser war als erhofft, schirmten die Jelmi sich nach besten Kräften ab und näherten sich heimlich dieser außerordentlichen Welt — dem dritten Planeten einer Sonne vom G-Typ. Der Planet hatte einen ungewöhnlich großen Begleiter ... der ideale Standort für die vorgesehenen Arbeiten ... es gab dort kleine Gruppen kugelförmiger Bauwerke ... vor kurzem erst verlassen ... mit fortgeschrittener Technologie waren solche Anlagen natürlich überflüssig ... und da und dort lagen auch Gegenstände, die wie Wrackteile aussahen.

Seaton — der den irdischen Mond noch nicht aus der Nähe gesehen hatte! — hätte auf den ersten Blick die amerikanischen und russischen Mondstationen erkannt und die Überreste verschiedener amerikanischer und russischer Expeditionen zum Erdtrabanten. Aber auch die Jelmi vermochten mit einiger Gewißheit zu erraten, was auf dem Erdenmond geschehen war.

Der wichtigste Aspekt für sie war natürlich die Tatsache, daß sie wahrscheinlich keine Aufmerksamkeit erregen würden, da der Mond im Augenblick nicht bewohnt war. Sie landeten, schirmten sich ab und begannen mit ihrer Arbeit. Und Klazmon vermochte sie nicht mehr zu orten.

Die Kratergebirge des Mondes sind steil und hoch. Nachdem die *Mallidax* am Fuß eines Berges aufgesetzt hatte, dauerte es nur einen Tag, bis die gewaltigen Bauprojektoren des Schiffs einen sublunaren Stützpunkt in die Tiefen des Gesteins gegraben hatten. Und am nächsten Tag begann man mit der Arbeit an dem gewaltigen Großkampfschiff, das den Namen *Mallidaxian* tragen sollte.

PORSCHKA '87

Kapitel 10

Miß Madlyn Mannis geborene Gretchen Schneider stand im Schatten eines riesigen Sonnenschirms am Clearwater-Strand. Sie war ein großes Mädchen mit einer herrlichen Figur und nicht minder auffälligem roten Haar. Mit jeder anmutigen Bewegung ihres Körpers zeigte sie ihre Ausbildung als Tänzerin. Sie war eine der besten Show-Tänzerinnen des Landes.

Im Augenblick trug sie den winzigsten Bikini, den es je selbst am Clearwater-Strand gegeben hatte, und kümmerte sich weder um die entrüsteten Blicke der anderen Frauen noch um die entschieden wohlwollenden Blicke des sonnengebräunten jungen Mannes, der fünf Meter entfernt von ihr stand.

Sie machte sich Gedanken über diesen Jungen, der ihr seit einigen Wochen folgte. Oder vielleicht doch nicht? Jedenfalls hatte sie das Gefühl, ihn schon öfter gesehen zu haben, doch er konnte ihr unmöglich hierher gefolgt sein, denn er war schon am Strand gewesen, als sie eintraf.

Auch der Mann war verwundert über seine vielen zufälligen Begegnungen mit dem Mädchen. Er wußte, daß er ihr nicht gefolgt war. Und die Vorstellung, daß sich Madlyn Mannis womöglich ihm an die Fersen heftete, war doch ausgesprochen lächerlich!

Er fragte sich, ob er Miß Mannis zu einem Drink einladen sollte.

Ohne es zu merken, wurde Miß Mannis auch noch von dritter Seite intensiv gemustert, von einem viel näheren Blickpunkt aus — durch zwei Jelmi in dem riesigen neuen Raumschiff *Mallidaxian* auf dem Mond; und je mehr die beiden das Mädchen musterten, desto verwunderter waren sie.

Wie berichtet, hatten die Jelmi das riesige neue

Raumschiff gebaut, weil die *Mallidax* zu klein geworden war, um die riesigen Anlagen zu beherbergen, die die neue Technologie erforderlich machte. Die *Mallidaxian* jedoch bestand aus Inoson und konnte es mit den mächtigsten Raumkreuzern des Reichs der Llurdi aufnehmen — und sie war nicht nur groß genug, um alle theoretisch denkbaren wissenschaftlichen Installationen unterzubringen, sondern auch leistungsfähig genug, um mit jeder vorhersehbaren Entwicklung oder Notlage fertigzuwerden.

Die jelmische Lunarstation war geräumt und vernichtet. Die Überreste waren zu Mondstaub geworden. Die *Mallidaxian* erstreckte sich gut vier Kilometer weit in einen flachen Krater. Der Start sollte in knapp einer Stunde erfolgen, der Start zur Rückreise nach Mallidax, der Heimatwelt Tammons, Mergons, Luloys und mehrerer anderer führender Jelmi aus der Gruppe der achthundert Flüchtlinge.

Die Offiziere führten eine letzte Überprüfung ihrer Instrumente und Geräte durch. Tammon studierte währenddessen die Offensiv- und Defensivmöglichkeiten von Cap Kennedy; Mergon und Luloy — und andere — beschäftigten sich mit den Menschen dieser bisher unbekannten Welt. Dazu hatte man sich natürlich die Hauptsprache der Erde längst angeeignet.

Zwar waren viele tausend Erdenmenschen zur Beobachtung ausgesucht worden. Doch Madlyn Mannis hatte etwas, das eine besondere Überprüfung zu lohnen schien; das gleiche galt in geringerem Maße für den jungen Mann, der offenbar irgendwie zu ihr gehörte. Madlyn war es zwar gewöhnt, daß man über sie redete, doch sie wäre überrascht gewesen, wie intensiv man sich im Augenblick auf der Rückseite des Mondes mit ihr und ihrem Beruf beschäftigte. Eine Kultur, in der Nacktheit das natürlichste von der Welt war, konnte sich unter einer Stripperin natürlich nichts vorstellen.

»Komm, wir holen sie herauf, Mergon«, sagte Luloy. »Ich will mit ihr reden. Und den Burschen nehmen wir auch mit; allein wäre sie wahrscheinlich sprachlos vor Angst.«

»Gut«, sagte Mergon, und die beiden Erdenmenschen erschienen in der Mitte des Raums.

Das Mädchen stieß einen spitzen Schrei aus, dann fiel ihr Blick auf die grelle Mondlandschaft hinter der durchsichtigen Wand, und sie erstarrte und riß entsetzt die Augen auf. Als sie schließlich feststellte, daß ihr niemand etwas tat, versuchte sie sich zusammenzunehmen. Sie warf einen hastigen Blick auf Mergon, errötete und konzentrierte sich auf Luloy. »Also ... Sie sind ja alle nackt! Wie schamlos!«

»Schamlos!« Luloy runzelte verwirrt die Stirn. »Darüber möchte ich gerade mit Ihnen sprechen. Was für ein Unterschied besteht denn zwischen Nacktheit und ein paar winzigen Stoffstreifen? Und warum tragen Sie überhaupt Kleidung, wenn es auch ohne ginge? Besonders wenn Sie schwimmen? Und wie ich sehe, ziehen Sie Ihre Kleidung ja auch aus ...«

»O nein!« Das Mädchen warf den Kopf in den Nakken. »Ich bin Künstlerin! Wenn sich eine Tänzerin auszieht, ist das Kunst, und ich bin Madlyn Mannis!«

»Wie dem auch sein mag, beantworten Sie mir bitte eine Frage, dann schaffe ich Sie wieder zum Stramd zurück. Welche Beziehung kann denn überhaupt zwischen Kleidung und Sex bestehen?«

Während das Mädchen noch nach einer Antwort suchte, trat der junge Mann einen Schritt vor. »Die Frage kann sie nicht beantworten, und ich auch nicht. Höchstens könnte ich anführen, daß diese Beziehung ein Teil unseres Lebens auf unserer Welt ist. Ein weltweites und uraltes sexuelles Tabu.«

Luloy schüttelte verwundert den Kopf. »Also, so etwas Idiotisches habe ich in meinem ganzen Leben noch nicht gehört. Würden Sie bitte diese Kopfhauben aufsetzen, damit wir den phantastischen Gedanken etwas vertiefen können?«

Das Mädchen zuckte vor dem Helm zurück, aber der Mann griff gelassen zu. »Ich habe schon immer behauptet, aufgeschlossen zu sein, und das muß ich sehen!«

Aber die grundlegenden Unterschiede waren zu groß, so daß auch die Gedanken nicht weiterhalfen. »Ich weiß nicht genug über die Grundlagen dieses Zweigs der Anthropologie«, sagte der junge Mann und gab den Helm an Luloy zurück. »Sie sollten sich ein Buch darüber besorgen: *Sitten und Gewohnheiten der Erde,* von David Lisser, fünf Bände, fünfundsiebzig Dollar. Ziemlich teuer.«

»Oh? Aber wir haben kein amerikanisches Geld ... Wie ich allerdings festgestellt habe, sind große Stücke kristallinen Kohlenstoffs in bestimmten Farben bei Ihnen von großem Wert.«

Luloy ging zu einer Laborbank, setzte einen Helm auf, und auf ihrer Handfläche erschien ein perfekt geschliffener blauweißer Diamant, etwa halb so groß wie ein Ei.

Sie drehte sich um und streckte die Hand aus, damit der Mann den Edelstein betrachten konnte. Er riß die Augen auf. »Mann! Mit dem Ding können Sie eine ganze Bibliothek kaufen! Wie wär's, wenn Sie der jungen Dame hier auch ein paar von den Dingern machen — als kleinen Ausgleich für ihren Schrecken? Aber nicht so groß.«

Luloy nickte. »Das soll geschehen. Aber ich will Sie mit den Steinen nicht belasten. Ich hinterlege sie in der rechten oberen Kommodenschublade in Ihrem Schlafzimmer. Und jetzt ...«

»Moment!« rief der Mann. »Sie können uns doch nicht einfach so zurückschicken, ohne uns ein paar Erklärungen zu geben! Raumschiffe sind zwar nicht meine Spezialität — ich bin Petrochemiker —, aber so etwas Riesiges habe ich noch nicht gesehen. Und ich interessiere mich vor allem dafür, wie ich hierhergekommen bin — sicher durch eine vierdimensionale Verschiebung, etwas anderes ist gar nicht möglich. Wenn nicht alles streng geheim ist, würde ich mich gern einmal umsehen.«

»Das vierdimensionale Gerät ist natürlich streng geheim — und zwar so sehr, daß auch bei uns nur drei oder vier Personen darüber Bescheid wissen. Aber alles übrige können Sie sich ansehen. Doch bedenken Sie, daß wir nur noch gut drei Minuten Ihrer Zeitrechnung haben, ehe wir starten. Wo möchten Sie anfangen?«

»Bei den Maschinen.«

»Und Sie, Miß Mannis? Kunstwerke? Wissenschaften? Tänze können wir Ihnen im Augenblick leider nicht zeigen.«

Die Hand des Mädchens tastete sich zu der des jungen Erdenmannes. »Ich gehe mit *ihm!*« sagte sie entschieden.

Die beiden Besucher von der Erde waren überrascht, wieviel sich durch eine Projektion in kürzester Zeit lernen ließ. Sie sahen riesige Rezeptoren und Generatoren und Antriebsaggregate; sie besichtigten die gewaltigen Reihen der Kontrollgeräte; sie sahen das Gitterwerk der riesigen Inosonstreben im Innern des Schiffs. Da vor der Vernichtung des jelmischen Schiffs die gesamte Einrichtung in den neuen Raumkreuzer geschafft worden war, sahen die Tänzerin und ihr Begleiter auch herrliche, unirdische Gemälde und Skulpturen und Wandteppiche. Sie hörten Musik — von umfassenden Orchesterstücken bis hinab zu den Übungen junger Jelmi auf Instrumenten, die der Menschheit völlig unbekannt waren.

Und vor allen Dingen sahen sie Menschen — Hunderte von Menschen, die völlig nackt und von einer körperlichen Vollkommenheit waren, wie sie auf der Erde selten anzutreffen ist.

Zwanzig Sekunden vor dem Start schaltete Mergon die Projektoren ab, und der junge Mann sah zu Luloy hinüber, die inzwischen nicht nur das fünfbändige Werk besorgt, sondern auch schon gut hundert Seiten gelesen hatte. Sie blätterte die Seiten um, so schnell ihre Finger nachkamen.

»Sie alle scheinen äußerlich so zu sein wie wir«, sagte Madlyn besorgt. »Aber abgesehen davon sind Sie völlig verschieden von uns. Woher kommen Sie?«

»Das kann ich Ihnen nicht sagen«, erwiderte Mergon. »Nicht, daß ich es nicht sagen will, ich kann es nicht. Wir sind Humanoiden, wie Sie es ausdrücken würden; aber unsere Welt Mallidax ist eine Myriade von Galaxien von hier entfernt — so weit, daß die Entfernung einfach unvorstellbar ist. Leben Sie wohl!«

Und Madlyn Mannis fand sich unter dem großen Schirm am Strand wieder. Auch ihr Begleiter stand am selben Platz wie zuvor, doch er sah nun aus, als hätte ihn ein Blitz getroffen. »Bin ich vielleicht froh, daß ich nicht allein war, als ...« Sie unterbrach sich und fuhr sich mit der Zunge über die Lippen. »Oder habe ich das alles nur geträumt?«

»Nein, Madlyn«, sagte er und kam auf sie zu. Er versuchte zu lächeln, was ihm aber kläglich mißlang. »Übrigens ist mein Name Charles — Charles K. van der Gleiss.«

»Ich ... ich habe nicht geträumt? Mann, jetzt brauche ich aber etwas zu trinken!«

Kapitel 11

Madlyn Mannis und Charles K. van der Gleiss saßen sich an einem kleinen Tisch gegenüber. Das Mädchen kippte gierig ihren ersten Drink, einen puren Bourbon, hinunter.

»Langsam! Langsam!« sagte der Mann. »Sie sind das nicht gewöhnt!«

»Das kann man wohl sagen!« erwiderte sie und wischte sich die tränenden Augen. »Aber das war dringend nötig, Charley, damit ich nicht völlig den Verstand verliere. Sag bloß, daß du nichts brauchst!«

»Aber ja.«

Er schenkte ihr aus der Flasche nach, die sie bestellt hatten, und füllte auch sein Glas.

»Das war gut!« sagte sie nach dem nächsten Schluck. »Jetzt kann ich vielleicht über unser Erlebnis reden, ohne gleich durchzudrehen. Ich hatte mich schon gewundert, warum wir uns in den letzten Tagen immer wieder über den Weg gelaufen sind ... aber das ist völlig unwichtig im Vergleich zu ... ich war fest der Überzeugung, daß wir beide ... na ja, auf dem ...«

»Wir waren beide auf dem Mond«, sagte er ruhig. »Und was noch schlimmer ist — wir waren im Innern eines Raumschiffs, dessen Konstruktion ich noch immer für unmöglich halte. Aber so sind nun mal die Tatsachen!«

»Das meine ich ja. Aber wie kann man die Erde ohne Raumschiff verlassen? Und wie dringt man in ein vakuumdichtes Raumschiff ein, ohne daß Schleusen oder Luken geöffnet werden?«

»Keine Ahnung! Und das Schiff war unmöglich groß und voller Dinge, neben denen unsere fortschrittlichsten Raketen wie Spielzeuge aussehen!« Sie hob fragend die Augenbrauen. »Ich bin der Meinung, wir sollten uns sofort an die Polizei wenden.«

»Die Polizei? Die habe ich gerade gefressen! Mich hat einmal ein großer Gorillatyp überfallen und mir wertvolle Diamanten geklaut, und da ...«

Sie unterbrach sich. Die beiden hatten es bisher vermieden, von Diamanten zu sprechen, doch jetzt stand das Wort im Raum. Sie schüttelte lebhaft den Kopf und fuhr fort: »Keine Sorge. Die Dinger sind bestimmt nicht da.«

»Oder sie bestehen aus Glas«, sagte er nickend. »Und selbst wenn sie in der Schublade liegen und echt sind, können wir sie nicht verkaufen, ohne zu melden, woher sie stammen — und da kommen wir mit der Wahrheit nicht sehr weit.«

»Nein? Sei nicht naiv, Charley. Niemand fragt mich, woher ich meine Diamanten habe! Aber um auf die Polizei zurückzukommen — meine Anzeige hat man als Publicity-Gag abgetan und sich gar nicht erst darum gekümmert. Und wenn wir mit dieser Sache ankommen. schickt man uns gleich ins Irrenhaus.«

»Da hast du vielleicht recht.« Düster starrte er auf seinen Drink. »Wenn ich mir vorstelle, daß wir einen sekundenschnellen Sprung durch die vierte Dimension melden, und dazu ein unmögliches Raumschiff auf dem Mond mit einer menschlichen Besatzung ... Nur daß die Burschen alle wie Adonis persönlich aussehen und die Mädchen ... hm ...«

Madlyn nickte nachdenklich. »Die hatten es wirklich in sich. Luloy ... und die Biologin Sennlloy, die sich mit all den Würmern und Mäusen befaßt hat ... sie alle.«

»Ja, wenn wir solche Dinge zu Protokoll geben, stekken wir im Nu in der Zwangsjacke.«

»Na ja, wir könnten einen norlaminischen Beobachter verständigen ... «

»Ich habe da eine bessere Idee. Saufen wir uns einen an.«

Die Erinnerungen der beiden an die nächsten Stunden waren sehr verschwommen. Charley van der Gleiss kam am nächsten Nachmittag um drei Uhr wieder zu sich. Er lag voll angezogen auf der Couch in seinem Wohnzimmer und hatte schreckliche Kopfschmerzen.

Vorsichtig tastete er sich zum Schlafzimmer. Dort lag Madlyn bekleidet auf seinem Bett und starrte ihm mit schmerzlich verzogenem Gesicht entgegen. »Mein Kopf! Ich glaube, er bricht gleich ab!« Sie richtete sich langsam auf. »Ich hab's leider nicht vergessen! Ich glaube, die schreckliche Mondlandschaft und die nackte Luloy werde ich mein ganzes Leben lang vor Augen haben.«

»Und ich das alptraumhafte Raumschiff. Während du dich im Badezimmer umtust, sorge ich mal für das Frühstück!«

Nach einiger Zeit fühlten sie sich wieder besser, und Madlyn fragte: »Warum schaust du nicht mal in die Schublade, Charley? Vielleicht ist doch eine kleine Überraschung darin.«

Er zog die Schublade auf und überließ es ihr, den weichen Plastikbeutel hochzuheben.

»Mein Gott«, sagte sie atemlos. »Das sind ja vier oder fünf Pfund!« Mit zitternden Fingern öffnete sie den Beutel und starrte eine halbe Minute lang wie verzaubert hinein. Dann holte sie einige Edelsteine heraus und untersuchte sie.

»Charley«, sagte sie schließlich, »wenn ich mich überhaupt mit Diamanten auskenne — und ich halte mich für eine Expertin —, sind die Dinger nicht nur echt, sondern auch die besten Stücke, die ich je gesehen habe. Ich hätte schon Angst, die kleinsten zum Verkauf anzubieten! So etwas gibt es sicher nur sehr selten.«

»Na ja, wir hätten wahrscheinlich sowieso mit einem norlaminischen Beobachter sprechen müssen. Vielleicht weiß der einen Ausweg. Komm.«

Eine Stunde später wurden die beiden in das abgeschirmte Privatbüro des Beobachters geführt. Sie berichteten in allen Einzelheiten von ihrem seltsamen Erlebnis.

Der Außerirdische lauschte aufmerksam. Er lebte erst seit wenigen Monaten unter Menschen; in der vorsichtigen Art der Norlaminer gestand er sich ein, daß er diese Wesen bei weitem noch nicht verstand. Seine beiden Besucher kamen ihm besonders unwissenschaftlich und unlogisch vor … und doch hatten sie etwas an sich, das ihm eingab, sich ihre Geschichte anzuhören. Schließlich setzte er eine Kopfhaube auf und verschaffte sich weitere Erkenntnisse. Visuell untersuchte er die Rückseite des Mondes; stirnrunzelnd verstärkte er die Energie auf mikroskopische Vergrößerung und erforschte ein halbes Dutzend Stellen. Dann setzte er sich mit Rovol von den Strahlen auf dem fernen Norlamin in Verbindung, der seinerseits Seaton in eine Konferenzschaltung einbezog.

»Kein Zweifel«, sagte Seaton. »Wenn diese Wesen nicht vor jemandem auf der Flucht gewesen wären, hätten sie nicht so viele tausend Tonnen Inoson zu Mondstaub zermahlen — eine ziemlich mühselige Sache. Und ich brauche Ihnen nicht zu sagen, daß Inoson im Naturzustand nicht vorkommt. Ja, für diese Sache müssen wir uns entschieden interessieren. Ich komme hinüber.«

Seatons Projektion erschien im Büro des Beobachters. Nachdem er vorgestellt worden war, reichte er Madlyn und Charley Gedankenhelme. »Setzen Sie die doch bitte auf, damit wir die ganze Sache möglichst detailliert noch einmal durchgehen können. Nicht, daß wir Ihre Angaben bezweifelten; nur wollen wir alle gedanklichen Nebeneffekte studieren, die sich noch sichtbar machen lassen.«

Die beiden berichteten noch einmal; aber diesmal wurden sie von Seaton oder dem Beobachter laufend mit gezielten Fragen oder Vorschlägen unterbrochen. Als die beiden schließlich nichts Neues mehr beizusteuern hatten, nahm der Beobachter die Kopfhaube ab und sagte: »Obwohl von diesem Material der größte Teil nicht für die Öffentlichkeit bestimmt ist, möchte ich Ihnen genug sagen, um Ihnen die Unruhe zu nehmen, zumal Sie auch schon selbst einiges gesehen haben. Außerdem bin ich überzeugt, daß Sie den Mund halten können.« Da er ein sehr junger Norlaminer war, der vor kurzem erst aus dem Land der Jugend hervorgegangen war, lächelte er, und die beiden lächelten ebenfalls.

»Einen Augenblick«, sagte Seaton. »Ich bin nicht sicher, ob wir den beiden die geistige Unruhe schon nehmen sollten. Beide erinnern mich an etwas — sehr lebhaft sogar. Ich könnte schwören, Sie von irgendwo zu kennen — dabei weiß ich genau, daß ich keinen von Ihnen je gesehen habe ... Niemand könnte zum Beispiel Madlyn Mannis vergessen ...« Er hielt inne und schnipste mit den Fingern. »Ich bin doch ein Idiot! Wo waren Sie beide um 23.59 Uhr am Achtzehnten?«

»Wie bitte? Was ist denn das, ein Scherz?«

»Keine Sorge«, beruhigte ihn Seaton. »Madlyn?«

»Eine Minute vor Mitternacht? Um die Zeit ist das Finale meines ersten Auftritts ... Oh — oh! War der Achtzehnte ein Freitag?«

»Ja.«

»Also bitte!« Das Mädchen war sichtlich aufgeregt. »Das war tatsächlich etwas! Fragen Sie mich nicht, was ... ich weiß nur, daß ich meine Vorführung zu Ende brachte und plötzlich so ein Gefühl hatte ... ein Gefühl der Wichtigkeit ... oder eher der Dringlichkeit. Und Sie haben dabei eine Rolle gespielt!« Mit ungläubig geweiteten Augen starrte sie auf Seatons Projektion.

»Jawohl! Aber Sie waren irgendwie anders, ich weiß es nicht. Wie eine ... wie eine Spiegelung von Ihnen oder ein schlechtes Foto ...«

Durch seine Kopfhaube hielt Seaton bei Rovol und dem Norlaminer auf der Erde Rücksprache: »Sie meint unseren Rufstrahl ...«

»Ja, aber Rovol, was soll das ›Spiegelbild‹ bedeuten?«

»Vielleicht eine Art Reaktion von einer anderen Rasse ...«

Das Zwischenspiel dauerte knapp eine Sekunde, dann wandte sich Seaton wieder an das Mädchen und ihren Begleiter, die nichts gemerkt hatten.

»Die ›Wichtigkeit‹ oder ›Dringlichkeit‹, von der Sie sprechen, Madlyn, war eine Botschaft, die wir ausgestrahlt haben. Man könnte sie ein SOS nennen. Wir hofften auf eine Reaktion von einer anderen Rasse oder Zivilisation, die ein wenig fortgeschrittener ist als wir. Wir hatten auf eine Antwort gehofft; möglich, daß wir sie durch Sie eben erhalten haben. Wie sah die ›Spiegelung‹ aus?«

»Ich würde sie ein psychisches Zupfen nennen«, sagte Madlyn prompt. »Und wo Sie jetzt davon sprechen — bei den Jelmi war es dasselbe. Und ...« Ihre Augen weiteten sich, und sie wandte sich an Charley.

Seaton schnipste mit den Fingern. »Hören Sie, Madlyn. Können Sie etwas Zeit für uns erübrigen? Ich weiß noch nicht, was das alles soll — aber ich möchte Sie in der Nähe haben, wenn es wieder passiert!«

»Natürlich, Mr. Seaton, ich meine ... Dr. Seaton. Ich rufe Moe an ... das ist mein Agent. Wir können Vegas streichen und ...«

»Vielen Dank«, sagte Seaton lächelnd. »Es soll Ihr Schaden nicht sein.«

»Sicher nicht, wenn ich mir diese ... aber ja, was ist mit den Diamanten, wenn die wirklich echt sind?«

»Oh, echt sind sie durchaus«, beruhigte sie der Norlaminer. »Und sie gehören natürlich Ihnen. Soll ich sie für Sie verkaufen?«

Sie warf van der Gleiss einen fragenden Blick zu, der die Edelsteine an den Beobachter weitergab.

»Gut«, sagte Seaton schließlich. »Jetzt zu Ihnen, Charley. Was für ein Gefühl hatten Sie am Freitag eine Minute vor Mitternacht?«

»Na ja, ich sah Madlyn zum erstenmal auf der Bühne — und sie ist ja wirklich eine Sensation! Aber wenn Sie eine psychische Botschaft meinen — nichts. Ich bin dazu nicht veranlagt und glaube an so etwas nicht.«

»O nein, Mr. Charles K. van der Gleiss!« rief Madlyn. »Du bist psychisch ganz schön aufgeschlossen! Wieso laufen wir uns andauernd über den Weg? Und wie kann es passieren, daß ich mich mit dir betrinke!« Sie breitete flehend die Hände aus. »Ist er nicht psychisch veranlagt?«

»Ich würde sagen, daß er für bestimmte Kräfte ungewöhnlich empfänglich ist«, sagte der Norlaminer. »Überlegen Sie genau, junger Mann. War da nicht doch mehr als die geistige und ästhetische Wertschätzung einer hervorragenden Künstlerin?«

»Natürlich!« rief der Mann. »Aber ... aber ... ach, ich weiß nicht. Jetzt, wo Madlyn davon spricht, meine ich auch, daß da eine gewisse Botschaft in dem Gefühl lag. Aber ich habe nicht die geringste Ahnung, was das im einzelnen war!«

»Und das«, sagte Seaton, »ist so etwa die beste Definition, die ich bisher gehört habe. Auch wir tappen völlig im dunkeln.«

Kapitel 12

DuQuesne, der die *Skylark von Valeron* noch gar nicht kannte, hatte angenommen, Seaton und seine Freunde befänden sich noch an Bord der *Skylark III,* die in Energie und Bestückung DuQuesnes Schiff, der *Capital D,* entsprach. Als nun klar wurde, was der *Capital D* zum Rendezvous entgegenschwebte, war DuQuesnes Überraschung nicht gering.

Er hatte angenommen, sein Fahrzeug sei eins der drei mächtigsten Großkampfschiffe, die je gebaut worden waren — und nun *das!* Dieses Ding war ja gar kein Raumschiff mehr! In jeder Beziehung war es eine ganze Welt! Es war groß genug, um Offensiv- und Defensivwaffen planetarischen Ausmaßes zu enthalten und anzutreiben … und wenn er Seaton und Crane nur halb so gut kannte, wie er annahm, konnte dieses Monstrum mühelos eine ganze Welt vernichten.

Wieder war es ihm nicht gelungen, an die erste Stelle vorzurücken. Und wieder lag er so weit zurück, daß er praktisch aus dem Rennen war.

Diese unerträgliche Situation mußte irgendwie beendet werden … und es galt nun vordringlich, einen Weg zu finden, seine Lage zu verbessern. Alles andere mußte zurückstehen.

Nachdenklich runzelte er die Stirn. Das planetoidengroße Raumschiff änderte von Grund auf alles. Er hatte die Absicht gehabt, Seaton die Rosinen zuzuspielen und ihn damit loslaufen zu lassen, während er, DuQuesne, seine eigenen Pläne verfolgte.

Aber konnte er das Risiko jetzt noch eingehen? Es stand zehn zu eins — oder sogar hundert zu eins? —, daß er gegen die Schutzschirme des Planetoiden nichts auszurichten vermochte. Aber es lohnte auf jeden Fall einen Versuch …

Er errichtete ein denkbar feines Energienetz fünfter und sechster Ordnung und führte es vorsichtig gegen die riesige Schutzkuppel der *Skylark von Valeron,* um festzustellen, welche Abwehrmittel sein Gegner besaß.

Aber er fand nichts heraus. und das im Handumdrehen. Bei der ersten, fast unmerklichen Berührung flammten sofort die Verteidigungsschirme des gewaltigen Planetoiden auf.

DuQuesne schaltete seine Energien ab, die Schirme verschwanden, und Seaton sagte: »Spionieren ist nicht erlaubt, DuQuesne. Kommen Sie herüber, dann können Sie sich nach Belieben umsehen, aber von außerhalb ist das unmöglich.«

»Das sehe ich. Wie komme ich zu Ihnen hinein?«

»In einem Ihrer Beiboote. Gehen Sie auf neutrale Beschleunigung, sobald Sie Ihr Schiff verlassen haben. Ich steuere Sie dann weiter.«

»Einverstanden«, sagte DuQuesne — und während sein Rettungsboot durch die zahlreichen Schleusen der *Skylark* gelenkt wurde, beschäftigte er sich weiter mit seinem Problem.

Nein, die Vorstellung, Seaton die Rolle als großer Held zu überlassen, kam nicht mehr in Frage. Seaton und seine ganze Gruppe mußten sterben — je eher, desto besser.

Eigentlich hatte er schon die ganze Zeit gewußt, daß nur diese Lösung blieb — nur war er nicht konsequent genug gewesen. Mit dieser Sache hätte Seaton einen uneinholbaren Vorsprung gewonnen. Aber konnte er überhaupt noch gegen Seaton und seinen Planetoiden an? Er sah keine Ansatzpunkte für einen Angriff ... jedenfalls nicht auf den ersten Blick. Aber es *mußte* eine Lücke im Panzer geben; er mußte sie nur finden!

Es war sicher am klügsten, sich mit Seaton zusammenzutun und eng mit ihm zusammenzuarbeiten, wenigstens eine Zeitlang. Bis er eine größere und mächtigere Miniwelt hatte als Seaton und mehr wußte als alle

Skylarker zusammen. Dann wurde es Zeit, die *Skylark von Valeron* und ihre Besatzung aus dem All zu pusten und sich richtig an die Arbeit zu machen.

Um diesen Plan zu erfüllen, mochte er wieder sein Wort geben müssen, im Interesse der Gruppe zu handeln; dazu war es schon einmal gekommen. Bisher hatte er sein Wort nicht gebrochen, also würde er diesmal keine Versprechungen machen, es sei denn, er konnte nicht anders. Und was dann? Wenn die Sache auf die Spitze getrieben wurde, wenn es darum ging, entweder ein Versprechen zu halten oder Herrscher der Galaxis zu werden — wie würde er sich entscheiden?

Was immer geschehen mochte, Seaton und seine Mannschaft mußten und würden sterben. DuQuesne mußte siegen!

Kaum war DuQuesnes Rettungsboot im Innern der riesigen Hohlkugel der *Skylark von Valeron,* landete Seaton das Schiff vorsichtig hinter seinem Haus, setzte sich einen Gedankenhelm auf und brachte einen zweiten zum Landedock hinaus.

DuQuesne öffnete die Schleusen seines Fahrzeugs, und Seaton setzte sich zu ihm in den winzigen Hauptraum.

Die beiden Männer musterten sich stumm; Grußworte wurden nicht gewechselt. Beide wußten, daß es zwischen ihnen keine Freundschaft geben konnte. DuQuesne wunderte sich nicht, warum Seaton ihm hier draußen und allein entgegenkam. Er wußte genau, was die Frauen, besonders Margaret, von ihm hielten; aber solche Kleinigkeiten waren für einen Mann wie Marc C. DuQuesne völlig ohne Belang.

Seaton reichte DuQuesne die zweite Kopfhaube. DuQuesne setzte sie auf, und Seaton sagte auf gedanklichem Wege: »Wie Sie merken werden, ist dies kein normales Lerngerät. Sie wissen inzwischen, daß Sie sich im Innern der *Skylark von Valeron* befinden. Sie können das Schiff in aller Ruhe studieren. Ich gebe Ihnen sogar die Rißzeichnungen mit, ehe Sie weiterfliegen — wenn wir schon wieder Verbündete sein müssen, brauchen Sie etwas Besseres als Ihre *Capital D.*«

Seaton hatte angenommen, daß seine Gabe DuQuesne aus dem Konzept bringen würde, doch der ließ sich nichts anmerken. DuQuesne beschäftigte sich gut eine Stunde lang mit der Miniwelt, nahm dann seine Haube ab und sagte: »Gute Arbeit, Seaton. Ein Wunderwerk — besonders die Tanknachbildung des Ersten Universums und das Supercomputer-Gehirn — von dem ich einige Teile mit dieser Kopfhaube aktivieren kann. Die übrigen sind wahrscheinlich nur auf Ihr Gehirn eingestellt, nicht wahr?«

»Genau. Zusammen mit den Rißzeichnungen haben Sie dann alles, was Sie brauchen. Aber ehe Sie sich in die Einzelheiten stürzen, möchte ich Ihnen etwas sagen, von dem Sie vielleicht keine Ahnung haben, das aber von großer Bedeutung werden kann. Haben Sie je von einer Möglichkeit gehört, in die vierte Dimension zu kommen, ohne daß eine Rotation erforderlich ist?«

»Nein. Nicht einmal theoretisch. Sind Sie sicher, daß es diese Methode gibt?«

»Ganz eindeutig. Eine Methode, von der sogar die Norlaminer keine Ahnung haben.« Und Seaton schilderte die Erlebnisse Madlyn Mannis' und Charles van der Gleiss' und vergaß auch nicht, DuQuesne die aufgezeichneten gedanklichen Nebeneffekte zu beschreiben.

Beim Anblick Mergons und Luloys — zwei der drei Jelmi, die der monströse Klazmon mit den Fenachronern, den chloratmenden amöbischen Chloranern und mit DuQuesne verglichen hatte — mußte sich DuQuesne eisern zusammennehmen, um sein plötzlich erwachtes Interesse zu verbergen. In wenigen Sekunden schmiedete er den idealen Plan. Er wußte genau, wo die Galaxis DW-427-LU lag. Er wußte, wie er Seaton in diese Richtung locken konnte. Er wußte, wie er Seaton und seine Mannschaft töten und die *Skylark von Valeron* übernehmen konnte. *Und er hatte einen Weg gefunden, seine Spuren zw verwischen!*

Ohne etwas von diesen Gedanken zu ahnen, fuhr Seaton fort. »Ich glaube, jetzt können wir zu den Einzelheiten Ihrer Erlebnisse übergehen.«

Nachdem DuQuesne einen detaillierten Vortrag gehalten hatte, der gut zwanzig Minuten dauerte, schloß er: »Nun zur Position. Ich habe einen zylindrischen Raumausschnitt berechnet, der alle Galaxien enthält, die im Bereich zwischen der Ersten Galaxis und dem Raumpunkt liegen, wo sich Ihre Zeitstillstand-Kapsel auflöste. Das sind diese vier Spulen.« Er deutete mit dem Finger darauf. »Aber ich habe keine Ahnung, wo dieser Punkt im Universum liegt — ich kenne die universalen Koordinaten nicht. Aber da Sie wissen, wo Sie sind, und ich weiß, wie ich hierhergekommen bin, können wir diesen Punkt berechnen, wenn wir genug Zeit haben!«

»Keine Sorge — das geht ganz schnell«, sagte Seaton. »Sobald wir Ihre Bänder durch den Abtaster geschickt haben.« Seaton setzte einen Helm auf, und DuQuesne folgte seinem Beispiel. »Die Bänder brauchen nicht mal in der richtigen Reihenfolge eingegeben zu werden; sobald die Eingabe beendet ist, erscheint Ihr Raumsektor im Tank.«

Und so geschah es — ein langer, schmaler, gelblich schimmernder Zylinder.

»Das ist wirklich ausgezeichnet«, räumte DuQuesne ein. »Meine Reise begann dort.« Er kennzeichnete die Stelle mit einem winzigen purpurnen Lichtpunkt. Es war ein seltsames Gefühl, mit diesem Riesengehirn in dem gewaltigen galaktischen Modell zu arbeiten — nur mit einer Kopfhaube, die auf viele Kilometer Entfernung funktionierte.

»Ich hatte meine künstliche Schwerkraft genau auf den universalen Norden als ›oben‹ ausgerichtet«, fuhr

DuQuesne fort, »und bewegte mich auf einem Kurs, der sich möglichst genau an die Achse dieses Zylinders hielt, bis zu diesem Punkt. Dort traf mich Klazmons Strahl — aus 87,418 Grad Steuerbord und 3,926 Grad universalem Süden.«

DuQuesnes Gehirn, dem es besonders um diese Zahlen gegangen war, zeigte auf keiner Nebenfrequenz die Ungeheuerlichkeit dieser Lüge. Die Zahlen selbst stimmten annähernd; aber die Tatsache, daß der Strahl in Wirklichkeit von Backbord und aus dem Norden gekommen war, ergab doch eine erhebliche Abweichung. Die purpurne Linie zuckte fast genau im rechten Winkel davon, und DuQuesne fuhr ohne zu zögern fort:

»Wie Sie sehen, befinden sich an dieser Linie zwei Galaxien; eine etwa auf halbem Wege zum Rand des Universums« — diese Galaxis war nach Klazmons Bezeichnung DW-427-LU —, »die andere noch weiter draußen, unmittelbar am Rand. Unter den gegebenen Umständen war eine genaue Entfernungsermittlung unmöglich, aber wenn wir annehmen, daß Klazmons Möglichkeiten etwa den unseren entsprechen, müßte es sich um die erste Galaxis handeln. Ich möchte aber für diese Vermutung nicht die Hand ins Feuer legen.«

»Verständlich — aber Sie haben wahrscheinlich recht. Wenn wir davon ausgehen, liegt in dieser Galaxis also das Reich der Llurdi — und aus dieser Galaxis kommen dann auch die Wesen, die auf unserem Mond ihr Riesenraumschiff gebaut haben.«

»Die verfügbaren Daten liefern zwar keinen einwandfreien Beweis, aber so könnte man wohl vermuten. Meine zweite Vermutung ist noch viel nebulöser. Ich vermute nämlich anhand von Nebenfrequenzen, daß die Wesen dorthin zurückkehren.«

»Ja, das habe ich auch gespürt. Aber bitte reden Sie weiter«, sagte Seaton.

»Okay. Erstens müssen wir eine Antwort auf die Frage finden, warum die Jelmi eine so ungeheure Entfernung zurückgelegt haben, um etwas zu tun, das ihnen letztlich keine große Mühe gemacht hat. Wir wissen, daß sie das nicht nur zum Spaß gemacht haben. Uns ist bekannt, daß sämtliche Jelmi unterdrückt werden und daß die achthundert in dem Schiff rebelliert haben. Wir sind ziemlich sicher, daß die Erde im Augenblick eine stärkere Wellenausstrahlung sechster Ordnung hat als der Rest des Ersten Universums zusammen.

Gut. Es gab drei Hinweise, daß Tammon die Theorie des Sprungs durch die vierte Dimension schon vor einiger Zeit entwickelt hat; aber die Jelmi haben die gewaltige Entfernung zurückgelegt, um ihre Forschungs- und Entwicklungsarbeiten vor seiner Hochherrlichkeit Llanzlan Klazmon XV. zu verbergen.

Ab jetzt bin ich mehr oder weniger auf Vermutungen angewiesen — aber wäre nicht mit ziemlicher Gewißheit anzunehmen, daß nach der Realisierung der Hypersprung-Theorie und dem Bau des Riesenschiffs die Jelmi nun im Eiltempo zurückfliegen, um den Llurdi eins überzubraten — und dazu wären sie jetzt durchaus in der Lage!«

»Richtig. Ich habe zwar nicht genau denselben Weg beschritten — doch meine Schlußfolgerungen sind identisch. Also müssen wir die Sache nicht nur erkunden, sondern mit Vorrang behandeln. Frage: Wer tut's? Sie oder ich?«

»Die Antwort darauf kennen Sie. Ich habe andere Dinge im Sinn — und die dauern wahrscheinlich so lange, bis Sie die Sache mit den Jelmi geklärt haben.«

»Meine Rede.« Seaton nahm an, daß DuQuesne in erster Linie eine eigene Miniwelt bauen wollte; DuQuesne berichtigte seine Vermutung nicht. Seaton fuhr fort: »Dann bleibt eine Frage offen: Gehen wir wieder zusammen, oder arbeiten wir unabhängig — oder wollen wir die Frage vorübergehend zurückstellen, bis Sie wieder voll einsatzfähig sind und wir festgestellt haben, wie groß die llurdische Gefahr wirklich ist?«

»Ich meine, wir sollten nach der letzten Möglichkeit handeln.« DuQuesne runzelte die Stirn, doch nicht die winzigste geistige Ausstrahlung verriet, worum seine Gedanken kreisten: DuQuesne wollte dafür sorgen, daß Seaton längst tot war, wenn sich die llurdische Gefahr klärte. Und dann war ihm völlig gleichgültig, ob etwas gegen die Llurdi unternommen wurde oder nicht.

Die beiden Männer besprachen noch einige weniger wichtige Einzelheiten, und nach etwa zehn Minuten flog DuQuesne ab. Und als er in seiner *Capital D* wieder durch das All raste, gestattete sich DuQuesne ein verächtliches und zufriedenes Lächeln.

In sein Wohnzimmer zurückgekehrt, wandte sich Seaton an seine Frau: »Dottie, hast du irgend etwas Verdächtiges festgestellt?«

»Nichts, Dick. Ich habe mich voll auf DuQuesne konzentriert, aber es klang alles echt. Hast du etwas gespürt?«

»Nichts — verflixt! Trotz des Helms war alles einwandfrei. Aber wir dürfen nicht vergessen, daß DuQuesne ein ziemlich harter Brocken ist. Andererseits habe ich genau dieselben Schlußfolgerungen gezogen wie er — völlig unabhängig von ihm.«

»Also deutet alles darauf hin, daß er diesmal mit offenen Karten spielt. Wäre nicht das erste Mal.«

»Möglich.« Seaton schien nicht davon überzeugt zu sein. »Ich traue dem Burschen aber nicht über den Weg. Ich wüßte zu gern, ob er uns reinlegen will oder nicht ... und wenn er etwas im Schilde führt, wie er es schaffen will. Mein Schatz, wir müssen auf jeden Fall die Augen offenhalten.«

Stirnrunzelnd machte sich Seaton daran, den Kurs zur Galaxis DW-427-LU festzusetzen. Er hatte jeden Grund zu der Annahme, daß es sich dabei um die Galaxis handelte, in der das Reich der Llurdi lag. Außerdem — und das erwähnte er Dorothy gegenüber nicht — fühlte sich der Kurs irgendwie ›richtig‹ an, in einem tiefen, unverständlichen Sinne, mit dem er sich nicht näher befassen wollte.

Denn Seaton wußte nicht, daß Galaxis DW-427-LU für ihn noch sehr wichtig werden sollte — auf eine Weise, die er nicht vorausahnen konnte. Hätte er Bescheid gewußt, hätte er es nicht geglaubt, hätte er es nicht verstanden.

Denn in diesem Augenblick ahnte nicht einmal Richard Seaton Ballinger, welche Kräfte er mit seinem kosmischen Ruf entfesselt hatte.

Kapitel 13

Nach der Auffassung Blackie DuQuesnes war Seaton unentwirrbar in der Philosophie des ›Guten‹ verfangen. DuQuesne begriff nicht recht, wie ein Verstand von den Qualitäten Seatons sich dem Prinzip des Helfens verschreiben konnte, wie er eine Niederlage ohne Groll hinnehmen und sogar auf persönlichen Gewinn verzichten konnte, wo der Weg zur Herrschaft über ein Universum doch so klar vorgezeichnet schien.

DuQuesne wußte aber, daß Seatons Charakter entsprechende Züge aufwies, und hatte damit gerechnet. Er war nicht enttäuscht worden. Es wäre für Seaton ein Kinderspiel gewesen, ihn zu vernichten, als er Seatons Riesenraumschiff betrat. Statt dessen hatte ihm Seaton die Baupläne zum Geschenk gemacht!

Das genügte Blackie DuQuesne jedoch nicht. Angesichts der großen Fortschritte Seatons hatten sich seine Pläne drastisch geändert. Der Status eines Mitstreiters genügte ihm nicht. Er mußte der Sieger sein. Und der Hinweis Seatons auf die Existenz eines Transportsystems durch die vierte Dimension mochte das Werkzeug sein, das ihm zum Sieg verhalf; und aus diesem Grunde machte er sich sofort an die Arbeit.

Da er Seaton über den Kursvektor der Jelmi getäuscht und ihn ins Blaue geschickt hatte, wozu sich DuQuesne nachdrücklich gratulierte, brauchte er nur die richtige Richtung einzuschlagen. Der Wissenschaftler war fest davon überzeugt, daß er einen Weg finden würde, den Jelmi das gewünschte Geheimnis abzujagen. Da sein Schiff Energie im Überfluß hatte, konzentrierte er alles auf den Antrieb, berechnete eine gewaltige asymptotische Kurve auf den Kurs, den die Jelmi eingeschlagen haben mußten, und verfolgte das inter-

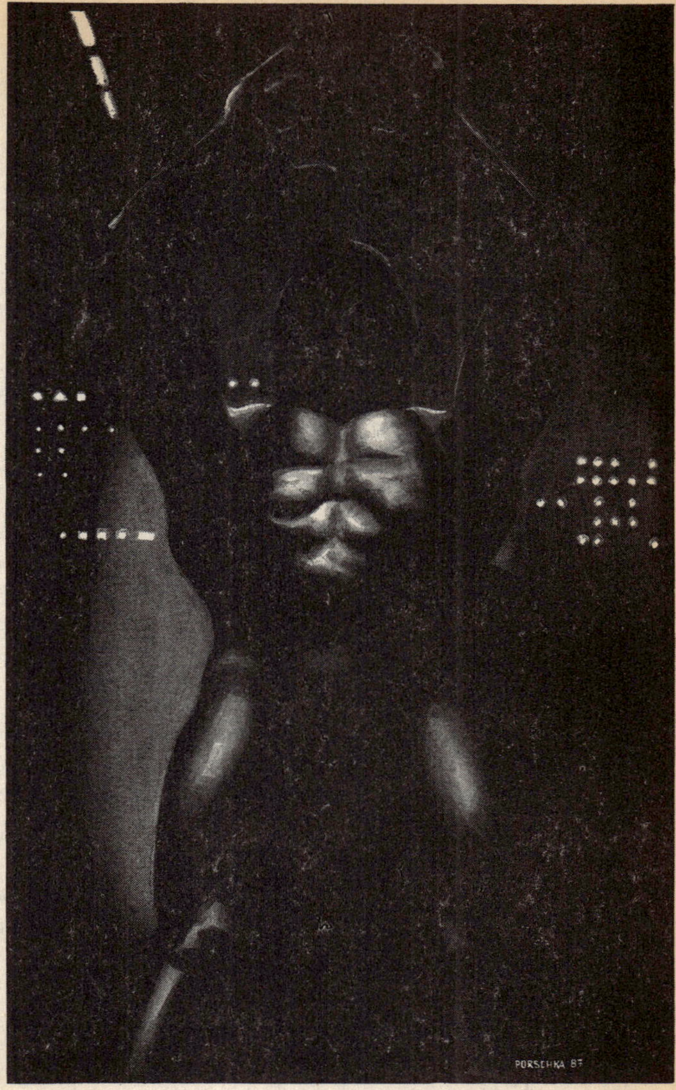
PORSCHKA 87

galaktische Raumschiff, das den Mond der Erde vor kurzem verlassen hatte.

DuQuesne wußte, daß Gewalt ein gutes Mittel war, zum Ziel zu kommen. Doch eine Täuschung war gleichermaßen zufriedenstellend und erfolgversprechend. Also zog er sich aus und musterte sich von Kopf bis Fuß in einem großen Spiegel.

Sein Äußeres würde ausreichen. Sein Körper besaß nichts, das ihm im Umgang mit den Jelmi Probleme bereiten konnte. Da er seine Höhensonne stets unbekleidet genoß, stimmte die Hautfarbe. Er war zu dunkelhäutig für einen typischen kaukasischen Erdenmenschen, aber das war durchaus in Ordnung, denn er wollte nicht als Erdenmensch auftreten. Er wollte sich als Eingeborener eines Planeten ausgaben, dessen Bewohner nackt leben — Planet Xylmny in einer Galaxis irgendwo am Rand des Universums ... ja, seine Selbstbeherrschung genügte, um sich nicht zu verraten.

Aber seine Kabine widersprach der Geschichte von einem kleiderlosen Dasein, ebenso wie alle anderen Privaträume im Schiff. Alle besaßen Schränke, die eindeutig für die Aufnahme von Kleidung bestimmt waren, und es lohnte sich nicht, sie umzubauen.

Gut, dann war er eben ein Forscher, der viele Dutzend Planeten besucht hatte und hier und dort Kleidung oder Schmuck verschiedener Art tragen mußte. Zumindest zum Schutz und wahrscheinlich auch aus formellen Gründen.

Woraufhin DuQuesne seiner Phantasie die Zügel schießen ließ und einen Schrank nach dem anderen mit Arbeitskleidung und Schmuck von zahlreichen Phantasiewelten füllte.

Nach einiger Zeit wurde er von dem vor ihm fliegenden Raumschiff angerufen: »Sie folgen uns aus der Richtung der Welt Tellus; sprechen Sie Englisch?«

»Jawohl.«

»Warum folgen Sie uns, Tellurier!«

»Ich bin kein Tellurier. Ich komme vom Planeten Xylmna, der zwar sehr erdähnlich ist, aber in einer fernen Galaxis liegt.« Er schilderte den Jelmi die Position Xylmnys, so gut er das in Worten vermochte. »Ich bin ein Sucher, und mein Name ist Sevance. Ich habe viele Planeten besucht, die Ihrer Heimat und Tellus und meinem Heimatplaneten sehr ähnlich sind. Auf Tellus gab es keine interessanten Dinge, aber ich erfuhr dort, daß Sie Kenntnisse besitzen, die mir noch neu sind — Kenntnisse über ein Gerät, mit dem sich Wesen und Gegenstände durch die vierte Dimension manipulieren lassen, ohne daß sie sich darin hoffnungslos verirren, wie es unweigerlich bei der Rotation in die andere Dimension der Fall ist. Deshalb bin ich Ihnen sofort gefolgt.«

»Natürlich. Ich hätte an Ihrer Stelle dasselbe getan. Ich bin Wissenschaftler Tammon vom Planeten Mallidax — Llurdiaxorb Drei —, und diese Welt ist unser Ziel. Sie haben also einen oder mehrere Rotationsversuche positiv abgeschlossen? Unsere Versuche mit der Rotation sind immer fehlgeschlagen.«

»Wir hatten nur einen Erfolg. Als Sucher gebe ich Ihnen gern die Spezifikationen der Energiestrukturen, Computer und beteiligten Kräfte, wenn Sie denselben Versuch machen wollen — aber die Erfolgschancen sind bestenfalls gering.«

»Dies ist wirklich ein glückliches Zusammentreffen. Erlauben Sie mir, an Bord Ihres Schiffs zu kommen, wenn wir nahe genug sind, um einen vierdimensionalen Sprung durchzuführen?«

»Ich würde mich sehr freuen, Sie persönlich zu begrüßen. Bis dahin, Wissenschaftler Tammon, leben Sie wohl und vielen Dank!«

Da Mergon die *Mallidaxian* erheblich beschleunigte, um die Annäherung zu erleichtern, und da der Dimensionssprung schon auf ziemlich große Entfernungen möglich war, dauerte es nicht lange, bis Tammon in der

Zentrale der *Capital D* auftauchte. Der alte Wissenschaftler machte einen tiefen Atemzug, beugte die Knie und sagte: »Wie erwartet, ähnelt Ihre Umgebung der unseren sehr. Wir begrüßen neue Freunde mit einem vierhändigen Händeschütteln.«

Vier Hände trafen sich zu einem kurzen Griff.

»Möchten Sie jetzt an Bord unseres Schiffs kommen?« fragte Tammon schließlich.

»Je eher, desto besser«, und im nächsten Augenblick standen beide in Tammons Labor, wo Mergon und Luloy den Besucher voller Interesse musterten.

»Sucher Sevance«, sagte Tammon schließlich. »Dies sind Wissenschaftler Mergon, mein Erster Assistent, und Wissenschaftlerin Luloy, seine ... nun, ›Frau‹ wäre wohl der beste Ausdruck.«

Diesmal war der Handschlag sechsfach, und die beiden Jelmi sagten im Chor: »Ich bin glücklich, daß wir Freunde werden.«

»Möge sich unsere Freundschaft vertiefen«, improvisierte DuQuesne und verbeugte sich.

»Sucher, ich habe eine Frage«, sagte Luloy schließlich. »Müssen die Angehörigen Ihrer Kaste immer allein suchen? Ich würde wahnsinnig werden, wenn ich so lange allein sein müßte.«

»Die wahren Sucher bleiben allein. Zwar trifft es zu, daß ein normaler Mann die Gesellschaft seiner Artgenossen entbehrt, besonders die des anderen Geschlechts, aber ein wahrer Sucher kann sich besser konzentrieren, wenn er absolut allein ist.«

Tammon nickte nachdenklich. »Das mag schon wahr sein. Vielleicht versuche ich es selbst einmal. Aber jetzt haben wir noch etwas Zeit vor dem Essen. Gibt es Dinge, die Sie mit uns besprechen wollen?«

Auf diese Frage war DuQuesne vorbereitet. Schließlich braucht ein Sucher etwas, nach dem er forscht; und da er sich nicht ausschließlich für etwas interessieren wollte, das die ahnungslosen Jelmi durchaus als Waffe erkennen mochten, hatte er sich ein anderes Thema ausgesucht.

»Ach ja, einige Dinge liegen mir schon am Herzen. Zum Beispiel bin ich kein Fachmann in der Biologie, habe mir aber Gedanken über die Tatsache gemacht, daß es viele hundert — wahrscheinlich sogar viele Millionen — anscheinend identischer und möglicherweise auch biologisch verträglicher menschlicher Rassen gibt, die aber so weit im All verstreut sind, daß eine gemeinsame Herkunft eigentlich nicht in Frage kommt.«

»Ah!« Tammons Augen blitzten. »Das ist eins meiner Lieblingsthemen. Wir Jelmi und die Erdenmenschen leben sehr weit voneinander entfernt — und doch können wir eine gemeinsame Herkunft haben. Das haben wir *in vitro* erkundet, soweit es ging. Natürlich kann ich keinen lebendigen Mutterkuchen synthetisieren.«

»Aber setzt Ihr Erfolg *in vitro* nicht eine gemeinsame Herkunft voraus?«

»In gewisser Weise schon; doch nicht in normalen Begriffen. Das geht auf das unvorstellbar weit zurückliegende Entstehen allen Lebens zurück. Ich vermute, daß Sie jede nicht lebende Substanz nach Belieben synthetisieren könnten? Und zwar perfekt bis zum erkennbar feinsten Strukturelement?«

»Ich verstehe, was Sie meinen.« DuQuesne, der sich mit dieser Tatsache noch gar nicht beschäftigt hatte, war betroffen. »Zum Beispiel Steakfleisch. Perfekt in jeder Hinsicht, bis auf die Tatsache, daß es nie gelebt hat. Nein. Wir können DNA-RNA-Komplexe synthetisieren, die Bausteine des Lebens, aber sie leben eben nicht, und wir können ihnen auch kein Leben einhauchen. Umgekehrt können wir kein lebendiges Fleisch dematerialisieren.«

»Genau. Das Leben könnte also ein extradimensionales Attribut sein. Seine Basis könnte in einer Ordnung liegen, die tiefer ist, als wir bis jetzt ermessen können. Wie die Wahrheit auch aussehen mag, sie scheint im

Augenblick nur jener Allmacht bekannt zu sein, die wir Mallidaxer Llenderllon nennen. Was wir über das Leben wissen, beschränkt sich auf die Erkenntnis, daß es eine ungeheuer starke, bindende Kraft ist und daß seine Ursache — die mittelbare Ursache natürlich, nicht der ursprüngliche Ausgangspunkt — in den lebendigen Sporen liegt, die im offenen All treiben.«

»Moment mal«, sagte DuQuesne. »Bei uns gab es vor langer Zeit eine solche Theorie. Ebenso auf der Erde — ein Wissenschaftler namens Arrhenius —, aber solche Theorien wurden schließlich als unhaltbar aufgegeben. Wunschdenken.«

»Ich weiß. Aber vor knapp einem Jahr habe ich nach zwanzigjähriger Suche eine solche Spore gefunden. Ihre Abkommen sind am Leben und machen eine stürmische Entwicklung durch.«

DuQuesne sah ihn erstaunt an. »Was Sie nicht sagen! Das muß ich mir anschauen!«

Tammon nickte. »Ich kann Ihnen Beweise unterbreiten. Diese Lebensformen haben zwar keine Ähnlichkeit mit anderen mir bekannten Lebewesen, aber sie sind sehr interessant.«

»Kein Wunder. Aber ich hätte noch einen Einwand. Wie groß ist die Chance, daß auf zwei beliebigen Welten die Menschheit genau denselben Entwicklungsstand erreicht hat?«

»Ah, das ist der entscheidende Punkt meiner Theorie, den ich eines Tages zu beweisen hoffe; ich meine nämlich; daß die optimale Lebensform für die jeweilige Umgebung erreicht ist und die Evolution aufhört, sobald das Gehirn eines Menschen groß und kompliziert genug geworden ist, daß er seine Hände wirksam einsetzen kann. Deshalb sind ja auch Mutanten nicht in der Lage, es mit dem *Homo Sapiens* aufzunehmen.«

DuQuesne überlegte eine Zeitlang. Norlamin war eindeutig kein erdähnlicher Planet. »Bei den Xylmnianern heißt es: ›Der Mensch ist die höchste Schöpfung

Gottes.‹ Auf der Erde sagt man: ›Gott erschuf sich den Menschen nach seinem Bilde.‹ Dabei ist es unwichtig, daß ich nie an solche Sprüche geglaubt habe und sie noch immer für eine ungerechtfertigte rassistische Selbstbeweihräucherung halte.«

»Natürlich nicht. Aber um zum Hauptthema zurückzukehren. Würden Sie bei einem Experiment *in vitro* mitmachen wollen?«

DuQuesne lächelte vor sich hin. »Aber ja. Und nicht nur aus rein wissenschaftlichen Gründen.«

»Oh, das wäre kein Problem. Ebensowenig wie Ihre derzeitige Suche — es dauert nicht lange, die verschiedenen Geräte in Ihr Schiff einzubauen und Sie in der Bedienung zu unterweisen. Wenn ich mich nicht sehr irre, könnte dieses biologische Experiment von größter Bedeutung sein; es wird allerdings ein paar Tage Zeit in Anspruch nehmen. « Er drückte auf einen Knopf und sagte: »Senny.«

»Ja?« tönte eine Altstimme aus dem Lautsprecher.

»Kommen Sie bitte mal herunter. Es geht um das Experiment *in vivo,* das wir besprochen haben.«

»Oh? Komme sofort, Tamm.« Nach knapp einer Minute trat eine junge Frau in das Labor des alten Wissenschaftlers.

DuQuesne riß die Augen auf, denn sie bot einen herrlichen Anblick. Mit ihren Flügeln und ihrem lang herabfallenden blonden Haar hätte sie geradewegs aus Wagenhorsts unsterblichem Gemälde *Ragnarok* entsprungen sein können.

Tammon übernahm die Vorstellung. »Sucher Sevance von Xylmny, Wissenschaftlerin Sennlloy von Allondax, ihr beide sollt Freunde werden.«

»Ich freue mich, daß wir Freunde werden«, sagte das Mädchen auf englisch und streckte die Hände aus. DuQuesne ergriff sie, beugte sich darüber und sagte: »Möge sich unsere Freundschaft vertiefen.«

Sie musterte ihn eingehend von Kopf bis Fuß; dann

wandte sie sich an Tammon und äußerte einen langen Satz in einer Sprache, die DuQuesne nicht verstand.

»Sie sollten Englisch sprechen, meine Liebe«, sagte Tammon. »Es ist unhöflich, einen Gast von einem Gespräch auszuschließen, das ihn betrifft.«

»Es ist doppelt unhöflich«, gab sie auf englisch zurück, »einen Gast zu beleidigen, auch indirekt, der diese Beleidigung nicht verdient.«

»Das stimmt«, sagte Tammon. »Aber ich habe ihn schon etwas untersucht, und es ist praktisch gewiß, daß die Angelegenheit in Ihr und nicht in mein Sachgebiet fällt. Die Entscheidung liegt natürlich bei Ihnen. Setzen Sie die Helme auf, dann können Sie sich entschließen.«

Sie setzte einen Helm auf und reichte DuQuesne eine zweite Haube. Der Wissenschaftler von der Erde rechnete mit einem umfassenden geistigen Angriff und festigte jeden Block, der ihm zur Verfügung stand; aber sie richtete ihre Gedanken gar nicht auf ihn; statt dessen drang sie tief in die versteckten Tiefen seines Fleisches vor, in Bereiche, in die er ihr nicht folgen konnte, obwohl er Experte darin war, jede denkbare Materie zu synthetisieren.

Mit blitzenden Augen warf sie schließlich beide Helme auf einen Tisch und ergriff seine Hände mit einer Geste, die sich sehr von ihrer ersten Begrüßung unterschied. »Ich freue mich sehr über unsere Begegnung, Sucher, ich freue mich, daß wir Freunde sind!«

Obwohl DuQuesne von dieser erstaunlichen Veränderung überrascht war, ging er darauf ein. Er beugte sich über ihre Hände und küßte sie. »Ich danke Ihnen, Madame Sennlloy. Die Freude ist ganz auf meiner Seite.« Er lächelte freundlich, und sie erwiderte sein Lächeln. Beide schienen die übrigen Anwesenden im Labor vergessen zu haben.

Kapitel 14

Drei mallidaxianische Tage später verabschiedete sich DuQuesne von den Jelmi — und natürlich am ausgiebigsten von Sennlloy. Sie warf ihm die Arme um den Hals und rieb ihre Wange an der seinen. »Leb wohl, mein Freund. Unser Zusammensein war mir eine tiefe Befriedigung. Die Arbeit hat mir nie so großen Spaß gemacht — so sehr, daß ich mir fast etwas egoistisch vorkomme.«

»Wir werden angenehme Erinnerungen aneinander haben.«

»Möge der allmächtige Llenderllon dich behüten und dir bei deiner Suche helfen.«

Nicht einmal Marc C. DuQuesne war in der Lage, sich seine erstaunlichen und überaus angenehmen Erlebnisse bei den Jelmi so einfach aus dem Kopf zu schlagen, während er den neuen Kurs berechnete und seine Rückkehr zur Erde begann, hätte man seine Stimmung fast nostalgiseh nennen können.

Doch mit zunehmender Entfernung verhärteten sich seine Gedanken — er hatte ja auch einige unangenehme Dinge vor.

Zunächst war seine Absprache mit Seaton ein für allemal erledigt. Er brauchte die Hilfe des anderen nicht mehr. Mit den neuen Erkenntnissen, die er bei den Jelmi gewonnen hatte, brauchte er sich über Seatons Angriffsstärke keine Sorgen mehr zu machen.

Aber davon brauchte Seaton zunächst noch nichts zu wissen — jedenfalls nicht, bevor es zu spät war. Sollte Seaton ruhig weiter auf die Galaxis DW-427-LU zufliegen! Da er bestimmt mit normaler Maximalgeschwindigkeit reiste, blieb DuQuesne genug Zeit, seine Vorbereitungen zu treffen, seine Geschäfte zu erledigen und zu handeln, während Seaton noch unterwegs war.

Er gedachte nicht unmittelbar zur Erde zu reisen, sondern nur so weit, daß er eine Projektion hinabschikken konnte. Unterwegs studierte er die neue Anlage, die von dem Jelmi mit der Bezeichnung ›Quad‹ belegt worden war.

Und sofort stieß er auf größte Schwierigkeiten.

Zu DuQuesnes Enttäuschung war das verflixte Ding zugleich mehr und weniger nützlich als erhofft. Zur positiven Seite: Die Reichweite war enorm, mehr als erwartet. Und negativ wirkte sich aus, daß das Ding einfach keins der normalen Dinge tun wollte, die man von einer Maschine erwartete. Und er vermochte die Ursache nicht zu finden. Sein Wissen war zu schnell angereichert worden, so daß er Zeit brauchte, um sich mit allen Einzelheiten zu beschäftigen.

Er konnte sich selbst überallhin schicken, aber nicht an den Ausgangspunkt zurückkehren. Dazu mußte er an den Kontrollen sitzen. Fernsteuerung funktionierte nicht, und er wußte nicht, warum. In seinem augenblicklichen Entwicklungsstand konnte der Quad auch keine funktionsfähige Projektion transportieren, und auch diese Tatsache war für DuQuesne unerklärlich. Offenbar gab es keine Möglichkeit, die beiden Transmitter zusammenzukoppeln oder die Kontrollen zu automatisieren — was auf den ersten Blick absurd anmutete. Es gab unzählige Dinge, die diese Maschine nicht vollbringen konnte, und DuQuesne stand in jedem Fall vor einem Rätsel.

Dieser Zustand war aber ganz natürlich und eigentlich sogar unvermeidlich. Denn, wie schon erwähnt, sind die Gesetze der vierten Dimension in dreidimensionalen Begriffen unerklärlich: Paradoxa werden dort zur Selbstverständlichkeit; und viele Ereignisse, die in unserem normalen Kontinuum unvermeidlich sind; stellen sich in der vierten Dimension als völlig unmöglich heraus.

Tammon hatte DuQuesne von dieser Tatsache berichtet; auch Seaton hatte ihm die Situation geschildert, und zwar besonders nachdrücklich, da er selbst in der vierten Dimension gewesen war. Trotzdem war DuQuesne überrascht. Von den drei Männern war er am wenigsten geneigt, eine offensichtliche Unmöglichkeit einzusehen und zur Tagesordnung überzugehen.

So arbeitete Blackie DuQuesne mit mürrisch verzogenem Gesicht unermüdlich und methodisch an seinem neuen Gerät, bis er sicher war, daß er zumindest all die Dinge, die sich machen ließen, ganz vorzüglich beherrschte.

Und das würde durchaus genügen. Am besten vergaß er die Dinge, die nicht klappten. Die Eigenschaften des Geräts reichten auf jeden Fall, um Richard Ballinger Seaton ein für allemal zu erledigen.

In Reichweite der Erde angekommen, nahm DuQuesne seinen Plan sofort in Angriff.

Die einfachsten und primitivsten Methoden versprachen den besten Erfolg — unterstützt durch die unheimlichen vierdimensionalen Kräfte des Quad. Und DuQuesne wußte sich die Helfer zu beschaffen, die er brauchte.

Er schickte eine Projektion seines Körpers in das Schließfachgewölbe der First National Bank, leistete dort eine Unterschrift und nahm einen bestimmten Geldbetrag aus einem Kasten. Dann fuhr er mit einem Taxi zum Gebäude der World Steel Corporation. Ein Fahrstuhl brachte ihn in das Büro des Präsidenten. Er schob Sekretärinnen und Vizepräsidenten zur Seite und drang durch zur Zimmerflucht von Präsident Brookings.

Der Wirtschaftsmagnat war wie üblich allein. Wenn ihn das Eindringen seines früheren Partners überraschte, so ließ er es sich zumindest nicht anmerken. Er nahm die große Zigarre aus dem Mund, streifte ein Stück Asche ab, steckte sie wieder zwischen die Zähne und wartete.

»Na, noch immer auf Ihren altbekannten hinterhältigen Pfaden, Brookings?« fragte DuQuesne spöttisch.

»Ganz zu schweigen von Ihrer altbekannten hinterhältigen, sublimen Frechheit, sich hier überhaupt noch einmal sehen zu lassen«, erwiderte Brookings gleichmütig. »Und das noch über eine Projektion! Nach all dem Unsinn, den Sie hier verzapft haben! Und wie Seaton Sie hier herausgezerrt hat! Übrigens sind Ihre sämtlichen Ansprüche gegen die Firma durch die Schäden aufgezehrt worden, die Sie hier im Gebäude angerichtet haben, als Sie so plötzlich verschwanden.«

»So dumm wie eh und je! Und der größte Geizkragen der Galaxis! Aber mein aufgelaufenes Gehalt und das Vertragsrecht sind im Augenblick nebensächlich. Mir geht es um folgendes: Bei all den norlaminischen ›Beobachtern‹ muß es Perkins' Nachfolger und seinen Revolverhelden ja wohl ziemlich mies gehen.«

»Wir haben keine ...« DuQuesne lächelte sarkastisch, und Brookings berichtigte sich. »Wir haben keine Arbeit für solche Leute, jedenfalls keine nennenswerte Arbeit. Warum fragen Sie?«

»Also hätten sechs von Ihren schnellsten Revolvermännern bestimmt Interesse an zehntausend Dollar pro Mann für einen Monat Urlaub und eine Minute Arbeit?«

»Das sind nicht ›meine‹ Leute, Doktor, ich bitte Sie! Sie wissen sehr wohl, daß ich mit solchen Dingen nichts zu tun habe!«

»Nein? Aber Sie wissen, wer das Perkins-Café und den Gangsterjob übernommen hat, nachdem ich Perkins umgebracht hatte. Ich möchte also um sechzehn Uhr Ortszeit sechs von den besten Leuten unten in der Vorhalle sehen.«

»Sie wissen, daß ich niemals ...«

»Halten Sie den Mund! Dies ist keine Bitte, sondern ein Befehl. Kümmern Sie sich darum, oder ...«

Brookings zuckte die Achseln und seufzte. Er kannte DuQuesne. »Wenn Sie wirklich gute Leute haben wollen, müssen sie wissen, worum es geht.«

»Natürlich um Dick und Dorothy Seaton, Martin und Margaret Crane und den Japaner Shiro und seine Frau — Apfelblüte, oder wie sie heißt. Seaton ist ziemlich schnell, aber er ist bei solchen Sachen kein Professioneller. Crane ist zu langsam — er denkt zuviel. Und die anderen zählen nicht. Ich garantiere den nötigen Vorsprung für einen einwandfreien Schuß auf Seaton. Und Leute, die zwei Schüsse brauchen, nützen mir nichts. Also gibt's gar keine Probleme.«

»Ich will sehen, was ich tun kann.«

DuQuesne wußte, daß Brookings sich nicht weiter festlegen würde, und ließ es dabei bewenden.

»Vorkasse«, fuhr Brookings fort und hielt die Hand auf.

»Natürlich.« DuQuesne nahm einen Stapel Tausend-Dollar-Noten aus der Tasche und warf ihn auf den Tisch. »Zählen Sie nach.«

»Natürlich.« Brookings nahm das Geld und blätterte es durch. »Stimmt. Auf Wiedersehen, Doktor.«

Um vier Uhr nachmittags holte DuQuesne seine sechs Gangster ab — durch die vierte Dimension, was die Männer sehr schockierte und nicht wenig ängstigte — obwohl keiner diese Tatsache eingestand —, und nahm Kurs auf die Galaxis, auf die die *Skylark von Valeron* seit einiger Zeit zuhielt. Die *Capital D* war natürlich viel schneller zu beschleunigen als der riesige Planetoid, wobei der eigentliche Geschwindigkeitsunterschied zwischen den beiden intergalaktischen Schiffen noch viel größer war, weil DuQuesne mit absoluter Höchstgeschwindigkeit flog und dabei eine Überlastung seiner Maschinen oder eine Kollision mit intergalaktischer Materie riskierte — etwas, das Seaton vermied. Er wollte die *Valeron* nicht in Gefahr bringen.

In der Zielgalaxis — der Galaxis, die in Klazmons Unterlagen mit der Bezeichnung DW-427-LU geführt wurde — gab es nur ein Sonnensystem, das eine wirklich lebhafte Aktivität auf Frequenzen sechster Ordnung zeigte. Und diese Strahlungen konzentrierten sich praktisch auf einen einzigen Planeten; einen Planeten, dessen Bewohner wahrscheinlich allen anderen intelligenten Lebensformen feindlich gesonnen waren.

Klazmons Nebengedanken hatten in dieser Hinsicht nützliche Informationen gebracht.

Es entsprach DuQuesnes Plan, daß er in Projektionsreichweite zur *Skylark von Valeron* kam, ehe die fliegende Miniwelt in den Einflußbereich des Planeten geriet, den DuQuesne für sehr gefährlich hielt. So hatte er es gewollt; er hatte dafür sein Schiff riskiert. Wenn die *Valeron* in Reichweite des Zielplaneten stand, sollte sie DuQuesne und nicht mehr Seaton gehören. Und DuQuesne war fest davon überzeugt, daß er und eine umgebaute *Valeron* mit jeder denkbaren Situation fertig wurden.

Aber darin irrte er. Das war jedoch nicht DuQuesnes Schuld, sondern eine Laune des Schicksals. Weder er noch Seaton hatten eine Vorstellung von der erschreckenden Macht der Energien, die bald gegen Seatons angeblich unverwundbare fliegende Festung, die *Skylark von Valeron,* entfesselt werden sollten.

Seinem Plan folgend, rief DuQuesne seine Revolvermänner zu sich. »Sie sind unterwiesen worden und haben ausreichend trainieren können. Trotzdem will ich die wichtigsten Punkte noch einmal wiederholen.

Sie tragen die Waffen in den Händen. Ihre Opfer werden beim Essen sitzen und die Beine unter dem Tisch haben. Kein Problem, sie mit einem Schuß zu erledigen. Aber Sie haben nur einen Schuß Zeit. Besonders Seaton — für einen Amateur ist er erstaunlich schnell. Also arbeiten Sie fix — landen und schießen!

Ich gebe Ihnen den üblichen Drei-Sekunden-Countdown — los geht's! Drei! Zwei! Eins! Ab!« Und die sechs Männer verschwanden.

Und im Eßzimmer von Seatons Haus in der *Skylark von Valeron* bellten sechs 45er Automatikpistolen auf.

Kapitel 15

Zwar war die Arbeit an einer persönlichen Schwerkraftkontrolle schon ziemlich weit fortgeschritten, um Besuchern wie Dunark und Sitar den Aufenthalt so angenehm wie möglich zu machen, doch das Gerät befand sich noch im Entwurfsstadium. Als sich die Skylarker bei den Seatons zum Essen setzten, herrschte also eine nur sechzigprozentige Normalschwerkraft im Schiff. Und als nun DuQuesnes Gangster praktisch gleichzeitig feuerten, gingen die sechs Geschosse ins Leere.

Denn bei der zu geringen Schwerkraft machten sich zwei Tatsachen bemerkbar, um die sich weder DuQuesne noch seine Männer gekümmert hatten. Erstens gleicht ein Schütze instinktiv das Gewicht seiner Waffe aus. Zweitens ist dieser Reflex um so automatischer, je besser der Schütze ist.

Und die Angreifer hatten nur einen Schuß, wie DuQuesne vorausgesehen hatte. Dunark und Sitar waren auch bei Tisch bewaffnet, und die Reflexe der Osnomer ließen nichts zu wünschen übrig. Ihre beiden Waffen klickten, und vier amerikanische Gangster starben, ehe sie überhaupt die Waffen zu einem zweiten Schuß senken konnten.

Auch die beiden anderen Gangster starben, wenn auch nicht ganz so schnell. Shiro und seine Frau waren sofort zur Stelle. Ihre Stühle wirbelten nach hinten, als die Eindringlinge erschienen waren, und sie hechteten sich in den Kampf.

Lotosblüte traf ihren Gegner mit der linken Schulter. Sie setzte das Bewegungsmoment ihres Körpers ein, wirbelte ihn herum und schmetterte ihr kleines, aber hartes Knie an eine Stelle, an der es besonders schmerzte. Als der Mann schmerzerfüllt zusammenklappte, legte sie ihm den linken Arm um den Kopf, packte ihr linkes Handgelenk mit der rechten Hand und drückte mit der vollen Kraft von Armen, Schultern, Torso und Beinen zu — und dem Mann wurde mit hörbarem Knacken das Genick gebrochen.

Shiro nahm sich seines Gegners mit ähnlicher Geschicklichkeit, Präzision und Geschwindigkeit an; und damit war der Angriff der Eindringlinge abgeschlagen.

Seaton reagierte einen Sekundenbruchteil langsamer als die Osnomer und die beiden Japaner. Er erkannte sofort, daß seine Freunde mit dem Problem allein fertig wurden, und stürzte an die Kontrollen. Eins war klar: Hinter diesem Angriff steckte Marc DuQuesne. Und die Konsequenz war ihm ebenso klar: Der Waffenstillstand war beendet. DuQuesne mußte vernichtet werden.

Aus diesem Grund überraschte ihn das nächste Ereignis besonders.

Laut gellten Alarmglocken durch das Schiff. Die Hand an die Kopfhaube gelegt, hielt Seaton inne. Es handelte sich um die dringliche Warnung, daß sie massiv angegriffen wurden — und zwar in einem Ausmaß, das sie nie für möglich gehalten hätten. Die schrille Warnung bedeutete, daß die Schutzschirme der *Valeron* dem heftigen Ansturm der gegnerischen Waffen nur noch Sekunden standhalten würden — nur noch wenige Sekunden!

»Los!« brüllte Seaton. »Zum Kontrollraum!« Seine Worte gingen natürlich im allgemeinen Lärm unter, doch seine Reaktion war ohnehin nur ein Reflex gewesen. Gleichzeitig aktivierte er Energiestrahlen, die die acht Menschen durch die Alarmschleusen transportierten, die sich vor ihnen öffneten und hinter ihnen wieder zuknallten. Sekundenbruchteile später befanden sie sich in der nüchtern-grauen Kammer vor dem gewaltigen Großgehirn.

Seaton steckte den Kopf in die Hauptkontrollen und

gab Gedankenbefehle ... und während er mit bleichem, angespanntem Gesicht dasaß, entstand ein gewaltiges Inosongebilde um das Großgehirn und die anderen absolut lebenswichtigen Teile im Kern der Miniwelt. Dieses Gebilde wurde von den stärksten Schutzschirmen eingehüllt, die die riesigen Maschinen der *Valeron* hervorzubringen vermochten.

Nach einigen Minuten verzweifelter Arbeit seufzte Seaton laut und versuchte zu lächeln. »Wir können den Gegner aufhalten und ihm entwischen«, sagte er. »Aber ich kann nichts dagegen tun, daß er uns ziemlich ramponiert, ehe ich genug Energie übrig habe, um abzuhauen.«

Seine Worte entsprachen der Wahrheit. Der Angriff war so unglaublich heftig gewesen, daß Seaton die vollen Kräfte der *Valeron* mobilisieren mußte, um ihm zu begegnen — und diese Energie war dazu bestimmt gewesen, eine Oberfläche von gut drei Millionen Quadratkilometern zu schützen, die zuletzt auf weniger als dreißigtausend Quadratkilometer zusammengeschmolzen war.

»Aber was war denn das, Dick?« fragte Dorothy verzweifelt.

»Keine Ahnung. Aber du merkst sicher, daß es sich hier um zwei getrennte Angriffe handelte, die nichts miteinander zu tun hatten, nicht wahr?«

»Also ich ... ich glaube, ich weiß noch gar nichts.«

»Die Waffen waren Colts«, sagte Seaton. »45er, made in USA. Dieser Teil war also DuQuesnes Werk. Er wollte und will die *Valeron*. Die Super-Superwaffen kamen aber aus einer völlig anderen Ecke — darauf wette ich mein Leben. Kein bewegliches Schiff hätte einen solchen Angriff einleiten können, ganz zu schweigen von DuQuesnes *Capital D!* Da erhebt sich also die Frage ...«

»Moment mal, Dick!« unterbrach ihn Crane. »Selbst wenn wir an einen so ungewöhnlichen Zufall wie zwei separate Angriffe fast zu gleicher Zeit glauben wollen ...«

»Zufall — ach was!« rief Seaton. »So etwas gibt es nicht! Und warum sollen wir Unmögliches postulieren, wenn wir Blackie DuQuesne haben? Er hat mich wieder mal reingelegt — das ist so sicher wie das Höllenfeuer, darauf kannst du deinen letzten Dollar verwetten! Aber diesmal hat er sich selbst hereingelegt!«

»Was meinst du damit, Dick?« fragte Dorothy. »Wie ist das möglich?«

»Ganz klar — liegt ja förmlich auf der Hand! Er hat irgendwo erfahren — wahrscheinlich von Klazmon —, daß die Galaxis DW-427-LU vor uns voller gefährlicher Intelligenzen steckt. Also machte er sich an die Jelmi heran, verschaffte sich von ihnen den vierdimensionalen Transmitter und versuchte uns damit umzubringen. Und das wäre ihm auch gelungen, wenn wir wegen Dunark und Sitar nicht zufällig unsere Schwerkraft drastisch gesenkt hätten.«

»Ich verstehe«, sagte Crane. »Und die feindlichen Intelligenzen in der Galaxis griffen an, als er den Abzug betätigte — wahrscheinlich angelockt durch seinen Einsatz des vierdimensionalen Mechanismus.«

»Das vermute ich«, sagte Seaton. »DuQuesne meinte genug Zeit und Platz für seinen Angriff zu haben. Aber das war ein Irrtum. Ebenso wie wir hatte er keine Ahnung, daß sich solche Kräfte über derart unvorstellbare Entfernungen hinweg einsetzen lassen. Und der Ausgangspunkt war eine einfache Lüge — die Koordinaten der llurdischen Galaxis!«

DuQuesnes Aufmerksamkeit wurde durch einen Lichtschimmer auf einem seiner Visischirme abgelenkt. Er starrte hinüber und riß überrascht den Mund auf; dann zuckten seine Hände zu den Kontrollen seines vierdimensionalen Transmitters, und die sechs Männer erschienen — vier auf grausige Weise entstellte Leichen.

Einen Augenblick lang standen die sechs Gestalten aufrecht da; als die stützenden Strahlen verschwanden, sanken sie haltlos zu Boden.

Nachdem sich DuQuesne hastig überzeugt hatte, daß alle tot waren, zuckte er die Achseln und beförderte die Gangster ins All hinaus. Dann setzte er eine fast undurchsichtige Schutzbrille auf, studierte den grell flammenden Visischirm und sah, daß die *Skylark von Valeron* nun wie eine kleine Sonne strahlte.

Unwillkürlich hielt er den Atem an. Die Schirme der *Valeron* brachen zusammen! Eine Schirmwandung nach der anderen flammte ins Ultraviolette und wurde schwarz — einschließlich der unüberwindlichen Energiezonen!

DuQuesne ballte die Fäuste und biß so heftig die Zähne zusammen, daß seine Kiefermuskeln hart hervortraten. Die Kräfte, die hier am Werk waren, mußten unglaublich sein. Es schien unmöglich, daß es solche Offensivwaffen überhaupt gab — jedenfalls nicht in einer Zivilisation des bekannten Universums.

Er entspannte sich ein wenig, stellte eine funktionsfähige Projektion zusammen — doch ehe er sie abschickte, hielt er nachdenklich inne.

Seaton hatte nicht angegriffen; dazu war er nicht der Typ. Er hätte sich auf jeden Fall zurückgehalten, selbst wenn er auf die Entfernung hätte etwas unternehmen können. Also mußten die Fremden die Aggressoren sein, wer immer sie sein mochten. Ein unprovozierter, grundloser Angriff, eine Aggression ersten Grades. Als Tammon ihm berichtete, die Galaxis sei von ›feindselig eingestellten Lebensformen‹ bewohnt, war das eine grenzenlose Untertreibung gewesen. Und er, DuQuesne, hatte den Angriff ausgelöst; die Tatsache, daß die Attacke seinem Vorgehen so schnell gefolgt war, ließ keinen anderen Schluß zu. Aber wo lag der auslösende Faktor? Sicher in der Anwendung des vierdimensionalen Transmitters . . .

CCB
PORSCHKA '87

Aber — *wie?* Er wußte es nicht und konnte es auch nicht erraten ... was im Augenblick auch nicht den geringsten Unterschied ausmachte. Er hatte seither keine Strahlen sechster Ordnung eingesetzt und gedachte in der nächsten Zeit auch darauf zu verzichten. Wenn er überhaupt etwas tat, dann wollte er sich vorsichtig davonschleichen. Er hatte keine Lust, sich mit Kräften einzulassen, die so mit der *Skylark von Valeron* umspringen konnten. Seine *Capital D* war klein genug und hing weit genug zurück, um einer Ortung zu entgehen. Nein, er wollte nichts unternehmen.

Fasziniert starrte DuQuesne auf seinen grell leuchtenden Visischirm. Alle Schirme der *Valeron* waren jetzt zusammengebrochen. Auch die ultrastarke innere Zone — die letzte Verteidigungslinie vor dem Synthetikmetall der äußeren Wandung —brach bereits zusammen. Riesige schwarze Flecken erschienen — und veränderten sich schnell. Der Angriff war so mächtig, daß viele tausend Tonnen Inoson in Sekundenschnelle zu grellem Dampf verpufften und mit solcher unvorstellbaren Kraft explodierten, daß ganze Brocken festen Inosons aus der dicken Außenhaut der *Valeron* gerissen und mit fürchterlichem Tempo ins All hinausgeschleudert wurden.

Und die *Valeron* wehrte sich nicht. Sie konnte es nicht.

Mehr als alles andere war DuQuesne von diesem Umstand bestürzt — hier zeigte sich, welche unglaublichen Kräfte den ›feindselig eingestellten Intelligenzen‹ dieser Galaxis zur Verfügung standen. Denn DuQuesne kannte die Kampfkraft der *Valeron* und ermaß daran die Macht der Angreifer, die über das menschliche Begriffsvermögen hinausging.

Stirnrunzelnd verfolgte er die Katastrophe. So sah er, wie die unglaublichen Angriffsstrahlen die *Valeron* wie eine Zwiebel abschälten, indem kilometerdicke Inosonschichten spurlos verschwanden. Doch schließlich trat etwas ein, mit dem er nicht mehr gerechnet hatte. Die *Valeron,* die nur noch einen Bruchteil ihrer früheren Größe hatte, schlug zurück. Und dieser Gegenschlag war kein kleiner Stupser. Der Äther und der Subäther erzitterten von der Gewalt des vernichtenden Energiestrahls.

Die *Skylark von Valeron* verschwand von DuQuesnes Schirm; der Schirm wurde schwarz. Der Wissenschaftler von der Erde stand auf und reckte sich. Seaton konnte natürlich mit der Geschwindigkeit sechster Ordnung fliehen, was ihm, DuQuesne, verwehrt blieb, denn sonst wurde er sofort geortet und lebendig gebraten. Gegen Kräfte, die er gerade im Einsatz gegen die *Skylark von Valeron* erlebt hatte, hatte DuQuesnes *Capital D* nicht die geringste Chance.

Wenn die *Skylark von Valeron* halb vernichtet und auf einen winzigen, wenn auch schlagkräftigen Kern reduziert worden war, ehe sie einen erfolgreichen Gegenschlag starten konnte, dann dauerte es bestimmt nur Sekunden, bis die *Capital D* völlig vernichtet war. DuQuesne kam sofort und in aller Nüchternheit zu der Schlußfolgerung, daß sein Schiff in dieser Kampfklasse einfach nicht mithalten konnte. Jedenfalls noch nicht ...

Und so stahl er sich mit einer Beschleunigung von nur wenigen Lichtjahren pro Stunde klammheimlich davon und legte viele Parseks zwischen sich und den Schauplatz der Feindseligkeiten, ehe er seinen raumverzehrenden Antrieb sechster Ordnung aktivierte und Fahrt aufnahm. Er wußte nicht, ob Seaton und seine Gruppe den Kampf überlebt hatten; das war ihm auch gleichgültig. Er kannte auch die Identität der Rasse nicht, mit der Seaton zusammengeraten war.

DuQuesne wußte nur, daß er zunächst so etwas wie die *Valeron* brauchte, zusätzlich mit den vierdimensionalen Anlagen ausgerüstet, die ihm die Jelmi verschafft hatten, dazu ein sehr großes Ausmaß an Vorsicht in Anbetracht der Szene, die er eben verfolgt hatte. Und er wußte, wie er seine Pläne verwirklichen konnte, was er als nächstes unternehmen mußte. Also nahm er wieder Kurs auf die Erste Galaxis und die Erde.

Viele hunderttausend Parseks vom Schauplatz der Auseinandersetzung entfernt, schaltete Seaton seinen Antrieb aus und begann allmählich die Energie der Schutzschirme zu verringern. Keine junge Schildkröte, die den Kopf aus ihrem Panzer steckte, hätte vorsichtiger sein können als Seaton in diesem Augenblick. Er hatte sich nun schon zweimal überraschen lassen. Noch einmal sollte ihm das nicht passieren.

Ein normaler Mann hätte DuQuesne für seinen Verrat verflucht oder hätte panische Angst empfunden angesichts des vierdimensionalen Transmitters, den DuQuesne eingesetzt hatte, und angesichts des gewaltigen Angriffs, der aus dem Nichts gekommen war. Aber Seaton haderte nicht mit seinem Schicksal. Die Möglichkeit — nein, die Gewißheit —, daß DuQuesne ihn verraten würde, hatte er sofort erkannt und abgetan, als er den Notruf des Wissenschaftlers erhielt. Er war das Risiko eingegangen und hatte nüchtern berechnet, daß DuQuesnes heimtückische Anstrengungen vergeblich sein würden, und er hatte recht behalten. Mit der plötzlichen Attacke aus dem Nichts stand es jedoch anders. Was die Lage so schlimm machte, war nicht, daß Seaton den Ausgangspunkt und den Grund des Angriffs nicht kannte. Nein, was ihn dazu brachte, die Augen zusammenzukneifen und düster vor sich hinzubrüten, war die Tatsache, daß er sich nur zu gut vorstellen konnte, wer dahintersteckte — und daß ihm diese Erkenntnis ganz und gar nicht gefiel.

Doch zunächst waren sie glimpflich davongekommen. Seaton überprüfte jedes Instrument und jedes Warngerät.

»Gut«, sagte er schließlich. »Ich habe einen ähnlichen Tritt in den Hintern fast schon erwartet, obwohl wir noch so weit draußen standen. Als nächstes steht nun ein Kriegsrat auf dem Programm — also setzt euch zu mir, und macht es euch bequem.« Er überließ dem Großgehirn die Steuerung, nahm neben Dorothy Platz, stopfte seine Pfeife und fuhr fort:

»Erstens: DuQuesne. Er hat sich irgendwo zusätzliche Kenntnisse besorgt — sicher bei den Jelmi —, zumindest den vierdimensionalen Transmitter, vielleicht aber auch andere Dinge. Davon hat er uns nichts erzählt. Natürlich. Und ich habe mich wie ein Unschuldslamm hereinlegen lassen. Ich habe zwar ein paar Vorahnungen, aber du bist hier der Denker, Martin — also gib uns mal eine Analyse.«

Crane kam der Bitte nach, wobei er die wesentlichen Punkte streifte. Er schloß mit den Worten: »Da der Raumabschnitt, den uns DuQuesne projiziert hat, richtig war, stimmte auch der Kurs. Abgesehen davon, daß er wichtige Informationen zurückhielt, hat uns DuQuesne über einen oder zwei Punkte belogen: Über die Stelle, an der das Signal empfangen wurde, und über die Richtung, aus der es kam.«

»Nun, das können wir leicht nachprüfen«, sagte Dorothy. »Ihr habt doch ein Gerät, mit dem sich Lichtwellen einfangen lassen, so daß man genau feststellen kann, was vor vielen Jahren passiert ist. Oder funktioniert das auf diese Entfernung nicht?«

Seaton nickte. »Einen Versuch ist es auf jeden Fall wert. Dunark?«

»Ich schlage vor, daß wir DuQuesne verfolgen!« sagte der Osnomer heftig. »Wir sollten ihn fangen und ihn und seine *Capital D* aus dem All blasen!«

Seaton schüttelte den Kopf. »Dem kann ich nicht zustimmen — im Augenblick jedenfalls nicht. Nachdem sein neuester Mordversuch fehlgeschlagen ist, hat er keine große Bedeutung mehr für uns. Ich habe nämlich den zweiten Punkt noch nicht erwähnt. Es geht um die Frage, wer hinter diesem massiven Angriff steht. Als ich schließlich alles im Griff hatte und einen Gegenschlag landen konnte, bin ich dem Schuß gefolgt. Die Burschen haben gehörig etwas einstecken müssen, das könnt ihr mir glauben! Und zwar so sehr, daß ich in der Verwirrung ziemlich viele Informationen sammeln konnte. Es handelt sich um die Chloraner. Ob es sich um die Wesen von Chlora handelt, ist nicht feststellbar; jedenfalls ist die Ähnlichkeit sehr groß. Wenn es überhaupt Unterschiede gibt, sind sie unerheblich.

»Chloraner!« riefen Dorothy und Margaret wie aus einem Munde, und fünf Menschen dachten ahnungsvoll an die schreckliche Rasse amöbischer Monstren, die in einer Chlorgasatmosphäre lebten und es sich zur Aufgabe gemacht hatten, die Menschheit auf allen erreichbaren Planeten zu vernichten. Die fünf erinnerten sich noch lebhaft an die Brutalität, mit der eine chloranische Rasse den Planeten Valeron angegriffen hatte, in dessen Nähe die *Valeron* entstanden war und dessen Namen sie trug. Sie erinnerten sich an die Mühe, mit der die Chloraner besiegt worden waren. Sie wußten auch, daß die Chloraner dabei nicht getötet worden waren. Die Skylarker hatten den Planeten Chlora in einen Zeitstillstand gestürzt und ihn in sein Heimatsystem zurückgeschickt — eine Reise, die gut vierhundert Jahre dauern mochte. Aus diesem System hatte sich Chlora nach einer Fast-Kollision zweier Sonnen gewaltsam gelöst. Die Skylarker hätten Chlora mühelos vernichten können, und die männlichen Angehörigen der Gruppe hätten es wohl auch getan, aber Dorothy und Margaret und die im Grunde sanftmütigen Valeroner hatten sich gegen einen Rassenmord ausgesprochen.

Dorothy unterbrach das kurze Schweigen. »Aber wie ist das möglich, Dick?« fragte sie. »Hier draußen? Aber wenn wir Menschen so häufig vertreten sind ...« Sie stockte.

»Aber natürlich«, sagte Seaton mürrisch. »Warum nicht? Warum sollte ihre Art nicht ebenso weit verbreitet sein wie die humanoiden Rassen? Oder vielleicht noch mehr, wenn sie genügend Völker unserer Art getötet haben? Und warum sollten sie nicht klüger sein als die anderen, die wir besiegen konnten? Seht doch, wieviel wir in wenigen Monaten dazugelernt haben!«

Nun trat ein noch längeres Schweigen ein, das schließlich von Seaton gebrochen wurde. »Also, zwei Dinge sind klar. Diese Wesen sind unheilbar antisozial und sind im Augenblick weitaus besser gerüstet als wir. Und zwar sind sie soviel stärker als wir, daß wir gar nichts unternehmen können, bis wir uns nicht umfangreiche neue Daten beschafft haben. Dazu muß die Wissenschaft Norlamins herangezogen werden, die uns ausrüsten muß. Und die Norlaminer können nicht blind arbeiten. Wir alle wissen genug über die Chloraner, um zu erkennen, daß wir auf Distanz kein Quentchen Information aus ihnen herausholen können. Und bei der ersten Berührung eines Taststrahls hoher Ordnung ziehen sie uns den Hut über die Ohren ... und dann heißt es Adieu. Aber uns stehen immerhin noch andere Mittel zur Verfügung.«

Und er blickte auf einen Monitor, der seit einigen Minuten einen Planeten der Galaxis zeigte, aus dem der eben überstandene Angriff gekommen war.

Während der Rede, die für Seatons Verhältnisse ziemlich lang ausgefallen war, und während des vorhergehenden Schweigens waren zwei Dinge geschehen.

Erstens hatte das Großgehirn der *Valeron* ein von Seaton eingegebenes Programm durchgeführt. Stern um Stern, System um System hatte es die Galaxis abgesucht, die dem Kampfplatz am nächsten lag. Das Gehirn hatte Seatons Schlußfolgerungen bestätigt: Die Galaxis wurde von den Chloranern beherrscht. Ihre Spuren fanden sich überall. Die Beobachtung hatte aber auch eine Tatsache ergeben, die Seaton gar nicht zu erhoffen gewagt hatte. Obwohl die Chloraner diese Galaxis beherrschten, gab es darin sauerstoffatmende, warmblütige Rassen, Sklaven der Chloraner, die aber trotzdem auf eigenen Planeten lebten — und es war einer dieser Planeten, den das Großgehirn schließlich ausgesucht hatte und nun auf dem Monitor zeigte.

Das zweite Ereignis betraf Dorothy, Seatons Frau, die ihren Mann aufmerksam gemustert hatte. Zuerst hatte sie ihn nur nachdenklich angeschaut, dann war plötzlich Bewegung in ihr Gesicht gekommen — Überraschung und Zweifel, darauf Erstaunen, dann Verblüffung. Bis sie sich schließlich nicht mehr beherrschen konnte.

»Dick!« rief sie. »Das kannst du doch nicht tun!«

»Nein? Wenn nicht ich, wer dann ...?« Seaton brach ab und zuckte die Achseln. Dann lächelte er sie leicht beschämt an.

In diesem Augenblick schaltete sich Crane ein, der zwischen den beiden hin- und hergeschaut hatte. »Dorothy, mir ist zwar bekannt, daß du dich mit Dick weder durch Worte noch über eine Kopfhaube verständigen mußt — aber was ist mit den anderen in unserer Gruppe? Worum geht es eigentlich, Dorothy? Was kann Dick nicht tun?«

Dorothy wollte schon antworten, doch Seaton kam ihr zuvor. »Was ich tun kann und tun werde, weil ich es tun muß, denn es ist meine Sache: Wir schleichen uns so nahe wie möglich an die Welt da heran, ohne Alarm auszulösen, nehmen ein Landefahrzeug und besorgen uns die Daten, die wir auf jeden Eall brauchen. Und zu diesem Ziel führt nur ein Weg.«

»Und gerade dieser Weg gefällt mir absolut nicht!« protestierte Dorothy. »Dick Seaton, du wirst *nicht* allein und unbewaffnet auf einer versklavten Welt landen. Dazu haben wir schon gar keine Zeit. Oder? Ich meine, die arme *Valeron* ist doch nur ein Wrack! Wir müssen irgendwohin fliegen und ...«

Aber Seaton schüttelte den Kopf. »Darum kann sich

das Großgehirn kümmern«, sagte er. »Wenn es genug Zeit hat, ist das mühelos zu schaffen. Und du hast mir sogar einen ausgezeichneten Grund geliefert, warum ich allein handeln muß. Wir können einfach nichts anderes tun, bis die *Valeron* wieder in Schuß ist.«

»Du gehst nicht!« rief Dorothy entschieden. »Das kommt nicht in Frage!«

Wieder zuckte Seaton die Achseln. »Ich kann nicht behaupten, daß mir der Plan gefällt. Aber wer kommt dafür sonst in Frage? Du, Dorothy, wärst zum Beispiel gar nicht der Typ, der sich dafür aussprechen würde, die Hände in den Schoß zu legen, während die Chloraner sämtliche humanoide Rassen versklaven oder ausrotten. Also wer?«

»Ich«, sagte Shiro sofort. »Ich bin zwar nicht so gut wie du, aber es dürfte reichen. Sag mir, welche Informationen du brauchst, dann besorge ich sie ...«

»Gebt's auf, ihr beiden!« rief Dunark. »Für diese Aufgabe sind Sitar und ich die geeignetsten Kandidaten!« Die grünhäutige Prinzessin schwenkte ihre Pistole und nickte begeistert. »Dick, wir beide sind Geistesbrüder, und ich wüßte genau, was du brauchst. Wir beide würden uns schon durchschießen ...«

»Ja, genau das würdet ihr tun«, schaltete sich Seaton ein und wurde sofort von Crane unterbrochen, der seinen Mitmenschen eigentlich selten ins Wort fiel.

»Entschuldigt, wenn ich eure Diskussion störe«, sagte er. »Aber ihr irrt euch alle. Ich brauche nur daran zu denken, daß du für das Projekt als Ganzes einfach zu wichtig bist, um einfach dein Leben zu riskieren. Was die anderen angeht, mit allem Respekt vor euren Fähigkeiten, so glaube ich doch nicht, daß einer von euch für diese Aufgabe so gut geeignet ist wie ich ...«

Protestierend sprang Margaret auf, doch Crane fuhr ruhig fort: »Sowohl an Erfahrung als auch an Training. Doch wir sollten diese Frage nicht selbst entscheiden. Dazu sind wir viel zu voreingenommen. Dick, ich schlage vor, daß wir alle verfügbaren Angaben in das Großgehirn eingeben, bis es genügend Daten hat, um uns die Entscheidung abzunehmen.«

»*Das* ist vernünftig«, sagte Seaton, und Dorothy und Margaret nickten — aber beide mit sichtlicher Zurückhaltung. »Das ist das erste vernünftige Wort, das bisher gefallen ist!«

Kapitel 16

Seaton und Crane mußten natürlich zuerst feststellen, wie sie in die Nähe der Galaxis DW-427-LU, in die Reichweite jenes mächtigen chloranischen Systems zurückkehren konnten, ohne Anlagen sechster Ordnung zu benutzen, die sofort einen Alarm ausgelöst hätten — zugleich aber auf eine Weise, die den Flug nur Tage und nicht Monate dauern ließ. Einige Ausstrahlungen ließen sich durch richtig geschaltete und angeordnete Gegen-Generatoren neutralisieren; die große Frage war nur, bis zu welchem Grad sich hier ein Ausgleich schaffen ließ.

Jedenfalls genügte der Einsatz solcher Mittel nach Cranes Auffassung nicht, während Seaton mit dem Ergebnis zufrieden war. Wenigstens machte die List den Flug nicht nur möglich, sondern auch einigermaßen sicher. Und während dieser Reise arbeitete jeder Skylarker — mit dem Großgehirn oder einem Computer oder mit Bleistift und Papier oder mit Pinsel und Tusche — an der Frage, was man gegen die Chloraner unternehmen konnte.

Dabei wurden kaum Fortschritte erzielt, wenn überhaupt. Man hatte nicht genügend Daten. Unweigerlich war die Haltung jedes einzelnen durch seine Kenntnisse über die Chloraner beeinflußt. Alle erkannten diese Tatsache und sahen ein, daß sie ebenso unentschuldbar wie unvermeidlich war.

So machte sich zwar jeder ein denkbar individuelles Bild von der möglichen Wahrheit, doch war niemand von seiner eigenen Theorie ausreichend überzeugt, um sich nachdrücklich dafür einzusetzen. So gab es ständig Diskussionen, während sich die angeschlagene Miniwelt dem Sperrgebiet näherte und sich an die ultravorsichtige Erkundung des erdähnlichen Planeten machte;

den das Großgehirn durch starke optische Teleskope und Geräte dritter und vierter Ordnung aufgespürt hatte. Ihre Neugier schlug in Entsetzen um, als sie Einzelheiten erkannten, denn die Welt war von hochintelligenten Menschen bewohnt, und es war schockierend anzuschauen, was man mit ihnen gemacht hatte.

Man wußte, was aus Valeron geworden war — doch die Situation hier war viel schlimmer. Auf Valeron ließen die Ruinen noch erkennen, daß sie einmal Städte gewesen waren. Hier jedoch waren von den großen und mittelgroßen Städten nur noch glasige Schlackeflächen übriggeblieben. Die Größe dieser Erscheinungen rangierte von zwanzig Quadratkilometern bis zu Ruinenflächen von mehreren tausend Quadratkilometern — glatte Flächen aus zersprungenem und fast durchsichtigem Glas verschiedener Färbung. Die Bewohner der verbleibenden Kleinstädte und Dörfer waren Menschen, weiße Kaukasier — ebenso weiß und kaukasisch wie die Einwohner von Chicago oder Portland. Weder Seaton noch Shiro fanden Spuren orientalischer Rassen auf dieser Welt — was Shiro sehr betrübte, denn dadurch kam er als Spion nicht in Frage.

»Na, Dottie?« fragte Seaton.

Sie biß sich auf die Unterlippe. »Wie kommst du eigentlich darauf, daß du persönlich dort hinunter mußt, um dich umzusehen? Du hast doch schon oft Leute mit einfachen Strahlen zu dir geholt, noch ehe wir von Erscheinungen sechster Ordnung oder vierdimensionalen Transmittern gehört hatten.«

»Du hast recht, mein Schatz«, sagte Seaton beschämt. »Du hast mich wieder mal ertappt. Ich suche mir einen Planetenbewohner, der so weit von seinen Mitmenschen entfernt ist, daß er eine Zeitlang nicht vermißt wird. Vielleicht wären zwei besser.«

Da es keine Mühe bereitete, isolierte Menschen auf dieser Welt zu finden, wurden knapp eine Stunde später zwei Männer im Kontrollraum vom Gehirn untersucht — einer kam aus einer Stadt, der andere wurde allein im Gebirge angetroffen. Es war eine umfassende Untersuchung. Alle Einzelheiten ihres Gehirns — praktisch jedes Detail bis hinab zum winzigsten gespeicherten ›Bit‹ jedes langen Protein-Moleküls jeder Gehirnwindung — wurde in das Großgehirn der *Valeron* übertragen, wurde in die praktisch unstillbaren Gedächtnisspeicher übernommen.

Als die Übertragung abgeschlossen war, zog Sitar ihre Pistole und wollte die Eingeborenen offenbar auf der Stelle eliminieren. Aber damit war Dorothy natürlich nicht einverstanden. Statt dessen hüllte sie die beiden in eine Energiezone, führte sie durch die Schleusen der *Valeron* und brachte sie in eine Berghöhle, die sie dann zur Hälfte mit Nahrungsmitteln füllte. »Ich würde Ihnen raten«, sagte sie dann in der Sprache dieses Planeten, »ein paar Tage lang hier zu bleiben und sich von allem Ärger fernzuhalten.«

Als Dorothy ihre Aufmerksamkeit wieder auf den Kontrollraum richtete, hatte das Großgehirn seine Analyse der eben gewonnenen Daten abgeschlossen, hatte seine neuen Erkenntnisse mit den schon vorhandenen Informationen verglichen und begann seine Schlußfolgerungen bekanntzugeben.

Dieser Bericht kam in Gedanken: in diamantharten, diamantklaren Gedanken, die den Zuhörern nicht nur klar verständlich, sondern auch plastisch sichtbar gemacht wurden. Wie es in keinem anderen Bericht möglich gewesen wäre, wurde hier die gesamte Geschichte der Rasse geschildert, zu der die beiden Männer gehörten. In allen Einzelheiten wurden die Chloraner und die Beziehungen zwischen den beiden Lebensformen beschrieben. Gleichermaßen detailliert schloß sich die wahrscheinlichste Entwicklung der unmittelbaren Zukunft an. Das Gehirn riet Seaton, den Planeten Ray-See-Nee persönlich zu erkunden — dazu erfuhr er, was er tragen, wohin er sich wenden und wie er sich in den folgenden vierundzwanzig Stunden verhalten sollte.

An diesem Punkt ging der Bericht zu Ende, und als Seaton weitere Informationen verlangte, weigerte sich das Großgehirn. »Unzureichende Daten«, dachte es, und man hätte meinen können, es besitze ein Eigenverständnis, als es fortfuhr: »Dieses Gebilde« — damit meinte es sich selbst —, »ist nicht darauf eingerichtet, Vermutungen anzustellen, sondern beschäftigt sich nur mit praktisch hundertprozentigen Gewißheiten — mit Wahrscheinlichkeitsrechnungen, die total sind und eine zwölffache Neunersequenz oder mehr erreichen. Mit zusätzlichen Daten kann die Angelegenheit bis in eine Tiefe verfolgt werden, die proportional zum Umfang der Daten ist. Das ist alles.«

»Das wär's, Dottie«, sagte Seaton schließlich. »Wenn wir an die Chloraner herankommen wollen, ohne daß sie uns vorher erwischen, haben wir nun den richtigen Weg. Jetzt gibt's keine andere Möglichkeit mehr, nicht wahr?«

Dorothy war sich ihrer Sache nicht so sicher. »Für die ersten vierundzwanzig Stunden dürfte es ausreichen«, sagte sie zweifelnd. »Aber danach werde ich dich wohl anflehen müssen zurückzukommen und dem Ungeheuer neue Daten einzuflößen. Also achte darauf, daß du genügend sammelst.«

»Ich will's versuchen. Aber am klügsten wäre es wohl, das Wrack der *Valeron* ein halbes Dutzend Galaxien fortzusteuern und das Großgehirn an den Neubau zu setzen, während ich mich da unten umsehe.«

»Glaubst du, daß ich mir das gefallen lasse?« rief Dorothy. »Wenn ja, mußt du völlig den Verstand verloren haben!«

Aber auch Crane gefiel der Gedanke absolut nicht. »Warum?« fragte er. »Nur um sie wieder abzuwrakken, nachdem du ermittelt hast, was uns noch alles fehlt?«

PORSCHKA '87

»Da hast du recht.« Seaton überlegte einen Augenblick lang, wobei er mit zusammengekniffenen Augen ins Leere starrte. Dann nickte er. »Also gut. Ich muß zugeben, daß mir wohler ist, wenn ich euch und das Großgehirn in der Nähe weiß.«

Und Seaton, hager und tiefgebräunt, setzte sich an seine Hauptkontrollen und begann die verschiedenen Gegenstände herzustellen, die er brauchen würde — wobei er in jeder Einzelheit den Angaben und Vorschlägen des Großgehirns folgte.

Als am nächsten Morgen die Sonne über der Hochgebirgskette unmittelbar unter der *Skylark von Valeron* aufging, landete Seaton auf dem Planeten, versteckte sein winziges Landefahrzeug in einer Höhle in etwa zweieinhalbtausend Metern Höhe und legte die fünfundzwanzig Kilometer zur nächsten Kleinstadt zu Fuß zurück.

Er hatte kaum noch Ähnlichkeit mit Dr. Richard B. Seaton aus dem Institut für seltene Metalle.

Er wirkte ausgemergelt. Seine Haut war sonnenverbrannt und entsprach damit seiner Verkleidung, die einen jahrelangen Aufenthalt in Wind und Wetter vorgab. Sein Haar war offensichtlich nur selten und von eigener Hand geschnitten worden; der Bart war ähnlich ungepflegt.

Er trug grob gefertigte, schwere Stiefel, ausgebeulte Hosen und einen formlosen Ledermantel von schlechter Qualität, der an den Ellenbogen und Schultern geflickt woren war. Auf dem Kopf thronten die Überreste eines Huts.

Als er die Stadt erreichte und durch die Hauptstraße schritt, richtete sich mehr als ein Augenpaar ungläubig auf ihn, denn die Einwohner waren es offenbar nicht gewöhnt, einen zielstrebig dahinschreitenden Mann zu sehen. Dem nachlässig gekleideten Wächter vor dem Rathaus ging es nicht anders. Der junge Mann — der keinen Tag über fünfzehn zu sein schien — öffnete die

Augen, richtete sich halb auf und sagte: »Halt, Sie! Was wollen Sie?«

»Geschäftlich«, sagte Seaton energisch. »Ich möchte Bürgermeister Ree-Toe Prenk sprechen.«

»Schön, gehen Sie rein.« Und der Junge sank wieder in sich zusammen.

Es war kein Problem, das Büro Seiner Ehren zu finden, da es sich um das einzige Zimmer im Haus handelte, in dem überhaupt etwas passierte. Seaton blieb an der Tür stehen und sah sich um. Alles war heruntergekommen und vernachlässigt. Der Teppichboden war fleckig und stellenweise abgewetzt. Die Trennbarriere stand schief im Zimmer. Der leere Platz der Empfangsdame sah aus, als hätte dort ein Krieg gewütet. Das Zimmer war seit Monaten nicht mehr gesäubert worden.

Und die Menschen im Zimmer entsprachen der Szenerie. Ein halbes Dutzend melancholisch aussehender Gestalten, Männer und Frauen, lümmelte auf harten Stühlen mit hohen Lehnen herum; sie starrten mürrisch und völlig desinteressiert ins Leere. Es schien ihnen gleichgültig zu sein, ob sie überhaupt jemals ins Büro nebenan gerufen wurden.

Und die Sekretärin! Sie trug ein Kleid, das wie ein Sack aussah. Sie war mager und hatte strähniges Haar, das schmutzigbraun aussah. Sie machte keinen besonders hellen Eindruck. Da sie aber die einzige Sekretärin war, baute sich Seaton vor ihrem Tisch auf.

»Miß Wie-heißen-Sie-doch-gleich?« rief er. »Würden Sie vielleicht die Güte haben, mal ein bißchen aufzuwachen und eine halbe Minute lang arbeiten, ohne sich gleich zu überanstrengen?«

Das Mädchen fuhr zusammen, machte Anstalten aufzustehen und errötete. »Also das ... ja ... jawohl, Herr, meine ich. Was können wir für Sie tun, Herr ...«

»Ich bin Ky-El Mokak. Ich möchte mit Seiner Ehren sprechen, damit er mich ins Gefängnis stecken kann.«

Das brachte sie endgültig auf die Füße. »*Weswegen?*« rief sie ungläubig, und ihr Schrei wurde augenblicklich von einer tiefen Stimme aus dem Sprechgerät abgelöst.

Seine Ehren hatte also doch nicht geschlafen! »Sie wollen *was?* Schon gut, Fy-Ly, schicken Sie den Mann herein; aber überzeugen Sie sich vorher, daß er keine Waffe hat.«

»Waffe? Was sollte ich wohl mit einer Waffe?« Seaton klopfte sich auf die Taschen, zog seinen schäbigen Mantel aus und drehte sich im Kreis, um zu zeigen, daß er nicht bewaffnet war. Da er keinen Garderobenständer entdecken konnte, warf er Mantel und Hut in eine Ecke und trat in das Hauptbüro.

Der Raum war womöglich noch unordentlicher als das Vorzimmer. Der Mann hinter dem Tisch schien in den Fünfzigern zu sein und war hager und kahlköpfig. Er wirkte verängstigt, unterernährt und nervös. Er hielt eine Pistole in der Hand und machte durchaus den Eindruck, als könnte er damit umgehen. Die Mündung zeigte nicht direkt auf Seatons Bauch — aber das war offensichtlich auch gar nicht erforderlich.

»Das beste wäre sicherlich, Ihnen sofort den Kopf wegzupusten, ohne Sie ein Wort sprechen zu lassen«, sagte der Mann. »Sie gehören doch zu den verdammten Schuften, den Spionen! Oder sind Sie ein Untergrundler? Mit den Wildlebenden, die sonst hier angeliefert werden, haben Sie wenig Ähnlichkeit!«

Das Großgehirn hatte Seaton nicht ohne umfassende Kenntnisse über Geschichte, Sitten und sogar Dialekte auf einer fremden und gefährlichen Welt abgesetzt. Durch Lerngeräte hatte Seaton genügend Einzelheiten über Ray-See-Nees Kultur aufgenommen, um seine Rolle glaubhaft spielen zu können. Er wußte, was Seine Ehren meinte; er wußte sogar genau, wie weit er den Mann bedrängen konnte, wo seine wirklichen Sympathien lagen und was man von ihm erwarten konnte.

Deshalb sagte er leichthin: »Natürlich sehe ich nicht

so aus. Ich habe ja Köpfchen! Die dämlichen Jäger hätten mich in tausend Jahren nicht gefangen. Von denen fände ja keiner die Spur eines Stinktiers! Und Sie werden mich nicht erschießen — nicht in der Klemme, in der Sie stecken. Dazu sind Sie nicht dumm genug. Sie würden kein verkrüppeltes Kind auf Krücken erschießen, geschweige denn einen arbeitsfähigen erwachsenen Mann.«

Prenk erschauderte ein wenig, doch mehr Reaktion zeigte er nicht. »Wer behauptet, ich stecke in der Klemme? Was für eine Klemme?«

»*Ich* behaupte das«, erwiderte Seaton mit gedämpfter Stimme. »Sie sind ja schon fast am Ende. Sie setzen halbwüchsige Kinder ein — sogar Mädchen. Wie viele Wochen wird es noch dauern, bis Sie die Quote nicht mehr erfüllen können und Ihre Stadt und alle Einwohner in einen Lavasee verwandelt werden?«

Prenk zitterte sichtlich und wurde bleich. »Sie haben gewonnen«, sagte er unsicher und legte die Pistole wieder in die obere rechte Schublade seines Tisches. »Wer immer Sie sind, Sie kennen sich aus und nehmen kein Blatt vor den Mund. Sie haben natürlich auch keine Papiere — jedenfalls nicht bei sich ... Zeigen Sie mir Ihren Arm.«

»Keine Ziffer.« Seaton krempelte den linken Ärmel hoch und hielt dem anderen seinen Unterarm hin. »Schauen Sie sich's genau an. Narben kann man nicht völlig verbergen, auch wenn sie von einem guten Chirurgen stammen.«

»Ich weiß.« Seine Ehren überzeugte sich, dann atmete er erleichtert auf. »Sie sind ja wirklich ein Wildlebender! Wollen Sie tatsächlich behaupten, Sie haben sich seit der Eroberung oben in den Bergen herumgetrieben, ohne erwischt zu werden?«

»Genau. Ich hab's Ihnen ja schon gesagt, daß ich ein Schlauberger bin — ein ganzes Regiment Jäger käme nicht gegen mich an!«

»Aber die Leute haben *Hunde!*«

»Gewiß, aber die sind auch nicht schlauer — jedenfalls nicht viel schlauer als die Jäger. Himmel, die Hälfte der Zeit habe ich mich von den Hunden ernährt! Gebraten schmeckt das Fleisch ziemlich zäh, aber gekocht ergibt's eine verdammt gute Suppe.«

»Bei Mi-Ko-Tas Bart! Wer sind Sie und was haben Sie früher gemacht?«

»Ich hab's doch schon gesagt! Ich bin Ky-El-Mokak. Ich bin — oder war — ein Angehöriger Zwölfter Klasse der Bergbauingenieure. Erkennen Sie den Ring?« Seaton trat vor den Tisch hin und legte die linke Handfläche auf die Platte.

Prenk musterte das schwere Schmuckstück. Es war in exakter Übereinstimmung mit der Speicherung des Großgehirns aus synthetisiertem Meteormetall geformt worden, aus einem Metall, das in Wirklichkeit nie im offenen All gewesen war, geschweige denn in der Nähe des altehrwürdigen Instituts, das auch Seaton nie betreten hatte.

Nachdem er den Ring eingehend betrachtet hatte, hob Prenk den Kopf und nickte; sein Verhalten änderte sich abrupt. »Ich erkenne den Ring und vermag seine Symbole zu lesen. Ein *Zwölfer!* Es ist eine Schande, Sie zu registrieren und zu branden. Wenn Sie wollen, lasse ich die Sache auf sich beruhen.«

»O ja, das will ich. So sehr möchte ich mich doch noch nicht in die Sache verstricken lassen.«

»Also gut. Warum sind Sie nun wirklich hier? Oder trifft es zu, daß jede Untergrundbewegung, die sich neu bildet, innerhalb einer Woche zerschlagen wird?«

»Keine Ahnung. Ich habe keine Untergrundbewegungen finden können, und dabei habe ich überall danach gesucht. Und ich habe niemanden gefunden, der nicht ein zu gefährlicher Reisegefährte gewesen wäre — denn ich bin sehr gesprächig. Auch mag ich keine Höhlen und keinen Lagerfraß, und es gefällt mir nicht, mich von der Natur zu ernähren — und ich mag Musik und Bücher und Kunst und gebildete Leute und so weiter —, mit anderen Worten: Ich stellte fest, daß ich nicht so einfach in die Barbarei zurückfallen konnte. Und nicht zuletzt gefallen mir Frauen, und davon gibt es da draußen nur wenige. Und die wenigen, die sich blicken lassen, sterben früh.«

»Ich beginne Ihnen zu glauben.« Ein Teil der Besorgnis schwand aus dem Gesicht des Bürgermeisters. »Aber noch eine Frage: Warum sind Sie ausgerechnet zu uns gekommen, wo Sie doch von unseren Problemen wissen? Warum haben Sie sich nicht einen Ort ausgesucht, an dem Sie sicherer wären?«

»Weil wir beide ein paar von den Kenntnissen verwerten sollten, die ich mir da und dort angeeignet habe, und wir dann auch hier etwas sicherer leben können. Ich kann Ihre Bergbaumaschinen umbauen, so daß Sie das wöchentliche Minimum mühelos erreichen; die Stadt wird also nicht eingeschmolzen, jedenfalls nicht sofort. Sie sind kein Dummkopf und kein Spion, und ich würde vermuten, daß die meisten Spione und inneren Gegner sich verdrückt haben oder aus der Stadt genommen worden sind, weil man in Kürze mit dem Todesstoß rechnet.«

Prenk starrte seinen Besucher nachdenklich an. »Sie kommen mir jedenfalls nicht wie ein Selbstmörder vor. Aber Sie wissen so gut wie ich, daß das Minimum nicht sehr lange genügt. Was führen Sie wirklich im Schilde, Ky-El Mokak?«

Seaton überlegte einen Augenblick. Dann zuckte er die Achseln, griff in seine weite Hosentasche und nahm zwei mehrfach zusammengefaltete Kopfhauben heraus. »Setzen Sie mal eins von den Dingern auf. Das ist kein Abspieler oder Aufzeichnungsgerät, sondern eine Art Supertelefon. Damit kann man Informationen austauschen.«

Prenk trug das Gerät einen Augenblick lang, dann

nahm er es ab und starrte mißtrauisch darauf und auf Seaton. »Warum habe ich davon noch nie gehört?« fragte er. Seaton antwortete ihm nicht, und Prenk fuhr fort: »Also gut, die Sache ist also geheim. Aber wie kommen Sie darauf, daß Sie hier vor aller Augen eine Untergrundorganisation schaffen können?«

»Ich wüßte keinen Grund, warum wir das nicht tun sollten«, erklärte Seaton. »Zumal wir damit ja nur eine Organisation wiederbeleben würden, die jeder — einschließlich des Premiers — für zerschlagen hält und die in Kürze liquidiert werden sollte.«

Dies war der zweite wirklich große Test für die Vorarbeit des Großgehirns, doch die Probe wurde bestanden. Prenk sagte nur: »Sie reden — ich höre zu.« Aber seine Hände, die zu Fäusten geballt waren, zeigten Seaton, daß er ins Schwarze getroffen hatte.

»Ich habe schon genug geredet«, sagte der Mann von der Erde. »Ab hier wäre ich nur auf Mutmaßungen angewiesen. Jetzt müssen Sie den Mund aufmachen.«

»Also gut. Meines Erachtens ist es sowieso zu spät, um noch etwas auszurichten. Ja, ich war der Anführer einer Gruppe, die an eine anständige, menschliche, zivilisierte Regierung glaubte, aber wir haben nicht hier gearbeitet, sondern in der Hauptstadt. Unser Coup mißlang. Wir wurden erwischt und hierher ins Exil geschickt, und man sorgte dafür, daß wir die nächste Stadt sein würden, die ausgelöscht werden soll.«

»Also haben einige Anhänger Ihrer Partei überlebt. Ob Sie diese Menschen wieder einschalten könnten, was meinen Sie?«

»Nicht ohne Waffen und Ausrüstung. Deshalb hatten wir ja auch keinen Erfolg.«

»Die Ausrüstung wäre kein Problem.«

»Nein?« Prenks Augen blitzten.

»Nein.« Seaton ging nicht näher darauf ein, sondern fuhr fort: »Das Problem ist das Personal und die Kampfmoral. Ich habe keine Leute zur Verfügung, und wir müssen hier anfangen, nicht drüben in der Hauptstadt. Reine Selbsterhaltung. Wir müssen das Minimum erreichen. Ihre Leute sind derart abgearbeitet, daß es ihnen gleichgültig geworden ist, ob sie leben oder sterben. Wie schon gesagt, ich kann die Maschinen in Gang bringen, aber das allein genügt nicht. Wir müssen den Burschen wieder Hoffnung machen.«

»Okay — und vielen Dank!«

Keiner der Menschen im Vorzimmer, nicht einmal die Sekretärin, blickte auf, als die beiden Männer das Haus verließen.

DuQuesne, der auf dem Weg zur Erde war, wußte, welches Chaos dort jetzt herrschte und worum es dabei ging. Ihm war bekannt, daß es nahezu unmöglich war, Werkzeugmaschinen aller Art zu kaufen. Gleichzeitig kannte er die Ungeheuerlichkeit der Aufgabe, ein Duplikat der *Skylark von Valeron* zu bauen. Oder zunächst die Werkzeuge zu schaffen, die die Maschinen herstellen würden, die ihrerseits den Planetoiden errichten würden. Mit seinen Bauprojektoren hoher Ordnung konnte er den größten Teil der Werkzeugmaschinen selbst erzeugen, vielleicht sogar seinen ganzen Bedarf; aber dazu hatte er nicht die Zeit. Zeit war überaus wichtig.

DuQuesnes früherer Arbeitgeber, die World Steel Corporation, besaß im Wert von vielen Milliarden Dollar genau die Maschinen, die er brauchte. Die Firma nutzte sie nicht nur, sondern stellte sie auch her und verkaufte sie. Und was die Firma nicht herstellte, ließ sie bauen.

Und wie! Durch eine gut organisierte Spionageabteilung hatte die World Steel viele tausend wichtige Männer gut im Griff. Und er, DuQuesne, hatte Brookings im Griff. Er war weitaus rücksichtsloser, als es Brookings jemals sein konnte, und der wußte das. Er konnte Brookings dazu bringen, die Grundausrüstung an

Werkzeugmaschinen für ihn zu erstehen — jedenfalls genug, um die *Capital D* bis in den letzten Winkel damit zu füllen. Und das sollte geschehen.

Als er in Reichweite der Erde kam, schickte er seine Projektion direkt in Brookings' Privatbüro. Diesmal war der Wirtschaftsmagnat nicht so gelassen wie bei DuQuesnes vergangenem Besuch. Er stand hinter seinem Tisch, sein Stuhl lag hinter ihm auf der Seite, und er beugte sich vor, die linke Hand flach auf die Tischplatte gestützt. Er umklammerte eine halb gerauchte, halb abgekaute Zigarre in der rechten Hand und fuchtelte damit wild in der Luft herum. Er brüllte seine entsetzte Sekretärin an, die halb geduckt stand, halb auf der vorderen Kante des Stuhls hockte und ihren Mut zusammenzunehmen versuchte.

Als DuQuesnes Projektion erschien, schwieg Brookings einen Augenblick lang und riß die Augen auf. Dann kreischte er das Mädchen an: »Raus mit Ihnen!« Die Sekretärin verschwand entsetzt. Er schleuderte den Rest der Zigarre in seinen großen bronzenen Aschenbecher, wo sie sich in einem Schauer von Funken zu braunen Tabakblättern auflöste. Dann richtete er seinen Stuhl wieder auf, setzte sich hin und starrten DuQuesne düster an.

»Passen Sie auf Ihren Blutdruck auf, Dickwanst!« sagte DuQuesne höhnisch. »Ich hab's Ihnen schon öfter gesagt. Ihnen platzt noch mal ein Blutgefäß im Hirn, und das bräche mir wahrlich das Herz!«

(Brookings' Antwort ist an dieser Stelle nicht wiederzugeben.)

Mürrisch fuhr er fort: »Das hat mir gerade noch gefehlt, um meinen Tag zu verschönern.«

»Ja«, sagte DuQuesne rücksichtslos. »An einigen Tagen kann man keinen Cent zusammenkratzen. Ich nehme an, Sie wüßten gern, warum ich Ihre Gangster nicht zurückgeschickt habe.«

»Nichts auf der Erde interessiert mich weniger.«

»Ich will's Ihnen trotzdem sagen, der Vollständigkeit halber.« DuQuesne wußte nicht, was wirklich geschehen war, aber das sollte Brookings nicht erfahren. »Jeder von Ihnen hatte einen Schuß frei, wie ich vorher gesagt habe. Aber alle haben vorbeigeschossen.«

»Lassen wir das, Doktor«, sagte Brookings brüsk. »Sie sind nicht deswegen hier. Was soll es diesmal sein?«

DuQuesne streckte einen Arm aus, nahm einen Kugelschreiber aus Brookings' Brusttasche, riß das oberste Blatt eines Notizblocks ab und schrieb eine Zahlungsanweisung über hundertfünfundzwanzig Millionen Dollar zugunsten der World Steel Corporation aus. Er schob den Zettel über den Tisch und sagte: »Sie brauchen sich keine Sorgen zu machen, ob die Anweisung gedeckt ist oder nicht — sie ist gedeckt. Ich brauche Werkzeugmaschinen, und zwar schnellstens.«

Brookings warf einen Blick auf das Stück Papier, berührte es aber nicht. Seine Muskeln spannten sich, doch diesmal verlor er die Beherrschung nicht. »Werkzeugmaschinen«, sagte er dumpf. »Sie wissen selbst, daß da selbst mit viel Geld wenig zu machen ist.«

»Mit Geld allein nicht«, stimmte DuQuesne gelassen zu. »Deshalb sage ich Ihnen, daß Sie etwas Druck dahintersetzen sollen. Sie erhalten die Einzelheiten — Bestellungen, Spezifikationen, Lieferzeiten, Lieferorte und so weiter — morgen früh. Und muß ich Ihnen die Alternative näher erläutern?«

Brookings zitterte vor Wut, aber er konnte nichts tun, und das wußte er. »Mir brauchen Sie das nicht auseinanderzusetzen, aber gewisse andere Leute muß ich wohl in die Mangel nehmen.«

»Okay. Jeder Fehler bei einer der Bestellungen oder eine mehr als vierundzwanzigstündige Verzögerung bei einer der angegebenen Lieferzeiten bedeutet eine Hundert-Kilotonnen-Atombombe auf Nordafrika 11. Wiedersehn.«

Und DuQuesne schaltete seine Projektion ab. Brookings hatte den Eindruck, als löste sich sein Besucher in Luft auf; für DuQuesne war es, als sei er in seine *Capital D* tief im All zurückgekehrt. Er gestattete sich ein Lächeln.

Seine Sterne standen günstig, überlegte er. Seaton war in seinen Kampf mit dem unbekannten neuen Gegner verwickelt und vielleicht sogar tot; jedenfalls zählte er nicht zu den Faktoren, die er, DuQuesne, im Augenblick in seine Berechnungen einbeziehen mußte. Sobald Seaton wieder einsatzbereit war, wollte DuQuesne sein neues Schiff zur Verfügung haben und auf ihn warten. Und dann ... Dann war es nur noch ein kurzer Schritt bis zu seinem großen Ziel — bis zu seinem Universum. Niemand war dann in der Lage, seine Herrschaft in Zweifel zu ziehen.

So dachte DuQuesne, der in diesem Augenblick praktisch alle Faktoren kannte, die Einfluß auf seine Pläne haben konnten, und der sie alle sorgfältig und richtig in Betracht gezogen hatte. Er wußte über die Llurdi und die Jelmi Bescheid, er wußte, daß sich Seaton und die Chloraner gegenseitig neutralisierten, soweit es ihn betraf; er wußte, daß ihm voraussichtlich sogar die Norlaminer wenig Sorgen machen würden. DuQuesne kannte wirklich alle wichtigen Tatsachen — bis auf eine oder vielleicht zwei. Diese beiden Tatsachen befanden sich in großer Entfernung von ihm. Eine dieser Tatsachen war ein junges Mädchen. Die andere ihre Mutter.

Zwei Individuen in einem ganzen Universum? Selbst wenn Seaton von der Existenz der beiden gewußt hätte, mochte er sie völlig verkannt haben in ihrer wahren, unvorstellbaren Bedeutung.

Kapitel 17

Da Seaton als Ky-El Mokak nicht die geringsten Ansprüche stellte, nahm er das erste Haus, das Prenk ihm zeigte. Der Bürgermeister machte ihm das Angebot, ihm eine Haushälterin und Bettgenossin zu schikken, was Seaton aber dankend ablehnte; er wollte sich zunächst einmal ungestört umsehen.

Prenk stellte ihm etwas Geld und einen Geländewagen aus seinem eigenen Bestand zur Verfügung — ein robustes dreirädriges Fahrzeug —, beschrieb ihm, wo die Einkaufszentren lagen, und kehrte ins Rathaus zurück.

Seaton ließ sich rasieren und die Haare schneiden und erstand neue Kleidung und Vorräte, die er in sein neues Heim brachte.

Inzwischen war der Nachmittag angebrochen, und gegen vier Uhr Ortszeit fand der Schichtwechsel statt. Seaton steuerte sein kleines Fahrzeug zehn Kilometer den Canyon hinauf zum Bergwerk, das der einzige Grund für die Existenz der Stadt war. Da er nicht auf der Stelle erschossen werden wollte, wagte er es nicht, zu spät zu kommen oder sonstwie unangenehm aufzufallen, während der acht Kilometer langen Zugfahrt durch den Haupttunnel ebensowenig wie während der Fahrstuhlfahrt auf die zweitausendsiebenhundert Meter tiefe Sohle, auf der er arbeiten sollte.

Doch sobald er im Stollen war, blieb er stehen — genau dreizehn Schritt vor dem starr dastehenden jungen Aufseher. Er blieb unbeweglich stehen, während seine Leidensgenossen ihre Werkzeuge zur Hand nahmen und vor Ort gingen — eine fast senkrechte Gesteinswand in einem höhlenartigen Raum —, um mit ihrer täglichen Arbeit zu beginnen.

Der Aufseher war ein gutgenährter junger Mann und

der zweite Eingeborene, der Seaton mehr als halb lebendig vorkam. Seine Jacke, Hose und Stiefel waren so schimmernd schwarz, wie sein Schutzhelm weiß war. Er war ein sehr stolzer und arroganter junger Mann. Eine Handfeuerwaffe hing an seiner Hüfte, eine lange Peitsche war griffbereit zusammengerollt.

Der Bursche starrte Seaton einen Augenblick lang hochmütig an und begann sich dann aufzublasen wie ein Truthahn. Als Seaton ihm ein unmißverständliches Zeichen gab, trat er sofort in Aktion.

»Du bist also der Wildlebende!« schnaubte er und schwang geschickt die schwere Peitsche.

Aber Seaton wußte, was er zu erwarten hatte, und war bereit. Er duckte sich und trat mit der Geschwindigkeit des geübten Sportsmanns zur Seite; er bewegte den kurzen, kräftigen Knüppel, den er im Ärmel versteckt hatte, wie einen Zauberstab. Als sich das Ende der Peitsche um den Holzstab wickelte, riß er ihn zurück und packte den heranfliegenden Peitschengriff mit der rechten Hand.

Der Wächter versuchte natürlich sofort seine Waffe zu ziehen, doch Seatons rechter Arm schwang bereits herum und zurück, und als die Waffe aus dem Holster glitt, legte sich die Peitschenschnur um Waffe und Handgelenk, wobei es knallte, als wäre ein Schuß abgefeuert worden.

Der Mann starrte mit aufgerissenen Augen verständnislos auf das Blut, das aus seiner gelähmten rechten Hand drang; und das kurze Zögern genügte seinem Gegner. Seaton rückte vor und grub ihm die linke Faust tief in den Solarplexus. Als der halb bewußtlose Mann zusammenklappte, brachte er auch die rechte Faust ins Ziel — nicht auf das Kinn, sondern an den Hals. Dabei schlug er nicht fest zu, denn er wollte den Mann nicht töten.

Als der Wächter auf den Felsboden fiel und sich stöhnend zu winden begann, gerieten die einheimischen Männer und Frauen aus dem Häuschen. »Töte ihn!« kreischten sie. »Tritt ihn! Töte ihn! Schlag ihm den Kopf ab!«

»Halt!« brüllte Seaton, und die Bergleute schwiegen — doch ihre Apathie war vergessen.

Seaton wartete, bis sein Opfer langsam wieder zu Atem kam. Dann nahm er die pistolenähnliche Waffe des Aufsehers an sich und untersuchte sie. Eine solche Waffe hatte er noch nicht gesehen, und eine erste Überprüfung verriet ihm nicht, wie sie funktionierte, aber das hatte Zeit.

Als der Aufseher wieder einigermaßen zu sich gekommen war, schob ihm Seaton einen Empfänger über den Kopf und überflutete den Mann mit seinen Gedanken — er wollte ihm einen Vorgeschmack auf seine Strafe geben und herausfinden, was der Mann wußte; außerdem wollte er ihm eingeben, was er tun mußte, wenn er weiterleben wollte. Nun mußte Seaton seinen Auftritt erklären. Zuerst wandte er sich an den Offizier.

»Du bist ein gemeiner Verräter! Ich sage dir hiermit, daß ein neues Regime die Herrschaft übernimmt. Vielleicht lasse ich dich leben, vielleicht übergebe ich dich aber auch diesen Jungen und Mädchen — du weißt, was sie mit dir machen würden. Meine Entscheidung hängt einzig und allein davon ab, wie gut du dich an die Dinge hältst, die ich dir eben eingetrichtert habe. Ein falscher Gedanke, ein Alarmzeichen — schon ist dir ein langer, qualvoller Tod gewiß. Und ich weiß, was ich sage!«

Seine nächsten Worte waren an die Bergleute gerichtet, die er aus zusammengekniffenen Augen musterte. Seine Aufmunterung zeigte erste Folgen. Erregung brandete durch die Gruppe; keiner der Anwesenden zeigte noch Spuren der Niedergeschlagenheit und Apathie, von der die Arbeiter noch vor kurzem befallen gewesen waren. Eine Gruppe von Männern musterte Seaton und den Aufseher auf eine Weise, die keinen Zweifel ließ, daß es an Ort und Stelle einen Lynchmord geben würde, hätte Seaton nicht seine Kampfbereitschaft bekundet.

»Beruhigen Sie sich«, sagte Seaton. »Ich weiß, Sie alle wollen den Burschen auseinandernehmen, aber was würde das nützen? Nichts! Also lasse ich es nicht zu, und wenn ich dazu die Peitsche einsetzen oder gar die Waffe benutzen müßte. Aber darauf würde ich lieber verzichten, und es wird sicher auch nicht nötig sein, denn nun hat jeder zivilisierte Mensch dieser Welt eine Chance. Ich will hier nicht in die Einzelheiten gehen, doch ich spreche zu Ihnen im Namen einer Gruppe von Wesen, die Menschen sind wie Sie. Sie nennt sich ›Siegreiche Menschheit‹. Ich bin ein Abgesandter dieser Gruppe. Ich soll Ihnen eine Botschaft überbringen. Ich soll Ihnen sagen, daß die Menschheit noch nirgendwo endgültig besiegt worden ist und daß es auch hier nicht dazu kommen soll. Die Menschheit ist siegreich gewesen und wird auch weiter über Rassen triumphieren, die andere Wesen unterdrücken wollen.

Die Pläne der ›Siegreichen Menschheit‹ werden bald in die Tat umgesetzt. Auf diesem Planeten wird die Menschheit siegen, und das dauert nicht mehr lange!

Jetzt brauchen wir Ihre Hilfe. Wir verlangen von Ihnen nur, daß Sie jede Woche die gewünschte Menge Erz produzieren, damit die chloranischen Kriegsschiffe hier nicht zu früh auftauchen. Die Erzförderung wird in Kürze kein Problem mehr sein, da ich Ihre Maschinen reparieren und innerhalb einer Woche voll wiederinstandsetzen kann. In einigen Wochen können also Ihre Frauen zu Hause bleiben und sich wieder um die Familien kümmern. Die jungen Leute können wieder in die Schule gehen, und die Hälfte der Männer schaffen die Mindestleistung in der Hälfte der Zeit und haben Zeit für Spiel und Sport. Und du, Verräter« — er wandte sich wieder an den Aufseher —, »du wirst jetzt arbeiten, und zwar auf der Stelle! Wir beide werden Partner sein, und wenn du zu langsam bist, kannst du was erleben. Also los!«

Und sie gingen an die Arbeit. Sie nahmen ein Bohrgerät zur Hand — das gut dreihundertundfünfzig Kilogramm wog — und zerrten es über den unebenen Felsboden zum Fuß der Felswand.

Diese Felswand bot einen herrlichen Anblick — eine überraschend hohe und breite Fläche des schimmernden submetallischen pechschwarzen Uraninits, da und dort von den typischen Gelbtönen von Autinit und Varnotit und den unterschiedlichen Grünstreifen des Torbernits durchzogen.

Aber Seaton interessierte sich im Augenblick nicht für Schönheiten. Er hoffte verschleiern zu können, daß er noch nie in seinem Leben ein Bergbaugerät in der Hand gehabt hatte.

Aber schließlich gibt es nur eine bestimmte Anzahl von Möglichkeiten, Löcher in Felsgestein zu bohren, und das Handwerkszeug war einfach gestaltet.

So ließ Seaton dem Aufseher zwar unauffällig den Vortritt, trotzdem arbeiteten die beiden gut zusammen, und der Bursche strengte sich wirklich an. Sie bauten den schweren Bohrer auf und arretierten ihn vor der Felswand. Dann ließen sie den kürzesten Fünfundzwanzig-Zentimeter-Bohrer in die Halterung gleiten. Sie schalteten die Druckluft ein und preßten die Schultern gegen die Stützpolster. Die riesige Maschine begann unter dem gewaltigen Druck der komprimierten Luft zu erbeben und zu dröhnen und trieb das hämmernde Stahlstück ins Erz.

Die übrigen Bergleute, angeregt durch Seatons Rede, arbeiteten wie selten zuvor und mit so gutem Ergebnis, daß die Gruppe am Ende der Schicht doppelt soviel Erz nach oben geschickt hatte wie in der letzten Arbeitsperiode.

Es ist vielleicht überflüssig anzumerken, daß Seaton Spaß an seinem Erlebnis hatte; er gehörte zwar nicht gerade zu den Muskelarbeitern, doch er wußte die Freude an einem Problem zu schätzen, das sich mit Handarbeit bewältigen ließ. Eine Zeitlang sorgte er sich um die Möglichkeit, daß sich die Ereignisse anderweitig mit einem unerwarteten Tempo entwickeln könnten, aber jede Minute, die er hier auf dem Planeten verbrachte, kam ihm bei der automatischen Reparatur der *Valeron* zugute. Das riesige Schiff hatte wirklich erhebliche Schäden hinnehmen müssen. Da Seaton im Augenblick gegen DuQuesne, die Chloraner oder die Fenachroner sehr wenig ausrichten konnte — im Gegensatz zu hier, wo es wirklich viel Gutes zu tun gab —, schlug er sich die anderen Probleme aus dem Kopf und konzentrierte sich auf die Arbeit.

Nach der Schicht kehrte Seaton in das leere Haus zurück, das ihm vorübergehend als Wohnung diente, und hob den übergroßen Ring an die Lippen. »Dottie«, sagte er.

»O Dick!« tönte ein kaum hörbarer Schrei aus dem Ring. »Ich wünschte, du würdest keine solchen Risiken eingehen! Ich dachte schon, ich würde sterben vor Angst!«

»Ich bin kein Risiko eingegangen, Dottie. Mit dem Aufseher werde ich allemal fertig. Ich mußte irgend etwas Auffälliges tun, um die Leute in Fahrt zu bringen. Aber ich rechne nicht mehr mit Schwierigkeiten. Die Sache wird sich schnell herumsprechen. Nun müssen sich die anderen vorsehen.«

»Wollen wir's hoffen. Einen Augenblick, hier ist Martin. Er möchte wegen der Maschinen mit dir sprechen.«

»Allerdings, Dick«, ertönte Martins Stimme. »Du sagst, du brauchst zweihundertundfünfzigpfündige Sullivan-Abräumer, komplett mit verstellbaren Gestellen. Du forderst Ingersoll-Rand-Kompressoren und Westinghouse-Generatoren und Wilfley-Drehbänke und so weiter. Jede Maschine ist namentlich hier aufgeführt und hat keine Ähnlichkeit mit der Maschinenausstattung dieser Leute. Da du die Maschinen im Bergwerk ja reparieren sollst, wäre es nicht besser, diese Aufgabe dem Großgehirn zu überlassen, während du zuschaust, schlaue Bemerkungen dazu machst und mal wieder etwas Neues lernst?«

»Da hast du vielleicht recht«, sagte Seaton nach kurzem Schweigen. »Ich hatte mir gedacht, daß es nicht darauf ankommt, da die Leute im Bergwerk sowieso nicht viel Ahnung vom Bergbau und den entsprechenden Maschinen haben — die Maschinen brauchten nur zu funktionieren und müßten im übrigen hübsch rostig aussehen. Außerdem kenne ich mich mit unseren Maschinen aus. Aber ich kann mich auch mit den hiesigen Anlagen vertraut machen, das spart uns viel Zeit. Hier wird in zwei Schichten nur an einem Vortrieb gearbeitet. Es sind nicht mehr Leute da. Aber neun Zehntel der Maschinen sind absolut hinüber, und der Rest fällt schon fast auseinander, wenn man sie nur ansieht. Wir müssen heute abend also einen Generator und mindestens einen Kompressor fertigstellen; fang schon mal damit an.«

»Längst fertig. Ich schicke dir die Sachen hinunter, sobald es ganz dunkel ist. Wie steht es inzwischen mit dem Wächter? Hast du ihn im Auge behalten?«

»Nein. Ich hielt das nicht für erforderlich. Aber vielleicht sollte man ihn beobachten. Von euch aus?«

»Klar. Shiro und Lotosblüte haben ohnehin im Augenblick nicht viel zu tun. Ich veranlasse das Nötige.«

»Tu das, mein Freund. Bis heute abend.«

»Moment noch, Dick«, schaltete sich Dorothy wieder ein. »Ich bin mit dir noch nicht fertig! Hast du daran gedacht, dich hübsch einsam anzusiedeln, ja?«

»Klar, mein Schatz. Die nächsten Nachbarn sind einen Kilometer entfernt. Sobald es Nacht ist, kannst du problemlos mit einem der Kleinboote zu mir kommen.«

»Du bist ein Schatz!« schnurrte Dorothy. »Warte nur, bis es dunkel ist; dann bin ich da!«

Unzählige Parseks entfernt erreichte DuQuesne das Sonnensystem, steuerte die *Capital D* in eine Parkbahn um die Erde und begann seine gewaltige Bestellung an Werkzeugmaschinen und Vorräten an Bord zu nehmen. Alles lief nach Plan; Brookings hatte die gestellte Aufgabe erfüllt. Es blieb allerdings eine Sache, die DuQuesne selbst erledigen mußte. Während des Ladevorgangs flog er persönlich nach Washington D.C., wo er das Institut für seltene Metalle aufsuchte.

Die Tür zu Zimmer 1631 stand offen. Er klopfte an und trat ein. Leise schloß er die Tür hinter sich.

»Einen Augenblick!« sagte eine Altstimme, die er in guter Erinnerung hatte. »Es dauert nicht lange!«

»Ich habe Zeit.« DuQuesne setzte sich, schlug die Beine übereinander, zündete sich eine Zigarette an und musterte die Frau, die an ihren elektronischen Kontrollen saß. Beide Augen waren im Blendschutz eines Doppel-Okulars vergraben; die Hände bewegten Stellknöpfe in winzigen Bewegungen.

»Oh! Hallo, Blackie. Bin gleich soweit.«

»Keine Eile, Hunkie. Mach ruhig fertig.«

»Klar.« Ihre Aufmerksamkeit war keine Sekunde abgelenkt worden; sie konzentrierte sich weiter voll auf ihre Aufgabe.

Nach einer Minute drückte sie auf einen Knopf, die Kontrollen schalteten sich aus, und sie stand auf. »Lange ist's her, Blackie!« sagte sie und reichte ihm die Hand.

»Allerdings.« Er versuchte sie in den Arm zu nehmen — eine Bewegung, der sie lächelnd begegnete, indem sie seine linke Hand ergriff und festhielt.

»Halt, halt«, sagte sie leise. »Blackie, nicht anfassen, das weißt du doch noch?«

»Klar. Wie in alten Zeiten.«

»Genau. Du bist ein zielstrebiger Bursche, Blackie — das muß wohl jeder Mann sein, der mich interessiert —, aber niemand schreibt mir vor, was ich tun soll oder nicht. Aber lassen wir das.« Sie gab seine Hände frei, deutete auf einen Stuhl, setzte sich, schlug die Beine übereinander, nahm seine angezündete Zigarette und fuhr fort: »Danke. Man hat mir erzählt, mit dir wäre es aus. Aber daran habe ich nicht geglaubt. Meines Erachtens weißt du genau, was du tust — und was du dir vornimmst, erreichst du auch.«

Diese Frau vermochte DuQuesne aufzuwühlen wie keine andere. »Vielen Dank, Hunkie«, sagte er. »Ich wollte fragen, ob du Donnerstag abend etwas vorhast.«

Ihr Lächeln verstärkte sich, und ihre beiden hübschen Grübchen wurden tiefer. »Sag's mir nicht, ich will raten. Louise Vincuighi in *Lucia?*«

»Aber klar! Hast du Lust?«

»Und ob! Aber nur unter einer Bedingung — keine weiteren Hintergedanken!«

»Ich weiß, ich weiß — du willst dich keinem Mann auf der Welt verpflichtet fühlen.«

»Richtig, Marc. Aber ich habe auch nie ein Geheimnis aus der Tatsache gemacht, daß ich mich in deiner Gesellschaft wohl fühle. Auf dieser Basis danke ich vielmals für deine Einladung.«

Der Donnerstag rückte heran, und den ganzen angenehmen Abend hindurch hatte die junge Frau das seltsame Gefühl, daß ihr Begleiter irgendwie verändert war, wenn sie sich den Eindruck auch kaum erklären konnte. Er ließ etwas von seiner üblichen Selbstsicherheit und Gelassenheit vermissen. Selbst der herrliche Sopran der Vinciughi vermochte ihn nicht zu fesseln.

Als sie sich später vor ihrer Wohnungstür verabschiedeten, sagte sie: »Irgend etwas spukt dir im Kopf herum, Blackie. Irgend etwas ganz Großes. Ob es etwas nützt, wenn du mit hereinkommst und mir davon erzählst?« Es war das erste Mal während ihrer langen Bekanntschaft, daß sie ihn in ihre Wohnung einlud. »Oder würde das nichts nützen?«

Er überlegte einen Augenblick lang. »Nein«, sagte er

schließlich. »Die ganze Sache ist so unsicher, daß eine Diskussion darüber sogar noch sinnloser wäre als mein Grübeln. Aber ich möchte dir eine Frage stellen: Wie lange wirst du noch in Washington sein?«

Sie hielt den Atem an. »Der Beobachter sagt, es dauert noch etwa anderthalb Jahre, bis ich die angestrebten Kenntnisse erworben habe.«

»Gut«, sagte DuQuesne. Seine Gedanken überschlugen sich, was ihm äußerlich aber nicht anzumerken war. Was führten die Beobachter im Schilde? Er kannte Stephanie de Marignys Fähigkeiten — ihr wurden die Kenntnisse offenbar nur löffelweise verabreicht, während sie weitaus schnellere Fortschritte hätte machen können ... warum? *Warum?* DuQuesne hatte ein großes Ziel und konnte es sich nicht leisten, irgend etwas zu übersehen, so nebensächlich es auch sein mochte. Kannten die Norlaminer sein Interesse an Hunkie de Marigny? War es möglich, daß er in diesem Augenblick beobachtet wurde? War die seltsame Verlangsamung ihrer Karriere bedeutsam für ihn? Er wußte keine Antwort auf diese Fragen, doch er beschloß, vorsichtig zu sein. Nach einer kaum merklichen Pause fuhr er fort: »Ich sehe dich bestimmt vorher wieder — wenn ich darf.«

»Aber natürlich! Ich würde mich verdammt aufregen, wenn ich erführe, daß du in Washington gewesen bist, ohne mich zu besuchen!«

Daraufhin verabschiedete er sich. Sie betrat ihre Wohnung und schloß die Tür ... und blieb reglos stehen, während seine Schritte draußen verhallten. Sie starrte mit geistesabwesendem, düsterem Blick ins Leere.

Kapitel 18

Im Lauf der nächsten Tage waren immer mehr Skylarker in Seatons Haus auf dem Planeten Ray-See-Nee gekommen, bis schließlich die meisten — besonders Dorothy — sogar die Nächte dort verbrachten. An diesem Abend waren alle versammelt.

Da die persönlichen Schwerkraftkontrollen inzwischen vervollkommnet worden waren, hatten Dunark und Sitar in dieser Hinsicht keine Probleme mehr. Allerdings war es den Technikern noch nicht gelungen, auch eine Temperaturkontrolle zu schaffen, so daß er nach wie vor dicke Wollkleidung trug und sie sich in ihren herrlichen Pelzmantel gehüllt hatte. Beide hatten sich mit Maschinenpistolen bewaffnet und saßen wie immer kampfbereit da. Auch Lotosblüte und Shiro waren stets auf dem Sprung, auch wenn man es ihnen nicht ansah. Beide hockten mit untergeschlagenen Beinen auf dem Boden und verfolgten das Gespräch der anderen.

Dorothy, Margaret und Crane saßen an einem kleinen Tisch. Vor ihnen standen eisgekühlte Getränke. Währenddessen wanderte Seaton im Zimmer auf und ab. Er hatte die rechte Hand in die Hosentasche gesteckt, während die linke seine Pfeife hielt, die er von Zeit zu Zeit durch die Luft schwenkte, um eine Bemerkung zu unterstreichen.

»In Anbetracht der Tatsache, daß wir nur dann mit Strahlen höherer Ordnungen einsetzen können, wenn der Erzfrachter hier ist, der unsere Aktivitäten überlagert«, sagte Seaton, »haben wir gar nicht mal schlecht gearbeitet. Doch sollte es mich nicht wundern, wenn jetzt langsam die Zeit knapp wird und wir in Bedrängnis kommen. Mart, was meinst du?«

Crane trank aus seinem Glas und räusperte sich. »In

einer Hinsicht hast du wahrscheinlich recht, Dick. Die Chloraner sehen die Vernichtung von Städten gewissermaßen als Schauspiel an: nicht zur eigenen Freude — ich glaube nicht, daß sie überhaupt Freude oder Angst empfinden können —, sondern um die übrige Bevölkerung dieser Welt im Zaum zu halten. Ob nun der Marionettendiktator dieser Welt unsere Stadt als nächste auf die Todesliste gesetzt hatte oder nicht — jedenfalls ist klar, daß wir den vorgesehenen Lauf der Dinge so sehr gestört haben, daß sich die derzeitigen Machthaber hier zumindest einmal umsehen müssen. Aber ich wüßte nicht, inwieweit wir dadurch in Bedrängnis geraten sollten.«

»Aber ich«, schaltete sich Dorothy ein. »Die Chloraner brauchen von Zeit zu Zeit ein Spektakel dieser Art, und da wir uns nicht programmgemäß dazu haben verheizen lassen, ruft man vielleicht nach den Chloranern, anstatt selbst gegen uns vorzugehen. Vielleicht weiß man sogar mehr über uns, als wir annehmen.«

»Das könnte natürlich sein ...«, begann Crane, doch Seaton unterbrach ihn.

»Also ist es Zeit, Ree-Toi Prenk einzuweihen und in unseren Kriegsrat aufzunehmen«, rief er, und die Diskussion ging weiter.

Sie sprachen noch immer über die Situation, als zwanzig Minuten später ein leises Klopfen ertönte.

Die Osnomer sprangen mit gezogenen Waffen auf. Die beiden Japaner standen kampfbereit da. Automatikwaffen erschienen in den Händen der drei am Tisch, und Crane schob sich eine Beobachtungshaube über den Kopf. Seaton schaltete das Außenlicht an und starrte durch das frisch angebrachte Einwegglas der Tür.

»Wenn man vom Teufel spricht«, sagte er erleichtert. »Es ist der Bürgermeister!« Er riß die Tür auf und fuhr fort: »Treten Sie ein, Euer Ehren. Wir haben gerade von Ihnen gesprochen.«

Prenks Augen weiteten sich angstvoll, als er das Waffenarsenal bemerkte, das nun wieder verstaut wurde, und seine Verblüffung steigerte sich noch, als er die Japaner und die grünhäutigen Osnomer entdeckte.

»Ich wußte natürlich schon nach den ersten Tagen«, bemerkte Prenk, »daß Ihre, Ky-El-Mokak, Äußerungen nicht ganz wahrheitsgemäß waren. Kein Wildlebender hätte all die Dinge tun können, die Sie hier vollbracht haben; aber ebenso wurde mir klar, daß Sie, wer immer Sie sein mögen, wirklich auf unserer Seite stehen. Bis jetzt hatte ich aber keine Ahnung, daß Sie in Wirklichkeit von einer anderen Welt kommen. Ich dachte, Ihre Rede vor den Bergleuten wäre wirklich nur aufmunternd gedacht gewesen; aber jetzt kommt es mir doch denkbar vor, daß Sie genau die Dinge im Sinn hatten, deretwegen ich heute abend hier bin. Gewisse Lieferungen ... Sie wissen schon.«

»Ich weiß. Ja, ich habe Sie belogen, aber wie hätte ich bei Ihrer Stimmung anders vorgehen können, ohne alles sofort zunichte zu machen?«

»Ihre Methode war vermutlich die einzig mögliche.«

»Gut. Ja, wir kommen aus einer Galaxis, die von hier so weit entfernt ist, daß sie wohl auch mit dem größten Teleskop Ihrer Welt nicht zu finden wäre. Unser Bestreben geht dahin, jeden Chloraner in diesem Raumsektor auszuschalten, was uns aber nur möglich ist, wenn wir weitaus mehr Informationen über diese Rasse erhalten, als wir im Augenblick besitzen. Und wir brauchen noch viele Wochen Zeit, um uns vorzubereiten.

Aber ehe wir in die Einzelheiten gehen, möchte ich Ihnen meine Verbündeten vorstellen. Leute, das ist Seine Ehren Ree-Toe Prenk; man könnte ihn als den Bürgermeister der Stadt Ty-Ko-Ma des Planeten Ray-See-Nee bezeichnen. Ree-Toe, dies ist Hi-Fi-Mokak, meine Frau — Lo-Test und Hi-Test Crane, Mann und Frau ...« Und er setzte die Vorstellung fort, indem er weitere Namen erfand.

»Hi-Fi, ich bitte dich!« brummte Dorothy auf englisch vor sich hin. »Warte nur, bis ich dich heute abend allein für mich habe, du Clown!«

»Was soll das — ›Clown‹?« gab er zurück. »Versuch du mal sieben Namen aus dem Ärmel zu schütteln!«

Nun setzte Seaton eine Kopfhaube auf, reichte Prenk ein ähnliches Gerät und sagte auf gedanklichem Wege: »Dies sind die Überreste unseres mobilen Stützpunkts *Skylark von Valeron.*« Und er zeigte und beschrieb dem Fremden das Großgehirn, die riesige Nachbildung des gesamten Ersten Universums, den umfangreichen Antrieb und die mächtigen Angriffs- und Verteidigungsanlagen.

Prenk lauschte wie gebannt, denn der ›Überrest‹ maß noch gut hundert Kilometer im Durchmesser und war viele Millionen Tonnen schwer und entsprach so wenig der hiesigen Vorstellung von Raumschiffen, daß Prenk die Größenordnung überhaupt nicht begriff. Und als Seaton ihm noch ein Geistesbild der Miniwelt vor dem Kampf mit den Chloranern zeigte, brachte er kein Wort mehr heraus.

»Ich ... ich verstehe ... Das ist alles ein bißchen ... na ja ...«, stammelte er.

»Ja, es ist alles ein bißchen viel. Daran gewöhnt man sich nicht so schnell«, sagte Seaton. »Und wir müssen noch sehr daran arbeiten. Ein Teil wird schon in Angriff genommen; der Rest kann aber nicht hier erledigt werden; andererseits wollen wir nicht fortfliegen, ohne sicher zu sein, daß Sie und Ihre Leute noch leben, wenn wir zurückkommen. Also möchten wir von Ihnen Informationen haben, viele Informationen.«

»Ich erzähle Ihnen gern alles, was ich weiß.«

»Vielen Dank. Zuerst ein paar Mutmaßungen. Wieviel wissen die entscheidenden Leute in der Marionettenregierung? Was werden sie unternehmen? Was wird seine Gnaden der Diktator entscheiden? Und was sollten wir dagegen tun? In den nächsten Tagen brauchen wir alle Informationen, die Sie beschaffen können — Tatsachen, Namen, Daten, Orte, Zeiten und Personal. Auch ein Musterexemplar jedes gewünschten Ausrüstungsstücks — mit Stückzahl, Lieferzeiten und Lieferorten. Bruder Prenk, Sie sind an der Reihe.«

»Ein Vorteil, daß wir eine kleine Stadt und eine kleine Gruppe sind, liegt darin«, sagte Prenk, »daß jeder jeden kennt. Also ist uns durchaus bekannt, wo die Spione gesessen haben. Aber wir waren alle so deprimiert, daß es uns im Grunde gleichgültig war, ob wir weiterlebten. Wir hatten uns große Mühe gegeben und hatten versagt: Die meisten hatten jede Hoffnung verloren. Inzwischen sind die wenigen verbliebenen Spione eingesperrt worden. Sie und die Aufseher geben noch immer ihre Berichte weiter, aber« — er lächelte —, »sie sagen nur das, was sie sagen sollen. Damit kommen wir natürlich nicht sehr weit, aber nach den neuesten Erkenntnissen dürfte es wohl reichen. Wir haben eine besonders tüchtige Guerillagruppe zusammengestellt, und unsere Pläne für die Hauptstadt sehen so aus ...«

Einige Wochen später drangen dreihundertachtundfünfzig vorzüglich ausgebildete Männer und eine vorzüglich ausgebildete Frau in die Hauptstadt ein.

Eine Frau? Ja, eine Frau, obwohl sich Dorothy lebhaft dagegen ausgesprochen hatte.

»Aber Sitar! Du willst doch nicht wirklich mit? Du bleibst doch zu Hause!«

»Zu Hause?« hatte das grünhäutige Mädchen erwidert. »Die Erste Frau eines osnomischen Prinzen begleitet ihren Mann überallhin! Sie kämpft neben ihm und stirbt notfalls neben ihm!«

Und damit war die Diskussion beendet.

Prenks Guerillas waren grüppchenweise in die Stadt eingesickert, wobei keine der Gruppen mehr als zwei Mann umfaßte. Alle trugen das leicht erkennbare Kostüm verschiedener Berufsgruppen — Handwerker, Soldaten, Seeleute, Schreiber, Geschäftsleute oder Industriearbeiter. Und die Uhren, die sie am Handgelenk trugen, unterschieden sich äußerlich ebenfalls sehr — doch alle zeigten genau dieselbe Zeit an.

Dreißig Minuten vor dem vorgesehenen Zeitpunkt näherten sich dreihundertneunundfünfzig Personen einem riesigen Gebäude, das einem Palast oder einer Kathedrale ähnelte und das die Regierung einer ganzen Welt beherbergte.

Die Angreifer traten ein und verteilten sich unauffällig im Gebäude. Vier Sekunden vor dem großen Schlag gingen die Personen unauffällig auf ihre Angriffsziele zu. Und im entscheidenden Augenblick wurden gleichzeitig dreihundertneunundfünfzig Messer gezogen, und dieselbe Zahl von Lebewesen sank zu Boden.

Einige Guerillas hielten neben ihren Opfern Wache, andere drangen in die Büros ein. Im obersten Stockwerk hatten vier unschuldig aussehende Besucher die Stahltür des Kommunikationszentrums aufgesprengt und die vier Diensthabenden niedergemacht. Der Anführer der Eindringlinge stürzte an die Hauptkontrollen, bewegte einige Hebel und sagte:

»Achtung! Achtung! Die Programme werden unterbrochen, um anzukündigen, daß der bisherige Premier Da-Bay Saien und seine Günstlinge wegen Hochverrats hingerichtet worden sind. Premier Ree-Toe Prenk und seine Loyalisten stellen nun die Regierung. Bitte bewahren Sie Ruhe; es wird nur neue Befehle geben, wenn sie absolut erforderlich sind. Das ist alles. Die vorgesehenen Programme laufen jetzt weiter.«

Ganz so einfach, wie es die Ankündigung wahrhaben wollte, lief es nicht überall ab. Die Berichte der Gegenspionage stimmten nicht in jedem Fall. Als Seaton seine Ausgangsposition im fünfzehnten Stockwerk erreichte, stellte er fest, daß nicht zwei, sondern vier Wächter vor der Tür standen, auf die er es abgesehen hatte. Aber er konnte keine Hilfe herbeiholen. Er mußte sehen, wie er mit ihnen fertig wurde.

Er fluchte leise vor sich hin, daß er in den ersten Sekunden des Kampfes seine Magnum nicht einsetzen konnte. Gleichzeitig beobachtete er die vier Männer aus den Augenwinkeln. Drei konnte er erledigen, ehe jemand einen Schuß abgeben konnte; aber er mußte schon etwas Glück haben, wenn er auch den vierten rechtzeitig erreichen wollte — und wenn der Bursche womöglich noch zum Zielen kam, konnte es sehr ungemütlich für ihn werden.

Im entscheidenden Augenblick warf Seaton seinen Mantel ab, der ihn als Geschäftsmann ausgewiesen hatte, und hechtete sich auf seine Gegner. Sein Messer traf den ersten Wächter, ehe der arme Bursche einen Muskel bewegen konnte. Den zweiten erledigte er mit einem Tritt seiner stahlverstärkten Stiefel gegen die Schläfe. Den dritten schaltete er durch einen Messerstich aus. Doch so schnell Seaton auch war, der vierte Wächter hatte Zeit, seine Waffe zu heben, wenn er auch nicht mehr richtig zielen konnte. Voller Panik löste er den Schuß aus. Wenn Seaton aufrecht gestanden hätte, wäre das Geschoß vorbeigegangen. Aber er duckte sich und drehte sich herum, und das Geschoß zog eine lange, tiefe Furche über die linke Seite seines Rückens.

Aber der Bursche hatte nur den einen Schuß, dann trat Seaton die Tür auf und sprang mit schußbereit erhobener Magnum ins Vorzimmer. Der Lärm des Schusses hätte ihm die Überraschung verderben können. »Keine Bewegung!« brüllte er, und die Personen in dem großen Zimmer erstarrten. »Wenn nur einer von Ihnen einen Finger rührt, um Alarm zu geben, schieße ich! Das Büro ist vorübergehend geschlossen. Verlassen Sie das Gebäude, Sie alle, und zwar auf der Stelle. Nach dem Essen kommen Sie wie üblich zurück. Los!«

Das Büropersonal kam dem Befehl nach — wobei sich einige verwundert, andere gelassen gaben. Die einzige Ausnahme war ein Mädchen, das als letzte kam. Sie hatte vorher an einem breiten Tisch neben der Tür zum Hauptbüro gesessen. Sie war ziemlich groß und hatte haselnußbraune Augen und dunkelbraunes Haar, das sie hochgesteckt trug. Ihr enges weißes Gewand und die noch engeren roten Hosen zeigten eine Figur, die mehr als gut geraten war.

Sie blieb vor Seaton stehen, hielt ihm die Hände entgegen und starrte auf seine linke Seite. »Sie bluten fürchterlich. Die Wunde scheint nicht lebensgefährlich zu sein, aber ich muß Sie verbinden.«

»Was?« fragte Seaton, doch ehe er weitersprechen konnte, ging die Tür zum inneren Büro auf.

»Kay-Lee!« brüllte eine Stimme. »Was bilden Sie sich eigentlich ein? Wenn ich Sie rufe, haben Sie gefälligst zu erscheinen, oder ich ...« Der Mann stockte und sah sich verblüfft um. Er war ein bleicher, aufgeschwemmter Mann von etwa vierzig Jahren.

»Treten Sie ein, Bay-Lay Boyn«, sagte Seaton. »Langsam, wenn Sie nicht sterben wollen!«

Der Mann schluckte und fuhr sich mit der Zunge über die Lippen. Das Mädchen brach das kurze Schweigen. »Was immer Sie mit diesem Saukerl anstellen, ich hoffe, er bekommt seinen Teil ab!«

»Kay-Lee! Das meinen Sie doch nicht ernst!« sagte der Mann flehend. »Tun Sie doch etwas! Ich verdoppele Ihr Gehalt — ich ...«

»Sie halten Ihr dreckiges Maul, Hoheit«, sagte sie eisig. »Ich habe genug von Ihnen!« Sie wandte sich an Seaton. »Bitte glauben Sie mir, Herr. Was immer Ihre Leute im Schilde führen — jede Veränderung kann nur Besserungen bringen. Und wenn Sie nicht bald ohnmächtig werden wollen, muß ich jetzt Ihre Wunde verbinden.«

»Einverstanden«, sagte Seaton. »Ich habe ziemliche Schmerzen. Aber zuerst müssen wir den Burschen hier an die Säule fesseln.«

Nachdem das geschehen war, zog Seaton sein blutgetränktes Hemd aus, und das Mädchen machte sich sachkundig ans Werk. Sie besprühte die scheußlich aussehende Wunde mit einem antiseptischen Mittel. Dann drückte sie die Ränder der Wunde zusammen und verband sie mit einem Spezialklebeband. Schließlich wusch sie Seaton das Blut vom Rücken, ehe sie die Wunde mit Puder bestreute, sterile Gaze auf die Stelle legte und Bandagen um seinen Oberkörper rollte. Dann trat sie zurück und betrachtete ihr Werk.

»Das müßte für eine Weile reichen«, sagte sie. »Heute haben Sie wahrscheinlich keine Zeit mehr dafür, aber spätestens morgen früh müssen Sie sich die Wunde nähen lassen.«

»Soll geschehen. Vielen Dank, meine Dame.« Seaton warf einen Blick auf die Uhr und stellte überrascht fest, daß seit dem Überfall erst wenige Minuten vergangen waren.

»Wollen wir jetzt gehen, Herr?«

»Noch nicht. Ich nehme an, Sie waren die Sekretärin des Mannes?«

»Jawohl, Herr.«

»Also wissen Sie vermutlich mehr über die eigentliche Arbeit der Abteilung als er. Ich will mich mal auf meine Menschenkenntnis verlassen und vermuten, daß Sie die Abteilung wohl besser führen könnten als er.«

»Viel besser, Herr«, sagte sie gelassen. »Ich habe den versoffenen Burschen in den letzten Monaten zweimal decken müssen. Er hat mir die Schuld zugeschoben, aber ...«

»Gut, Sie können mir helfen.« Seaton nahm ein Abzeichen aus der Tasche und reichte es Kay-Lee. »Schreiben Sie Ihren Namen hier in das Feld, dazu seinen Titel. Stellen Sie Ihr Diktiergerät an.«

Sie gehorchte. Er warf einen Blick auf das Abzeichen, das er dann dem Mädchen am Kragen festmachte. Gleichzeitig sprach er ins Mikrophon. »Ich, Ky-El-Mokak, ernenne hiermit in Vollmacht von Premier Ree-Toe Prenk Sie, Lay-Lee Barlo, in den Sechsundzwanzigsten Rang und ernenne Sie zur Leiterin der Abteilung Öffentliche Arbeiten. Sie haben die Aufgabe, Ihre Abteilung so zu führen, daß die Vernichtung von Menschen und Besitz durch die Gegner der Menschheit, die Chloraner, verhindert und nicht verursacht wird.«

Zum erstenmal schien das Mädchen ihre Selbstbeherrschung zu verlieren. »Soll das heißen, daß ich diesen Schweinestall wirklich ausmisten kann?« fragte sie.

»Genau! Sie erhalten Ihre weiteren Anweisungen bei einer Konferenz aller neuen Abteilungsleiter heute nachmittag. Aber Sie können mit der Säuberung sofort anfangen; dazu brauchen Sie bestimmt keine Anweisungen. Haben Sie eine Waffe?«

»Jawohl, Herr. Er hat eine Pistole in seinem Schreibtisch.«

»Gut. Holen Sie sie, überzeugen Sie sich, daß sie geladen ist, und schnallen Sie sie um. Zeigen Sie Ihr Abzeichen. Wenn es Probleme gibt, drohen Sie mit der Waffe. Wir meinen es ernst.« Er warf einen Blick auf den Gefangenen. »Ihn schaffe ich nach unten, wo er uns einige Fragen beantworten soll.«

»Vielen Dank, Herr. Ich werde ...«

Seaton hob die Uhr an seine Lippen und fragte: »Sind Sie da, Ree-Toe?«

»Jawohl, Ky-El«, sagte eine leise Stimme.

»Einsatz erfolgreich beendet, einschließlich der Ernennung eines neuen Abteilungsleiters.«

»Ausgezeichnet. Sind Sie verletzt?«

»Nicht schlimm. Ein kleiner Kratzer auf dem Rücken. Wie geht es voran?«

»Besser, als erwartet. Der Premier ist tot. Ich weiß noch nicht genau, wie das geschehen ist. Bei Ihren Leuten hat es keine Ausfälle gegeben, nur ein paar leichte Verwundungen. Bei uns wurden bisher nur zehn Tote gemeldet. Die Armee hat sich wie ein Mann hinter uns gestellt. Eine ganze Welt steht in Ihrer Schuld, Ky-El!«

»Lassen wir das. Gibt's irgendwelche Änderungen im Plan?«

»Nein.«

»Gut und Ende.« Seaton senkte die Hand und wandte sich an Kay-Lee.

Das Mädchen starrte ihn mit weit aufgerissenen Augen an. »Wie Sie mit dem Premier geredet haben! Sie müssen ja ein wirklich großes Tier sein! Meine Ernennung gilt also?«

»Natürlich! Kopf hoch, und ran an die Arbeit. Ich sehe Sie bei der Konferenz. Auf Wiedersehn.«

Seaton schnitt seinen Gefangenen los und zerrte ihn aus dem Zimmer. Ein Etappenziel war erreicht — er hatte nun einen Stützpunkt auf einem Planeten, den die Chloraner sicher in ihren Händen wähnten. Jetzt konnte er seine Kampagne gegen sie fortsetzen. Seaton wußte durchaus, daß es im Universum andere Gegner gab als die Chloraner, doch er handelte nach dem Prinzip: immer schön eins nach dem anderen.

An dieser Stelle ist es vielleicht ganz interessant festzuhalten, was zwei dieser Gegner zur gleichen Zeit erlebten — ein Gegner, der sehr wohl wußte, daß er Probleme hatte, während der andere unbelastet vorgehen konnte.

Kapitel 19

Viele tausend Jahre lang hatte nichts die fenachronische Überzeugung erschüttern können, daß sie die führende Rasse des Universums waren, deren Bestimmung es war, eines Tages über das Kosmische All zu herrschen. Aber der ruhmsüchtige Fenor hatte seinen Eroberungszug zu früh angesetzt, weshalb der Erste Wissenschaftler und Flottenadmiral Sleemet seine Untergrundorganisation gegründet hatte. Er war nicht minder patriotisch als andere Angehörige seiner Rasse, doch seine Berechnungen hatten ergeben, daß eine Eroberung des Alls noch nicht hundertprozentig erfolgversprechend war.

Aber trotz des Schicksals, das die Fenachroner heimgesucht hatte, schien auch Sleemet die Möglichkeiten seiner Rasse zu überschätzen. Wie hätte er sonst so einfach zwei hochindustrialisierte Welten vernichten können, über die er kaum etwas wußte? Er hätte wissen müssen, daß seine Rasse vielleicht doch nicht die fortschrittlichste und mächtigste im Weltraum war. Andererseits hatte er angesichts seiner Herkunft und Erziehung vielleicht gar nicht anders handeln *können.*

Sleemet spürte die Wahrheit wahrscheinlich erst, als Llurd Klazmon anscheinend mühelos sechzehn von seinen siebzehn Großkampfschiffen auslöschte, sein Flaggschiff kampfunfähig schoß und es durch den Raum auf ein unbekanntes Ziel zurasen ließ.

Am liebsten hätte er wild um sich geschlagen; aber es gab keinen Gegner, und es hätte wenig genützt, die Einrichtung des Schiffs zu zerstören. Was immer sie taten, sie vermochten die siegreichen Llurdi nicht aus der Reserve zu locken.

Die Tage dehnten sich zu monotonen Wochen, und die gut fünftausend Fenachroner — Männer und Frauen, Erwachsene, Jugendliche, Kinder und Kleinkinder — wurden in eine tiefe und für ihre Rasse sehr untypische Apathie gezwungen.

Als die Überreste des Flaggschiffs das Llanzlanat auf Llurdiax erreichten, wurde die Lage womöglich noch schlimmer. Die Räume, in die die Fenachroner gebracht wurden, hatten ein Klima, das mit den Verhältnissen auf ihrer Heimatwelt identisch war. Alle Gegenstände — Gebäude, Büros, Läden und Nahrungsmittel, Getränke und so weiter — waren geradezu ideal.

Offenbar wollte man sie anhalten, ein ganz normales Leben zu führen — sie sollten sich vermehren und sich weiterentwickeln und wissenschaftliche Fortschritte machen.

In Wirklichkeit war es ihnen praktisch unmöglich, aus eigenem Antrieb zu handeln, weil sie ununterbrochen studiert, analysiert und getestet wurden. Diese Versuche liefen absolut nüchtern und logisch ab — mit einer Brutalität, die selbst einer Rasse wie den Fenachronern unbekannt war.

Viele hundert hilflose Gefangene gingen dabei zugrunde — sie starben, ohne daß sich die Behandlung der Überlebenden im geringsten änderte.

Die Entwicklung kam für die Llurdi nicht überraschend, die andererseits auch nicht enttäuscht waren. Für sie waren die Fenachroner Werkzeuge, die auf ihre Aufgabe vorbereitet wurden ...

Nach seinem Abend mit Stephanie de Marigny kehrte DuQuesne an Bord der *Capital D* zurück und gab dem Steuercomputer Kurs hundertfünfundsiebzig Universal ein — das sind fünf Grad östlich vom universalen Süden. In dieser Richtung lag der bisher am wenigsten erforschte Sektor des Ersten Universums. Auf seinem Flug konnte er keine Gesellschaft gebrauchen. Die Erde und die Erste Galaxis lagen am Rand des Ersten Quadranten, das Reich der Llurdi im Zweiten Quadranten.

Die gleiche Position galt für das Imperium der Chloraner und seinen Phantasieplaneten Xylmny. Die zweite Galaxis an der falschen Kurslinie, die er Seaton angegeben hatte — eine Galaxis, für die sich Seaton noch interessieren mochte — lag im Dritten Quadranten. Da er noch nicht mit Seaton zusammenstoßen wollte, wählte er den mathematisch günstigsten Kurs, um dem anderen aus dem Weg zu gehen. Er gedachte durch den Vierten Quadranten bis zum Rand des Ersten Universums vorzustoßen.

Während die *Capital D* durch den Äther raste, nahm sich DuQuesne die Zeit, ein wenig über die Frauen nachzudenken. Dabei stand Stephanie de Marigny natürlich ganz im Vordergrund. Er dachte auch an Sennlloy und Luloy und andere Jelmi-Frauen, die er gehabt hatte. Sie alle ließen ihn völlig kalt, und er war intellektuell so ehrlich, sich die Gründe offen einzugestehen. Die Jelmi waren soviel älter als die irdische Menschheit, daß sie in seine Klasse gehörten. Gleichheit konnte er sich noch gefallen lassen — das wollte er ja im Grunde auch —, doch es war ihm unerträglich, mit Frauen zusammen zu sein, die ihm so eindeutig überlegen waren.

Doch Hunkie — das war die richtige Frau für ihn! Sie war ihm in jeder Beziehung gewachsen, und ihr Gehirn entsprach ihrem herrlichen Körper. Es war nicht leicht, an sie heranzukommen, doch wenn man sie erst einmal erobert hatte, wußte man, was man hatte. Sie war die Frau, die einem Mann wirklich ein Halt und eine Stütze sein konnte.

Mit erheblich verlangsamter Geschwindigkeit erreichte die *Capital D* die äußerste Galaxis am Rand des Universums. Hier aktivierte DuQuesne seinen stärksten Projektor und begann erdähnliche Welten in vielen hundert Sonnensystemen zu untersuchen. Viele Planeten waren bewohnt, doch er offenbarte sich den Lebewesen auf diesen Welten nicht.

Schließlich landete er auf einem unbewohnten Planeten und machte sich methodisch an die Arbeit. Er planierte sich ein Arbeitsfeld, stellte seine Batterien von Werkzeugmaschinen auf und setzte an jede Maschine eine automatische Bedienung aus reiner Energie. Dann konzentrierte er sich auf das Großgehirn, dessen Bau nicht länger dauerte als die Konstruktionszeit des gesamten übrigen Schiffs. Das Gehirn war ein exaktes Duplikat der *Skylark von Valeron:* mehr als drei Kubikkilometer entgegengesetzter ultra-miniaturisierter Bauteile; der größte und fähigste Super-Computer, den es im bekannten All gab.

Die Bauteile der beiden Gehirne waren zwar identisch, doch ihre Inhalte unterschieden sich sehr. Wie schon gesagt, gab es im Gehirn der *Valeron* gewisse Bereiche — Zellenblöcke —, die DuQuesne nicht hatte anzapfen können. Diese Bereiche sparte er zunächst aus. Andererseits verfügte DuQuesne über Möglichkeiten, Kräfte, Eigenschaften und Fähigkeiten, die Seaton nicht besaß oder auch gar nicht haben wollte; so waren gewisse Abteilungen, die in Seatons Großgehirn noch gar nicht ausgeprägt waren, bei DuQuesne voll im Einsatz.

So identisch die beiden Maschinen also äußerlich waren, unterschieden sie sich doch innerlich ebensosehr wie die beiden Männer, die sie gebaut hatten.

Auch hatte DuQuesnes Miniwelt, die er DQ nannte, keine große Ähnlichkeit mit der *Skylark von Valeron,* wenn man einmal von der äußeren Form absah. Zunächst war sie größer, und ihre Außenwandungen waren weitaus dicker und dichter und stärker bestückt. Die einzelnen Aggregate waren nicht größer — die Waffen der *Valeron* waren die größten und kampfstärksten, die DuQuesne zu bauen verstand —, doch sie wurden in solcher Zahl hergestellt, daß er sich eigentlich gegen jede Eventualität gerüstet glaubte, selbst gegen die Unbekannten, die die *Valeron* so gnadenlos beschossen hatten, mit denen er sich aber vorerst gar nicht einlassen wollte.

Eigentlich hoffte er sogar, daß sowohl die Angreifer als auch Seaton dermaßen geschwächt aus dem Kampf hervorgehen würden, daß er sich um keinen von beiden jemals wieder Sorgen machen mußte.

Er dachte schon gar nicht mehr an die Unbekannten, ebensowenig wie an die gefangenen Fenachroner im Llanzlanat von Llurdiax oder an die Jelmi, und schon gar nicht dachte er an zwei Wesen auf einer fernen Welt — die er auch gar nicht kannte —, eine Mutter und eine Tochter, von der noch niemand auf einer erdähnlichen Welt gehört hatte.

DuQuesne baute sich hier das mächtigste Raumfahrzeug, das man sich nur vorstellen konnte, bewaffnete es, startete — und machte sich daran, das Universum zurückzuerobern, das Seaton ihm abgenommen hatte.

Die Revolution auf Ray-See-Nee war vorbei, und Richard Seaton alias Ky-El-Mokak war bereit, den taktischen Schritt zu tun, für den der Kampf um den Planeten nur ein Vorgeplänkel gewesen war. Aber zuerst mußte er wissen, was aus seinen Freunden geworden war.

Seaton übergab seinen Gefangenen einem Wächter und suchte seine Mannschaft. Sitar humpelte herbei und zeigte stolz ihre Bandage am linken Bein. »Ein Messerstich«, verkündete sie.

Dunark trug den Arm in einer Schlinge. »Sie hat mir mit ihrem Einsatz das Leben gerettet. Ich hatte mir gerade einen Schuß eingefangen und war einen Augenblick lang wie gelähmt.«

Shiro, der einen gebrochenen Arm davongetragen hatte, wollte zuerst nicht mit der Sprache heraus, doch schließlich erfuhren die anderen, daß sein letzter Gegner ein wenig zu groß und stark für ihn gewesen war.

Shiro hatte ihn schließlich mit einer Beinklammer um den Hals erledigt.

»Aber was ist mit dir, Dick?« fragte Shiro schließlich. »Wer dich verbunden hat, scheint die Bandagen offenbar zum Großhandelspreis zu beziehen.«

Seaton grinste. »Sie hatte auch nur einen Patienten.« Er schilderte seine Erlebnisse und fuhr fort: »Da wir alle laufen können, wollen wir doch mal sehen, was unsere Freunde hier machen.«

Ree-Toe Prenk hatte angeordnet, daß alle einunddreißig Abteilungsleiter lebendig gefangengenommen werden sollten; dabei war ihm natürlich klar gewesen, daß das unmöglich war. Um so überraschter und erfreuter war er, als er erfuhr, daß nur sechs Hoheiten getötet worden waren oder Selbstmord begangen hatten.

Es besteht keine Veranlassung, die Verhöre im einzelnen zu schildern, zumal Seaton nicht daran teilnahm. Die Rebellen hatten aus ihrem ersten Fehlschlag gelernt und bekamen die Situation schnell in den Griff. Bald gab es keine Zweifel mehr, daß Premier Ree-Toe Prenks Position gesichert war — und wer diese Stadt beherrschte, hatte die ganze Welt im Griff.

Nach einiger Zeit wandte sich Prenk an Seaton. »Es geht um den täglichen Bericht an das chloranische Hauptquartier«, sagte der Premierminister. »In einer halben Stunde ist es soweit. Haben Sie eine Vorstellung, wie man das bewerkstelligen kann? Normale Berichte sind keine Schwierigkeit, da sie von unwichtigen Untergebenen entgegengenommen werden, deren einziges Interesse darin besteht, unsere Meldungen zu entschlüsseln und ordentlich abzulegen. Aber da die automatischen Geräte der Chloraner den Regierungswechsel sicher registriert haben, müssen wir detailliert darüber berichten. Dafür könnte sich sogar ein Großer oder sogar ein Größter Chloraner interessieren, und dann könnte das Gehirn des Berichtenden erforscht werden.« Prenk sah sich nachdenklich um und schüttelte den Kopf. »Es hat keinen Sinn, die Lage zu beschönigen. Bei einem solchen Vorfall wird sich wahrscheinlich der Oberste Chloraner einschalten, und das heißt, daß der Berichtende kaum mit dem Leben davonkommen dürfte.«

»Ich verstehe«, sagte Seaton. »Diesen Aspekt habe ich noch gar nicht bedacht, aber er überrascht mich nicht. Auch wir haben schon mit den Chloranern zu tun gehabt. Aber beruhigen Sie sich. Ich habe in die Augen eines Obersten Chloraners gestarrt ...«

»Wirklich?« fragte Prenk überrascht. »Und Sie leben noch?«

»O ja, und ich habe dem Burschen einiges zu knabbern gegeben.« Bedauernd fuhr Seaton fort: »Aber hier können wir nicht so vorgehen.« Konzentriert starrte er einen Augenblick lang vor sich hin. »Also gut, es gibt ja mehrere Methoden, eine Gans zu füllen. Ich gebe die Meldung durch. Gehen wir.«

Fünfundzwanzig Minuten später saß Seaton vor den Kontrollen eines Ultra-Kommunikators und war bereit, einen Hebel zu bedienen.

Der Funker, der den Bericht normalerweise durchgegeben hätte, stand außerhalb der Reichweite des Visischirms. Crane saß im vollen Blickfeld der Chloraner seitlich an Kontrollen, die zu einem ganz normalen Kommunikationsgerät zu gehören schienen. In Wirklichkeit wurde hier aber eine Batterie aller analytischen Geräte gesteuert, die den Norlaminern bekannt waren.

»Aber Hoheit«, sagte der Funker nervös. »Ich freue mich wirklich, daß Sie statt meiner den Bericht durchgeben wollen. Aber merken die Chloraner denn nicht, daß hier plötzlich jemand anders sitzt? Vielleicht unternehmen sie sogar etwas!«

»Ich bin sicher, daß sie nichts merken.« Seaton hatte sich mit dieser Frage schon beschäftigt. »Angesichts ihrer Verachtung gegenüber anderen Rassen ist es doch sehr zweifelhaft, ob sie sich die Mühe machen, zwischen einzelnen Menschen zu unterscheiden. Für sie sind wir doch nur Insekten! Und wahrscheinlich sehen wir für sie alle gleich aus.«

Der Funker atmete erleichtert auf. »Da haben Sie wahrscheinlich recht, Herr.«

Seaton setzte sich zurecht und legte in der entscheidenden Sekunde den Hebel um. Er wußte, daß die Amöbenwesen jede Körperform annehmen konnten, die ihnen in den Sinn kam. So war er nicht überrascht, als das Wesen auf der Gegenseite wie ein übergroßer Krake aussah und gut hundert bewegliche Tentakelarme mit dreifingrigen ›Händen‹ hatte, von denen ein Dutzend die Kontrollen einer unheimlichen und komplizierten Instrumententafel bedienten. Allerdings wunderte er sich, daß das Ding kein Auge bildete, um ihn anzusehen; es richtete nicht einmal einen Gedanken in seine Richtung.

»Ich bin bereit, Sklave«, tönte eine tiefe Baßstimme in der Sprache Rey-See-Nees aus dem Lautsprecher. »Setz das Band in Bewegung.«

Seaton drückte auf einen Knopf, und das Band lief durch den Sender. Gut fünf Minuten lang passierte nichts. Dann schaltete sich der Sender plötzlich aus, und eine noch tiefere Stimme ertönte, eine Stimme, die auf rayseenesisch etwas zu dem chloranischen Funker sagte.

»Warum das?« fragte sich Seaton. *O ja. Eine kleine Vorstellung für uns. Wir sollen einen hübschen Schrecken bekommen, ehe uns die Daumenschrauben angelegt werden.*

»Verschwinde, Funker!« sagte diese Stimme nun.

»Ich ziehe mich mit Freuden zurück, O Großer«, erwiderte der Chloraner in der Zentrale und erstarrte; er bewegte keinen Tentakel mehr.

»Es liegt mir daran, diese Angelegenheit selbst zu untersuchen«, fuhr die laute Stimme fort, als habe der andere gar nichts gesagt: »Die Wahrscheinlichkeit ist zwar gering, doch es besteht die Möglichkeit, daß dieses Ungeziefer Anstalten macht, sich gegen die Führende Rasse zu verschwören. Handelt es sich nur um einen inneren Kampf dieser Wesen, ist die Entwicklung uninteressant; doch gibt es die geringste Spur der Aufsässigkeit, soll das Ungeziefer und ihre Stadt vernichtet werden. Ich werde die Wahrheit in Erfahrung bringen. Sie können uns zwar gefälschte Bänder schicken, aber kein Wesen in dieser oder einer anderen Galaxis kann einen Großen bei direktem Geisteskontakt anlügen.«

Während dieser Worte begann sich das Bild auf dem Schirm zu verändern. Der erste Chloraner begann zu verblassen, und etwas anderes tauchte auf. Seaton, der wußte, worauf er sich gefaßt machen mußte, brachte jenen Teil seines vielseitigen Geistes ins Spiel, den er Drasnik, dem Führer der Psychologie auf Norlamin, verdankte.

Das bevorstehende Gespräch würde sich erheblich von seiner Zusammenkunft mit dem Anführer der Wesen auf Chlora unterscheiden. Damals hatte es sich um eine offene, rücksichtslose Schlacht gehandelt, um einen Kampf der Geisteskräfte. Hier jedoch war Selbstbeherrschung wichtiger; er mußte präzise und subtil arbeiten. Er mußte sein Gehirn so raffiniert und gekonnt einsetzen, wie Dorothy ihre Stradivari spielte, denn wenn das Ungeheuer auch nur ahnte, daß hier etwas nicht stimmte, war es um die Stadt geschehen.

Der Schirm wurde heller, und Seaton sah das erwartete Bild: eine große, flache Masse, die nicht fest, aber auch nicht flüssig war — in einer gewaltigen Wanne, deren durchsichtige Außenmembranen ein großes, kompliziert verschlungenes Gehirn erkennen ließen. Noch während Seaton hinschaute, entwickelte das Gebilde ein gewaltiges Auge, aus dem sich ein so starker Geistesstrahl direkt in Seatons Gehirn richtete, daß er sich körperlich angegriffen glaubte.

Trotz aller Vorbereitungen erbebte Seatons Verstand bis in die Grundfesten angesichts dieses rücksichtslosen Vorstoßes; aber er setzte seine gesamten geistigen Kräfte ein und vermochte den Angriff nicht nur zu überstehen, sondern auch seine von Drasnik inspirierten Verteidigungsblöcke zu halten, so daß der Chloraner nur die Dinge fand, mit denen er im Grunde auch rechnete — Hilflosigkeit und totale Unterwerfung.

Der geistige Vorstoß hatte den Menschen nicht töten sollen. Zumindest war dem Chloraner gleichgültig, ob er den Vorstoß überlebte oder nicht. Der Impuls sollte die Wahrheit ermitteln, was er bei jedem normalen Gehirn auch getan hätte.

»Kannst du mich anlügen, Sklave?« donnerte die mächtige Stimme.

»O nein, Großes Wesen. Ich kann keinen Teil der Wahrheit, so winzig er auch sein mag, vor dir geheimhalten.« Seaton mußte sämtliche Kraftreserven mobilisieren, um diesen Gedanken klar und unverfälscht durchzubringen — doch er schaffte es.

»Wieviel weißt du persönlich über die Einzelheiten des Umsturzes und über die dahinterstehenden Motive?«

»Alles, o Großes Wesen, da ich Premier Ree-Toe Prenks rechte Hand war.« Nun schilderte Seaton die Motive hinter Prenks Plänen.

Daraufhin verschwand der Impulsstrahl des Chloraners, der Schirm wurde dunkel, und der Sender nahm seine Arbeit wieder auf.

»Mann!« Seaton wischte sich das schweißnasse Gesicht; »Seine Gnaden sagt, unser Kampf ist nicht weiter von Interesse, der Bericht wird also abgelegt und vergessen. Nur gut, daß er es auf Prenks Motive abgesehen hatte, und nicht auf meine. Wenn er bei mir richtig nachgefaßt hätte, weiß ich nicht, ob ich mich ganz hätte beherrschen können.«

Crane sah seinen Freund besorgt an. »Alles in Ordnung mit dir?«

Der Funker musterte den Mann von der Erde ganz

verblüfft. »Und Sie können noch vernünftig reden, Herr?«

»Ja«, beantwortete Seaton die beiden Fragen, ohne auf Einzelheiten einzugehen. »Was hast du mitbekommen, Martin?«

»Ich habe festgestellt, wo die Zentrale liegt«, sagte Crane.

Und das genügte.

Ein winziges Ergebnis nach den wochenlangen Gefahren ... und doch hatte der Kampf um den Planeten Ray-See-Nee gerade diese Tatsache ergeben sollen. Das ganze Unternehmen war begonnen worden, um vorsichtig die Position der Chloraner zu ermitteln. Ein Volk hatte neue Hoffnung geschöpft, einige hundert Menschen lebten nicht mehr, viele tausend hatten Narben davongetragen, an die sie noch lange denken würden, ein Regime war abgesetzt und von einem neuen abgelöst worden.

Aber das alles waren nur Nebenprodukte eines Sieges, der Seatons Einsatz rechtfertigte ... und dessen Folgen sich in allen Teilen des Universums bemerkbar machen sollten.

Kapitel 20

Ray-See-Nees neue Abteilungsleiter stimmten bei der Sitzung mit Premierminister Ree-Toe Prenk überein, daß die Lage unter Kontrolle war.

Nach der Sitzung trat Kay-Lee Barlo vor Seaton hin. Überschwenglich nahm sie seine Hände in die ihren. »Ich weiß gar nicht, wie ich Ihnen danken soll, Ky-El!« rief sie. »Ray-See-Nee hat Ihnen viel zu verdanken.«

»Ray-See-Nee hat das Glück, einen starken, fähigen und gerechten Mann wie Ree-Toe Prenk zum Anführer zu haben.«

»Das stimmt. Aber er läßt keinen Zweifel daran, daß Sie ihm in den Sattel geholfen haben. Das wollte ich Ihnen nur noch sagen.« Und sie drückte seine Hände, machte kehrt und verließ mit wiegenden Hüften den Raum.

Kurze Zeit darauf tat sie gewisse Dinge, die Seaton sehr erstaunt hätten, wenn sie ihm bekannt geworden wären. Aber er sollte erst viel später davon erfahren.

Einige Minuten später näherte sich Prenk der Gruppe der Skylarker. Er schüttelte den Fremden nacheinander die Hände und dankte ihnen mit wohlgesetzten Worten. »Ich würde es vorziehen, wenn Sie für immer bei uns blieben, meine Freunde«, sagte er, »aber ich weiß natürlich, daß das unmöglich ist. Selbst wenn wir alle Kräfte unseres Planeten auf das Projekt konzentrieren würden, könnten wir nichts bauen, das gegen die chloranischen Strahlen ankäme.«

»Wir können es auch nicht«, gestand Seaton. »Jedenfalls nicht hier. Und deshalb müssen wir fort. Aber wir kommen zurück. Ich weiß nicht, wann; aber eines Tages sind wir wieder bei Ihnen.«

»Davon bin ich überzeugt. Der Große My-Ko-Ta möge Sie beschützen.«

Die Skylarker kehrten an Bord ihrer heruntergekommenen Miniwelt zurück und rasten ins All hinaus. Punkt für Punkt bedachten sie die Aspekte des errungenen Sieges.

Sie hatten den Feind ausfindig gemacht. Sie besaßen nun sogar einen heimlichen Stützpunkt auf chloranischem Gebiet, zu dem sie jederzeit zurückkehren konnten. Sie besaßen Waffen, mit denen sie zumindest theoretisch gegen alles ankamen, was die Chloraner ins Feld führen konnten.

Und doch zögerte Seaton. Die Waffen waren vorhanden, aber die Kontrolle entsprach nicht dem Standard; die Waffen waren über die Steuerung hinausgewachsen. Der Umgang mit den Chloranern war gefährlich — da war es besser, ganz sicherzugehen. Doch auf die Entfernung, die Seaton oder Crane für ungefährlich hielten, war die Handhabung einfach nicht zuverlässig genug.

»Die Sache haut nicht hin«, sagte Seaton düster. »Natürlich könnte man im schlimmsten Fall wieder zu Untergrundmethoden greifen. Vielleicht könnte ich Bomben ins Ziel schmuggeln, um die Hauptzentren der Chloraner auszuschalten, während ihr mit der vollen Kraft der *Skylark* zuschlagt. Ich könnte mich an Bord eines Erzfrachters verstecken, der die Beute von Ray-See-Nee fortschafft ...«

»Das ist doch Unsinn!« rief Dorothy. »Ich kann mir förmlich vorstellen, wie das aussähe — du steckst in einem Riesenpanzer, Lufttanks auf dem Rücken, dazu Unterwasserkamera oder Projektor! Unbemerkt? O nein!«

Und Dunark fügte hinzu: »Und da du keine Ahnung hast, wonach du suchst, müßtest du eine komplette Analysynth-Anlage mitschleppen — mehrere Tonnen schwer. Nein, so nicht.«

Seaton lächelte gelassen. »Darauf wollte ich gerade zu sprechen kommen. Das Hinkommen wäre kein Problem, aber der nächste Schritt wäre dann schwierig, ebenso wie die Flucht. Aber Martin, ein Dilemma haben wir schon erkannt, während wir uns um das andere noch gar nicht gekümmert haben. Wir müssen den vierdimensionalen Transmitter in den Griff bekommen, und das wird noch eine harte Nuß. Es geht um die Methode, Martin, nicht um reine Kampfstärke.«

»Das verstehe ich nicht. Wie hätten wir denn den Angriff überhaupt abwehren können?«

»Oh, ich meine nicht die eigentlichen Energien, sondern die Kontrollen solcher Energiemengen. Synchronisation. Gleichphasierung, Kombination und so weiter. Schau mal, Mart, was von der *Valeron* noch übrig ist, steckt voller Maschinen. Relativ gesehen ist das Schiff so klein, daß man meinen könnte, es dürfte kein Problem sein, sämtliche Angriffsaggregate zusammenzuschließen. Aber da gibt's Probleme, und nicht zu knapp. Sie haben sich nur noch nie gezeigt, weil wir nie mit einem Bruchteil unserer vollen Kraft auskommen mußten — erst durch die Chloraner bin ich darauf gekommen. Mein Strahl war ziemlich lasch — und ich habe mir auch einen Grund überlegt.

Strahlen sechster Ordnung bewegen sich soviel schneller als das Licht, wie eine Schnecke langsamer ist als das Licht — ein bildhafter Vergleich. Trotzdem brauchen Sie noch einen winzigen Zeitabschnitt, um von einer Maschine zur anderen zu springen, sogar innerhalb eines so kleinen Globus wie der *Skylark*. Versteht ihr, was ich meine?«

Crane runzelte die Stirn. »O ja. Ich verstehe auch, wie die Probleme in einem Gebilde lägen, das groß und kampfstark genug wäre, um die Chloraner auf die Hörner zu nehmen. Man müßte jeden Generator und jedes Bauteil in den Projektoren zeitlich genau aufeinander abstimmen. Dazu brauchen wir natürlich Rovol und Caslor.«

»Da hast du wohl recht ... es sei denn, wir finden einen einfacheren und schnelleren Weg ... Ich weiß nicht, ob die Chloraner so etwas haben — doch irgend etwas in der Art müssen sie besitzen. Es müßte doch eine Möglichkeit geben, ihnen das Ding abzuluchsen.«

»Warum müssen sie so etwas haben?« fragte Dunark. »Das ist doch wahrscheinlich nur eine Frage der Größe. Sie können einen ganzen Planeten bestücken. Notfalls auch Dutzende von Welten. Also muß das keine Frage verfeinerter Waffentechnik sein. Mit brutaler Kraft schaffen sie es auch.«

»Möglich«, sagte Seaton. »Wenn das zutrifft, haben wir nichts dagegenzusetzen, denn die *Valeron* war schon so groß, wie es nur geht, und hatte noch einen Sicherheitsfaktor von zwei Komma zwei.« Er überlegte einen Augenblick lang und fuhr fort: »Aber mit einer solchen Verbesserung könnten wir jeden Planeten besiegen, gleichgültig, wie bestückt er ist ... glaube ich jedenfalls. Also sollten wir wirklich nach Norlamin fliegen.«

»Eins wäre vielleicht vorher zu klären«, meinte Dorothy. »Wir sollten feststellen, was DuQuesne im Schilde geführt hat. Ich mache mir deswegen Gedanken.«

»Ein guter Tip«, sagte Seaton. »Ich hatte ihn wahrhaftig ganz vergessen.«

Es machte keine Mühe, den Kurs festzustellen, den DuQuesne eingeschlagen hatte; der raumkartographische Ausschnitt war der Beweis, daß er in diesem Punkt nicht gelogen hatte. Ohne Zwischenfall erreichten sie die ungefähre Position, die DuQuesne auf der Karte eingezeichnet hatte. Seaton schickte eine Projektion des Geräts aus, das durch Abfangen und Verstärkung von Lichtstrahlen Ereignisse sichtbar machte, die in der jüngeren Vergangenheit geschehen waren.

Schließlich fand er die gewünschte Szene und analysierte sie.

»Er hat uns fast um hundertundachtzig Grad in die Irre geschickt«, sagte Seaton schließlich. »Der Impuls ist aus der Galaxis dort drüben gekommen.« Er richtete einen Finger darauf. »Der Außerirdische, der ihm Sorgen machte, saß in dieser Galaxis. Das will ich noch glauben. Aber es ergibt keinen Sinn, daß er später dorthin gereist sein soll! Mit dem Außerirdischen wollte er sich bestimmt nicht einlassen. Wo hat er also die Jelmi getroffen, wenn nicht in jener Galaxis?«

»Vielleicht auf dem Mond«, meinte Margaret.

»Möglich. Ich werde das mal berechnen ... nein, die Zeitfaktoren stimmen nicht ...« Seaton überlegte einen Augenblick. »Aber es ist sinnlos, daran herumzurätseln. Jedenfalls wäre es sehr schön, den Transmitter zu haben — damit könnte man Bomben an den Schirmen der Chloraner vorbeimogeln ...«

»Aus einer Entfernung, die größer ist als der Einflußbereich der Chloraner?« fragte Crane.

»O ja ... na ja, vielleicht. Wer weiß, was man alles durch die vierte Dimension bewerkstelligen kann? Aber unsere beste Chance scheint wirklich darin zu bestehen, nach Norlamin zu verschwinden, dieses Wrack wieder instandzusetzen und sich um eine Verbesserung der Synchronisation zu bemühen. Einverstanden?«

Damit waren alle einverstanden, und Seaton schaltete seinen vollen Antrieb sechster Ordnung ein und nahm Kurs auf Norlamin.

Es ist nicht zu verkennen, daß die Ereignisse in dem gewaltigen Kampf zwischen den Erzfeinden Seaton und DuQuesne ihrem Höhepunkt entgegengingen. Seltsam ist allerdings, daß sich diese innere Anspannung bei fast allen Hauptbeteiligten eher als psychologische Zufriedenheit oder zufriedene Entschlossenheit oder ruhige Resignation zu erkennen gab. Es war, als wären alle einem trügerischen Gefühl universaler Gelassenheit aufgesessen. Auf Ray-See-Nee hatte die Regierung das Gefühl, ihre Probleme überwunden zu haben, und sah einer Periode soliden, ruhigen Wiederaufbaus entgegen. (Wenn auch Kay-Lee Barlo gewisse Vorsorgemaßnahmen getroffen hatte, damit diese Hoffnung nicht illusorisch wurde — wie wir erfahren werden.) Die Chloraner, stolz und herablassend in ihrer absoluten Überlegenheit, hatten keine Ahnung, daß Seaton und seine Freunde gegen sie arbeiteten. Die Fenachroner, deren Zahl sehr zusammengeschmolzen war, hatten sich nicht gerade der Verzweiflung hingegeben, doch zu der stolzen Erkenntnis durchringen müssen, daß sie zum Untergang verdammt waren.

Allerdings hatte keine dieser Parteien eine ruhige Zeit zu erwarten, was sie aber noch nicht ahnten.

Die Jelmi begannen als erste die Vorboten einer neuen Herausforderung zu spüren. In ihrem großen neuen Raumschiff, der *Mallidaxian,* war Wissenschaftler Tammon so glücklich, wie es ein Mensch nur sein kann. Er hatte die größte Erfindung seiner Karriere gemacht, vielleicht die größte Entdeckung in der ganzen Geschichte seiner Rasse. Die Erprobung der vielen Möglichkeiten dieser Erfindung würde ihn den Rest seines Lebens in Atem halten. So arbeitete er vierzehn bis fünfzehn Stunden am Tag und genoß jede Minute. Er summte fröhlich vor sich hin; von Zeit zu Zeit begann er sogar zu singen — mit einer Stimme, die allerdings nicht ungeteilte Bewunderung erweckt hätte.

Er hatte sein Privatlabor vergrößert, indem er die vier benachbarten Lagerräume herausgerissen hatte; und der Riesenraum war nun bis zur Decke mit neuen Apparaten angefüllt. Der Jelm stand auf einem schmalen Laufsteg, rieb sich mit dem Handrücken das stoppelige Kinn und fragte sich, wo er eine weitere zwei Tonnen schwere Maschine unterbringen sollte. In diesem Augenblick kamen Mergon und Luloy ins Labor. Im Gegensatz zu Tammon war Mergon gar nicht glücklich über die Lage.

»Hören Sie, Tamm!« rief er. »Ich will nun schon seit zehn Tagen eine Entscheidung von Ihnen haben — und jetzt ist es soweit! Wenn Sie nicht endlich wieder aus der vierten Dimension auftauchen und sich sofort entscheiden, übernehme ich die Führung ohne Rücksicht auf Ihren Status als Kommandant!«

»Wie bitte? Was? Zeit? Entscheidung? Was für eine Entscheidung?« Es war klar, daß der alte Gelehrte keine Ahnung hatte, was sein Erster Assistent wollte.

»Sie haben den Kurs abgesteckt und gesagt, wir würden nach Mallidax zurückkehren. Das ist völlig illusorisch, was auch Sie wissen. Von allen Orten, die wir im erfaßten Universum *nicht* besuchen dürfen, steht Mallidax ganz oben auf der Liste! Schon jetzt stehen wir viel zu nahe vor dem Ziel. Obwohl uns Klazmon im irdischen Sonnensystem sicher verloren hat, muß er uns längst wieder geortet haben, und er würde Flügel und Reißzähne hergeben für die Hälfte der Sachen, die wir hier haben.« Und Mergon deutete mit einer umfassenden Handbewegung auf die Maschinen.

»Oh?« Tammon sah sich blinzelnd um. »Ja, wir haben darüber gesprochen ... aber was geht es mich an, wohin wir fliegen? Das ist doch völlig nebensächlich, Mergon. Belästigen Sie mich nicht mehr mit solchen Kleinigkeiten.« Tammon wandte sich ab.

Mergon zuckte die Achseln, und Luloy kicherte. »Jetzt bist du dran. Das hast du nun davon, daß du den Kopf in die Schlinge gesteckt hast. Ein Hoch auf unseren neuen Kommandanten!«

»Na ja, irgend jemand muß es ja tun. Gib im Schiff Bescheid. Ich gehe in den Kontrollraum und ändere den Kurs.«

Luloy gab die Änderung im Schiff bekannt, die mit Beifall aufgenommen wurde. Praktisch alle Jelmi an Bord stimmten Sennlloy zu, als sie sagte: »Höchste Zeit, daß sich jemand darum kümmert. Mergon ist sicher der beste Mann dafür. Tammy ist ein netter alter Knabe, aber seit er von der vierten Dimension gebissen wurde, weiß er nicht mehr, welchen Tag wir haben oder wo oben und unten ist.«

»Siehst du, Mergon?« rief Luloy, als erkennbar wurde, daß der Kommandowechsel allgemein begrüßt wurde. »Ich käme ja nie auf den Gedanken, dir vorzuhalten: ›Ich hab's ja gleich gesagt!‹, aber ich habe bei der ersten Zusammenkunft vorgeschlagen, du solltest Kapitän werden, und jetzt sind fast alle meiner Meinung.«

»Ja, fast«, sagte er nicht gerade begeistert. »Die freuen sich doch nur; daß sie einen Dummkopf gefunden haben!«

»Du weißt, daß das nicht stimmt!« wandte sie ein.

»Also, ich wollte den Posten nicht«, sagte er heftig. »Aber da Tamm mir die Sache aufgehängt hat, will ich es mal versuchen.«

Die *Mallidaxian* begann einen gewaltigen Bogen zu beschreiben und wurde gleichzeitig heftig abgebremst. So flog sie die Äußere Grenze des Reiches der Llurdi ab. Mergon näherte sich keiner Jelmi-Welt. Statt dessen suchte er sich einen unbewohnten erdähnlichen Planeten aus, der vier Sonnensysteme von der Grenze entfernt lag, und landete. In Deckung der mächtigen Schutzschirme des Großkampfschiffs begannen die Ingenieure und Wissenschaftler Projektoren hoher Ordnung zu bauen und machten sich daran, eine gewaltige, kampfstarke Kuppel zu errichten.

Die Arbeit verlief Tag für Tag ungestört — und dauerte schließlich so lange, daß sich Mergon und Luloy Sorgen zu machen begannen. »Ob wir uns verrechnet haben?« fragte das Mädchen schließlich.

Mergon runzelte die Stirn. »Genau weiß man das nie, aber ich glaube nicht. Reine Logik, denk dran. Alles, was wir getan haben, war darauf angelegt, Klazmon in Verwirrung zu stürzen. Er hat Llurdiax befestigt, das ist klar, aber wir wissen nicht, wie schwer, und wir sind auch nicht in der Lage es herauszufinden.«

»Jedenfalls nicht ohne den vierdimensionalen Transmitter einzusetzen, was natürlich nicht in Frage kommt.«

»Genau. Wir haben noch keine Spionstrahlen oder sonstige Impulse ausgeschickt. Damit wären wir nicht weit gekommen. Aber Klazmon hat auf jeden Fall damit gerechnet, daß wir es versuchen würden. Nun muß er annehmen, es ist uns gleichgültig ... was natürlich nicht stimmt. Jedenfalls regen wir uns nicht groß darüber auf. Es ist eine fast mathematische Gewißheit, daß wir mit allem fertigwerden, was er gegen uns aufbringen kann. Aber wenn wir ihm die Zeit lassen, noch ein paar wirklich schwere Projektoren zu bauen, wäre das nicht so gut.«

»Und das Ungeheuer ist wahrscheinlich schon an der Arbeit«, meinte Luloy.

»Wundern würde es mich nicht. Aber wir können die Kuppel fertigstellen, ehe er kampfstark genug ist, und das darf er nicht geschehen lassen. Zumal wir seine Spionstrahlen gar nicht beachten, sondern ihn mit derselben Verachtung strafen, die er uns gegenüber an den Tag gelegt hat. Und das dürfte ihm die größten Sorgen machen. Das wird ihn von innen heraus verzehren. Und denk an die Maschinen in der Kuppel, die kein Llurd je begreifen wird.«

Luloy lachte. »Weil sie ja gar nichts darstellen! Nur Köder für die Llurdi. Ich fürchte fast, daß sie sich doch etwas daraus zusammenreimen ...«

»Unmöglich. Dazu reicht die Phantasie der Llurdi nicht aus«, sagte Mergon überzeugt. »Sie wissen, daß wir eine große Entdeckung gemacht haben, und erkennen, daß das, was sie da sehen, nur ein Bruchteil dessen ist, was im ganzen benötigt wird — und das wird ihnen Angst machen, soweit sich ein Llurd überhaupt ins Bockshorn jagen läßt. Also wird Klazmon etwas unternehmen, ehe unsere Kuppel vollendet ist. Wenn ich die Zeichen richtig deute, bleibt ihm gar nichts anderes übrig.«

»Aber wenn er nun nicht nach dem Köder schnappt?«

»Dann müssen wir die Initiative übernehmen. Das wäre mir zwar gar nicht recht — denn dadurch wäre unsere Verhandlungsposition geschwächt — aber ich tu's, wenn es nicht anders geht.«

Aber dazu sollte es nicht kommen. Seine Analyse der llurdischen Mentalität war richtig gewesen.

Vier Tage vor dem vorgesehenen Fertigstellungstermin der Kuppel erschien Klazmons Projektion im Kontrollraum der *Mallidaxian*. Mergon hatte die Erscheinung zwar sofort geortet, hatte aber nichts dagegen unternommen. Der Llurd wollte offenbar nur verhandeln.

»Seien Sie gegrüßt, Bruder Llanzlan Klazmon von den Llurdi«, begrüßte Mergon seinen Besucher gelassen — nach Art eines Herrschers, der einen anderen gleichberechtigten Potentaten vor sich hat. »Kann ich, Llanzlan Mergon aus dem Reich der Jelmi, irgend etwas für Sie tun und Sie vielleicht in meine Schuld stellen?«

Für einen menschlichen Diktator wäre diese Begrüßung eine unerträgliche Beleidigung gewesen, doch Mergon war überzeugt, daß seine Worte keine oder wenig Emotionen bei Klazmon auslösen würden. Und damit behielt er recht; allem äußeren Anschein nach trat überhaupt keine Wirkung ein. Der Llurd sagte nur: »Du willst mich glauben machen, daß ihr Jelmi eine wissenschaftliche Entdeckung gemacht habt, die so wichtig ist, daß ein unabhängiges, koexistentes Reich der Jelmi gegründet werden kann.«

Diese Äußerung war durchaus nicht als Frage gemeint; sie war eine Feststellung. Mergons Vermutung, daß er den Llurdi sein Anliegen nicht im einzelnen zu erklären brauchte, war zutreffend gewesen. Mergon warf Luloy einen Blick zu, und das Mädchen betätigte einen Alarm, der alle Wissenschaftler in der Kuppel veranlaßte, ihre Werkzeuge fallen zu lassen und ins Schiff zurückzukehren.

»Das ist richtig«, sagte Mergon.

Klazmons Projektion blieb starr und stumm. Die beiden Jelmi vermochten die Gedanken des Llurd förmlich zu greifen. Mergon war sicher, daß er den Überlegungen des anderen ziemlich genau zu folgen vermochte.

Klazmon wußte nicht genau, ob die Jelmi wissenschaftliche Fortschritte erzielt hatten oder nicht. Die Jelmi wollten ihm das einreden, eine Entdeckung, die sie entweder unverwundbar oder unbesiegbar oder beides machte. Jede dieser Vermutungen konnte richtig oder falsch sein. Ein Aspekt, die Frage der Unverwundbarkeit, konnte und sollte unverzüglich ausprobiert werden. Wenn die Jelmi wirklich unverwundbar waren, konnte ihnen kein möglicher Angriff etwas anhaben. Waren sie aber nicht unverwundbar, dann blufften sie nur.

Und so war Mergon gar nicht überrascht, als Klazmons Projektion abrupt verschwand und unmittelbar darauf die mächtigen Schutzschirme der *Mallidaxian* hell aufflammten. Sie strahlten sofort in hellstem Weiß — ein Zeichen der Überlastung, die laufend zunahm, so daß sich ein Ersatzaggregat des Schiffs nach dem anderen einschalten mußte.

Nachdem Mergon den Angriff zwei Minuten lang stumm verfolgt hatte, sagte er: »Wir haben den möglichen Maximalangriff berechnet und einen dreifachen Sicherheitsfaktor vorgesehen — aber schaut euch *das* an!«

Luloy war bleich geworden und fuhr sich mit der Zunge über die Lippen. »Beim mächtigen Llenderllon!« rief sie. »Wie ist es möglich, uns hier draußen so mächtig anzugreifen?«

Mergon griff nach einem Mikrophon und sagte: »Unsere Schirme halten und schützen die Kuppel; aber wir brauchen eine stärkere Abwehr. Bitte gehen Sie wieder hinaus und schalten Sie mir alles herüber, was möglich ist.«

Dann lehnte er sich zurück und starrte mit zusammengebissenen Zähnen auf die emporschnellenden Nadeln seiner Instrumente und auf das unveränderte Grellweiß der Schirme.

Kapitel 21

Als der Angriff der Llurdi an Stärke weiter zunahm, ging Mergon seitlich an den Kontrollen entlang zu den Instrumenten des vierdimensionalen Transmitters. Gleich darauf erschien auf dem Boden neben ihm eine Lithium-Hybrid-Fusionsbombe, die zum Einsatz bereit war.

Er starrte darauf, und die Muskeln seines Gesichts verkrampften sich. Auch Luloy blickte auf das Gebilde, und sie wurde noch bleicher als zuvor.

»Brächtest du das tatsächlich fertig, Merg?« flüsterte sie.

»Ich weiß es nicht«, erwiderte er gepreßt. »Vielleicht muß ich das Ding einsetzen, ob ich will oder nicht. Wir hatten einen dreifachen Sicherheitsfaktor. Zwei Komma neun sind aufgebracht, und das letzte Zehntel wird gerade angegriffen. Mehr kann die Kuppel nicht verkraften.«

»Ich weiß! Aber wenn wir das Llanzlanat sprengen, bringen wir dann nicht die Jelmi aller Welten in Todesgefahr? Vielleicht bringen die Llurdi sie um und bemühen sich um die Aufzucht einer friedlicheren Sklavenrasse.«

»Durchaus möglich. In dem Fall könnten wir Achthundert entkommen und irgendwo außerhalb der llurdischen Reichweite eine bessere Zivilisation gründen.«

Sie erschauderte. »Würden wir dann überhaupt noch leben wollen?«

»Es ist eine schwere Entscheidung ... da die Alternative in der Überlegung bestehen könnte, ob wir alle Llurdi umbringen wollen.«

»O nein!« rief sie. »Aber glaubst du nicht, daß Klazmon mitmacht? Diese Wesen denken doch absolut logisch!«

»Vielleicht. Einerseits denken sie wohl logisch, andererseits kann ich mir aber nicht vorstellen, daß ein absoluter Herrscher auf eine so totale Niederlage eingeht ...

Doch wir müssen in dieser Sekunde unsere Entscheidung treffen und uns dann daran halten — wir wissen beide, daß er sich nicht bluffen läßt. Genau besehen können wir dreierlei tun. Erstens können wir Selbstmord begehen für unsere achthundert Leute, indem wir die Bombe nicht abschicken. Zweitens können wir die Llurdi auslöschen. Drittens können wir zulassen, daß die Llurdi alle Jelmi eliminieren — bis auf uns. Wofür stimmst du?«

»Llenderllon stehe mir bei! So gesehen gibt es kaum eine — aber schau doch!« rief sie mit seltsam veränderter Stimme. »Die Hauptkontrolle! Die Belastung vermindert sich! Sie hört auf!« Sie stieß einen Freudenschrei aus und warf sich in die Arme ihres Mannes.

»Ausgeglichen ist es jedenfalls«, sagte Mergon, nachdem sie sich wieder etwas beruhigt hatte. »Er greift offenbar mit voller Kraft an. Wir wehren ihn ab, aber nur knapp. Die Frage ist ...«

»Eine Sache möchte ich noch klären«, unterbrach sie ihn. »Meine Entscheidung. Ich sage das nicht gern, aber wir können es nicht zulassen, daß er unsere Rasse vernichtet!«

Er legte ihr den Arm um die Schultern und drückte sie an sich. »Ich wußte, daß du das sagen würdest. Die Frage ist nun, wie lange wir ihn im eigenen Saft schmoren lassen, ehe wir ihn besuchen und über den Frieden verhandeln.«

»Jedenfalls nicht so lange, daß er neue Generatoren bauen und uns vielleicht doch noch niederkämpfen kann«, erwiderte sie. »Noch einen Tag? Einen halben Tag?«

»Jedenfalls lange genug, daß er seine Niederlage einsieht«, sagte Mergon. »Ich würde meinen, dazu müßte ein voller Tag gerade reichen. Jetzt gehen wir erst mal schlafen.«

»Schlafen? Bei den Augäpfeln Llenderllons! Wie kannst du nach all dem auch nur an Schlaf denken?«

»Aber ja! Und du auch — du bist ja ganz ausgepumpt. Komm, Mädchen, wir legen uns hin.«

»Ich kann bestimmt kein Auge zutun, bis das alles vorbei ist.«

Aber sie sollte sich irren; zehn Minuten später waren sie beide in einen tiefen Erschöpfungsschlaf gesunken.

Zwölf Stunden später wachte sie plötzlich auf, drehte sich im Bett um und rüttelte ihren Mann an der Schulter. »Wach auf!«

Er murmelte etwas und versuchte sich umzudrehen.

Aber sie ließ nicht locker. »Wach auf! Wenn nun Klazmon neue Generatoren gebaut hat und unsere Schirme zusammenbrechen?«

Er öffnete ein Auge. »Wenn sie zusammenbrechen, merken wir nichts mehr davon.« Dann öffnete er auch das andere Auge und fuhr fort: »Glaubst du, ich führe dieses Schiff allein? Wozu sind wohl die anderen Offiziere da.«

»Aber sie sind eben nicht *du!*« rief sie. »Also beeil dich, damit wir nachschauen können!«

»Na gut. Aber erst ein Frühstück!«

Eine halbe Stunde später betraten sie den Kontrollraum. Die Schirme flimmerten noch immer grellweiß — doch es gab kein Anzeichen, daß sie zusammenbrechen würden. »Sie werden den Beschuß noch jahrelang durchhalten«, prahlte der Dritte Offizier.

»Hoffentlich«, sagte Mergon leise.

Zu Mergons Erleichterung passierte im Verlauf des Tages nichts weiter, und als die vierundzwanzig Stunden um waren, schickte er die Bombe und eine Projektion von sich und Luloy in das Llanzlanat. Ihr Ziel war das Arbeitszimmer des Llanzlan.

Es war ein riesiger Raum. Der Boden war kahl und

glänzend — ein herrliches Mosaik aus Metall und farbigem Quarz, Türkisen und Jade. Die Bilder, zumeist in rostfreiem Stahl gerahmt, stellten unfaßbare Szenen und Dinge und Ereignisse dar, die sich den irdischen Sinnen nicht erschlossen. Das Mobiliar war ›seltsam‹ — so mußte man es wohl nennen. Jedes Detail des Raums verkündete, daß es sich hier um das Privatzimmer eines hochtalentierten und bedeutenden Angehörigen einer alten Kultur handelte.

»Seien Sie gegrüßt, Llanzlan Klazmon«, sagte Mergon im Gesprächston. »Bitte untersuchen Sie diese Bombe, damit Sie wissen, daß sie im Gegensatz zu uns beiden real vorhanden ist und aktiviert werden kann.«

Der Llurd hatte im ersten Augenblick ein wenig die Augen geweitet, und seine Schwanzspitze zuckte leicht hin und her. Das war die einzige Reaktion. Er griff nach einem Instrument mit einem Okular, starrte einige Sekunden lang hindurch und setzte es wieder ab. »Die Bombe ist wirklich vorhanden«, sagte er.

Welche Gefühle ihn in diesem Augenblick auch beherrschen mochten, er hatte sich vorzüglich im Griff. Er fragte nicht, wie die Anlage der Jelmi funktionierte, er fragte auch nicht nach dem Grund des Vorstoßes. Er war Realist.

»Sie wissen natürlich, daß wir die Bombe nur im äußersten Notfall zünden wollen.«

»Durchaus.«

»Gut. Unser Verhalten hat Sie überrascht, besonders die Tatsache, daß wir unsererseits Ihren Angriff nicht erwidert haben.«

»Ich bin zwar nicht gerade überrascht, aber ich hatte nicht angenommen, daß die Jelmi mit beinahe llurdischer Logik handeln können.«

»O ja, das können wir. Wenn wir darin die günstigste Möglichkeit für uns sehen, handeln wir entsprechend. Wir schlagen vor, daß Sie Ihren Angriff beenden. Wir legen dann Raumanzüge an und kehren persönlich hierher zurück, um die allgemeine Entwicklung zu besprechen, wie es unter logisch denkenden, vernünftigen Wesen möglich sein sollte.«

Der Llurd paßte sich schnell an. Er wußte, daß er die Jelmi niederkämpfen konnte, wenn man ihm Zeit ließ — doch Zeit hatte er eben nicht. Ebenso wie Mergon konnte er sich die Vernichtung von zweihundertvierzig Planeten lebhaft vorstellen. So gab er einen Befehl in ein Kommunikationsgerät, und die flammenden Schirme der *Mallidaxian* verlöschten.

Die Jelmi und ihre Bombe verschwanden. Mergon und Luloy zogen Atmosphärenanzüge an und kehrten in das Arbeitszimmer des Llanzlan zurück. Klazmon brachte sie zuvorkommend auf zwei jelmischen Stühlen unter — die in diesem Zimmer sehr fehl am Platz wirkten. Dann begann die Friedenskonferenz, die mehrere Tage lang dauern sollte.

»Erstens«, sagte der Llanzlan, »der wissenschaftliche Fortschritt, den Sie erzielt haben. In welchem Stadium der Verhandlungen wollen Sie mir die kompletten technischen Angaben darüber machen?«

»Sofort«, erwiderte Megon, und ein meterhoher Stapel Bänder erschien auf dem Fußboden neben dem Tisch des Llurd. Es handelte sich um die genauen Konstruktionsangaben für den vierdimensionalen Transmitter. Nichts war ausgelassen worden.

»Oh? Ich verstehe. Also muß noch viel daran verbessert werden — etwas, das nur die Jelmi schaffen.«

»Richtig — das ergibt sich auch aus den Bändern. Aber jetzt zum Thema«, sagte Mergon und eröffnete damit die eigentliche Verhandlung. »Erstens haben wir Ihnen gezeigt, daß Jelmi, die zu genialen Entdeckungen fähig sind, nicht dazu gezwungen werden können. Zweitens ist dies auf die Tatsache zurückzuführen, daß es uns psychologisch unmöglich ist, solche Leistungen unter Zwang zu vollbringen. Drittens sind wir fest davon überzeugt, daß eine freie und unabhängige Jelmi-

Rasse mit den Llurdi in friedlicher Koexistenz leben könnte. Viertens sind wir ebenso davon überzeugt, daß eine solche Koexistenz zum Wohle beider Rassen wäre ...«

Nach dem ersten Verhandlungstag sagte Luloy: »Merg, ich hätte es nicht für möglich gehalten. Ich weiß auch jetzt noch nicht, ob ich meinen Sinnen trauen kann. Aber kannst du dir vorstellen, daß ich den monströsen Burschen wirklich zu mögen beginne — daß ich ihn in mancher Hinsicht sogar bewundere?«

Seaton setzte sich mit Rovol von den Strahlen auf Norlamin in Verbindung, sobald er in Reichweite war. Er schilderte ihm, was er auf Ray-See-Nee erreicht hatte und was er noch zu erreichen hoffte. Dann bat er um Hilfe bei der Gestaltung seiner Waffenkontrollen. »Wissen Sie, Rovol, in perfekter Synchronisation braucht man theoretisch überhaupt keine Energie. Natürlich rechne ich nicht mit diesem Idealwert, wir kommen aber hoffentlich so nahe heran, daß wir die *Valeron* ausreichend bestücken können, um auf alles vorbereitet zu sein und immer noch genug Energie für einen Gegenschlag übrig zu haben.«

»Junger Mann, das ist ein wirklich faszinierendes Problem. Ich kümmere mich sofort darum und spreche auch einige Kollegen an, in deren Gebiete einige Aspekte der Frage fallen. Wenn Sie hier eintreffen, haben wir vielleicht bestimmt, ob eine Lösung derzeit möglich ist.«

»Was?« rief Seaton. »Also ... ich hatte aber ... angenommen ..., Sie wären damit längst fertig. Sie würden uns die Lösung vielleicht sogar entgegenschicken!«

Das väterliche Seufzen des alten Norlaminers war vielsagend. »Sie sind noch immer derselbe eifrige, gedankenlose junge Mann, trotz all unserer Schulung! Sie haben das Problem offensichtlich noch nicht richtig bedacht.«

»Nicht besonders, das muß ich zugeben.«

»Dann gebe ich Ihnen den Rat, einmal darüber nachzusinnen. Wenn Sie jede Arbeitsperiode zwischen jetzt und Ihrer Ankunft darauf verwenden, können wir uns vielleicht vernünftig darüber unterhalten.« Mit diesen Worten unterbrach Rovol die Verbindung.

Dorothy pfiff durch die Zähne. »Du hast recht«, sagte Seaton zerknirscht. »Und der alte Bursche macht keine Witze.«

»Weil er keinen Humor besitzt. Da hat er dir ja wirklich eins auf die Finger gegeben. Aber warum ist es eine so große Sache, ein paar Generatoren zu synchronisieren?«

»Keine Ahnung. Aber ich finde es schon raus.« Seaton setzte sich an die Kontrollen des Großgehirns und arbeitete vier Stunden lang. Niedergeschlagen kehrte er schließlich zurück. »Stimmt genau«, meldete er. »Ich wußte zwar, daß die Sache schwierig werden konnte, aber ich hatte keine Vorstellung von der Wirklichkeit. Es geht hier um Zeiteinheiten von Drei-mal-zehn-hoch-minus-achtundzwanzigstel-Sekunden — diese Zeit braucht das Licht, um das Milliardstel eines Milliardstel-Zentimeters zurückzulegen.«

»Ach, das soll ich jetzt wohl nachrechnen, oder was?«

»O nein. Auch mir sagen diese Zahlen nichts.«

Seaton kümmerte sich zwar nicht jeden Tag um das Problem, doch er verwendete immerhin gut hundert Stunden darauf, genug Zeit, um zu erkennen, wie groß die Schwierigkeit war.

Die *Skylark von Valeron* erreichte schließlich das Grüne System, näherte sich Norlamin und bog in eine Kreisbahn um diesen Planeten ein. Die Reisenden betraten ein Beiboot, das von einem Landestrahl zu Rovols Privatdock gelenkt wurde.

Die Besucher stiegen aus und gingen einige Metallstufen hinab, an deren Ende der alte weißhaarige Gelehrte auf sie wartete. Er begrüßte sie freundlich und führte sie durch den ›Garten‹ auf den Palast aus Metall und Quarz zu, den er sein Heim nannte.

»O Dick, ist das nicht herrlich?« Dorothy drückte seinen Arm. »Hier ist es fast so wie bei Orlon und doch wieder ganz anders ...«

Die samtartige, federnde Rasenfläche war etwa so groß wie bei Orlon. Die Metallskulpturen sahen ähnlich aus, ebenso die herrlichen Blumenbeete und Hecken. Die Schmuckwand jedoch, die aus unzähligen Millionen sich unabhängig voneinander bewegender, blitzender, selbstleuchtender Edelsteine in allen Farben des Regenbogens bestand, führte gut dreihundert Meter weit neben dem Weg her. Offenbar hatten die Frauen Rovols viele Jahrtausende lang daran gearbeitet. Diese Wand zeigte nicht nur herrliche Muster und Farben, sondern auch eine Darstellung der ganzen Geschichte der Rovol-Familie.

Rovol wollte seinen Gästen zuerst Erfrischungen anbieten und nicht sofort mit der Arbeit beginnen, doch damit war Seaton nicht einverstanden. »Schämen Sie sich, Rovol! Die Arbeitsperiode fängt gerade an — und Sie wissen sicher noch, wie Sie mich ermahnt haben, daß es auf Norlamin klare und unveränderliche Zeiten für die Arbeit, für das Spiel und so weiter gibt.«

»Das ist natürlich richtig, junger Mann«, sagte Rovol gelassen. »Meine Gefährtin wird die Damen begrüßen und ihnen die Zimmer zeigen. Wir suchen sofort das Versuchsgelände auf.« Und er rief ein Flugboot herbei, indem er ein Gerät an seinem Gürtel bediente.

»Wie vorgeschlagen, habe ich mich mit der anstehenden Frage beschäftigt«, sagte Seaton. »Ist das Problem überhaupt zu lösen? Je mehr ich daran gearbeitet habe, desto unsicherer wurde ich.«

»Ja, aber die Anwendung der Lösung ist nicht einfach.« Wenige Meter vor der Gruppe landete das Flugboot, und Rovol und Seaton stiegen ein. Rovol fuhr fort: »Aber es wird Sie freuen zu hören, daß diese Arbeit dank Ihres Energiemetalls nicht mehr einige Lebensspannen dauern wird, sondern wahrscheinlich nur einige Jahre.«

Seaton war ganz und gar nicht erfreut. Aber er wußte nicht, wie er die Dinge beschleunigen sollte.

Er verwendete einige Wochen darauf, die *Skylark von Valeron* neu zu bauen — wobei er sie mit ganzen Batterien von Offensiv- und Defensivwaffen ausstattete, wo sich zuvor nur einzelne Aggregate befunden hatten. Dann sah er zu, wie sich die Norlaminer an die Arbeit machten.

Und als zahlreiche Tage ins Land zogen, ohne daß Fortschritte erzielt wurden, nahm seine Nervosität und Ungeduld zu. Er verbarg seine Gefühle — so nahm er jedenfalls an —, doch er hätte wissen müssen, daß er sich vor Dorothy nicht verstellen konnte.

»Dick, du fieberst ja förmlich vor Nervosität!« sagte sie eines Abends. »Dabei sehe ich keinen rechten Grund dafür. Aber du hast sicher einen Anlaß — komm, erzähl's mir.«

»Ich kann es nicht, verflixt, ich weiß, daß ich es immer ziemlich eilig habe, aber doch nicht so. Ich bin innerlich ganz gereizt. Ich kann schon nicht mehr schlafen ...«

Dorothy lachte leise. »Nein? Was hast du dann letzte Nacht gemacht? Wenn das kein Schlafen war, dann hast du mir aber vollendet etwas vorgemacht!«

»Jedenfalls schlafe ich nicht so, wie ich schlafen sollte. Ich habe Alpträume. Teufelchen, die mit kleinen spitzigen Gabeln hinter mir her sind. Glaubst du an Vorahnungen?«

»Nein«, sagte sie schlicht.

»Ich bisher auch nicht — und wenn das eine Vorahnung ist, soll's gefälligst auch die letzte sein. Jedenfalls habe ich so ein Gefühl, daß wir uns um DuQuesnes seltsamen Planeten kümmern sollten. Was immer es ist, ich möchte einfach losfliegen und habe nicht die geringste Ahnung, wohin.«

»Wirklich? Hör mal gut zu!« Dorothy sah ihn eindringlich an. »Ich möchte wetten, das ist die Antwort auf die Gedankenbotschaft, die wir ausgeschickt haben!«

Er schüttelte den Kopf. »O nein, unmöglich. Telepathie muß konkreter sein!«

»Wer außer dir hat jemals behauptet, daß die Antwort telepathisch sein müßte? Und wer kann wissen, wie sich die Telepathie äußert? Komm, wir sagen Martin und Peggy Bescheid.«

»Was?« rief er. »Wir sollen Mr. Reynolds Crane informieren, den skeptischsten Erdenmenschen, den es je gegeben hat? Wir sollen ihm sagen, daß ich einfach ins All hinausrasen möchte, weil's mich an einer Stelle juckt, die ich nicht kratzen kann?«

»Warum nicht?« Sie musterte ihn eindringlich. »Dick, hier geht es um *terra incognita.* Wieviel weißt du in Wirklichkeit über deinen Geist?«

»Also gut. Vielleicht nehmen sie uns die Geschichte ab; du scheinst mir ja jedenfalls zu glauben. Gehen wir.«

Zu Seatons Überraschung war Crane durchaus überzeugt, ebenso wie Margaret. Drei Stunden später war die riesige *Skylark* wieder im All.

Vier Tage später sagte Seaton: »Scheint doch nicht die richtige Antwort zu sein. Das Jucken ist noch immer vorhanden. Was nun?«

Einige Minuten lang herrschte Schweigen, dann lachte Dorothy plötzlich auf. Sie wurde schnell wieder ernst und sagte mit völlig ausdruckslosem Gesicht: »Ich wette, der Ruf kommt von der neuen Abteilungsleiterin auf Ray-See-Nee, die in Dick verknallt ist — die bewaffnete Kleine mit den wiegenden Hüften. Sie möchte den großten, attraktiven Mann von der Erde unbedingt wiedersehen. Und wenn das stimmt, kratze ich ihr ...«

Seaton sprang auf. »Damit hast du gar nicht mal so unrecht, mein Schatz! Dein Witz hat ziemlich ins Schwarze getroffen.« Er setzte seinen Kontrollhelm auf und veränderte den Kurs. »Und schon scheinen wir ein Heilmittel gegen meine Unruhe gefunden zu haben.« Mehrere Minuten lang saß er stumm da, dann zuckte er die Achseln und sagte: »Aber ich fange nichts auf ... jedenfalls nichts mehr. Wer von euch erinnert sich noch so gut an Ree-Toe Prenk oder das Mädchen, um sich die beiden gedanklich genau vorstellen zu können?«

Alle erinnerten sich an einen oder beide Rayseenier.

»Gut. Hört sich bestimmt dumm an, aber ich will mal etwas versuchen. Wir alle geben uns die Hand, stellen uns einen der beiden oder beide vor und richten einen Gedanken so intensiv wie möglich auf sie. Der Gedanke lautet: ›Wir kommen!‹ Klar?«

Die vier kamen sich etwas lächerlich vor, aber es funktionierte. Zumindest sagte Seaton: »Es scheint geklappt zu haben! Zum erstenmal seit Wochen ist das seltsame Gefühl verschwunden. Aber ich habe nichts aufgefangen. Überhaupt nichts. Keinen Hinweis darauf, ob man nach uns gerufen hat oder ob unsere Antwort empfangen worden ist. Wie sieht es bei euch aus?«

Aber auch die anderen hatten nichts zu vermelden.

»Ich weiß nicht!« sagte Seaton. »Wenn das Telepathie sein soll, möchte ich lieber nichts damit zu tun haben. Da ist mir das Morsealphabet lieber!«

Etwa eine Woche, nachdem die *Skylark von Valeron* das System des Ray-See-Nees verlassen hatte, begannen die Schwierigkeiten für die neue Regierung dieses Planeten. Ree-Toe Prenk war davon ausgegangen, daß jemand, der die Hauptstadt beherrschte, auch den ganzen Planeten im Griff behalten konnte, aber das traf in seinem Fall nicht zu. In der Vergangenheit hatte dieses Prinzip gegolten, weil die bisherigen neuen Regierun-

gen nicht minder korrupt gewesen waren als die alten — und Korruption läßt sich nicht so leicht tilgen.

Natürlich gab es auch andere Gründe für die Unruhe — aber damals wußten weder Prenk noch die anderen davon.

Die Bezirksführer hatten sich stets nach dem großen Boß gerichtet — ihnen war es im Grunde gleichgültig, wer die Welt beherrschte, solange ihre Privilegien und Pfründe unangetastet blieben. Prenk jedoch war ehrlich bis auf die Knochen. Wenn es ihm gelang, den Planeten voll in den Griff zu bekommen, würden die Übeltäter alles verlieren — wahrscheinlich sogar ihr Leben. So kam es, daß der neue Premierminister zwar die Hauptstadt beherrschte — wenn seine Macht auch hier schnell zu schwinden begann —, daß sein Einfluß außerhalb aber im Quadrat der Entfernung zur Hauptstadt abnahm.

Der Widerstand wurde allerdings nicht offen geübt. Befehle wurden scheinbar buchstabengetreu befolgt, doch die Verhältnisse verschlimmerten sich schnell, und Prenk konnte wenig dagegen tun. Sobald er den Blick abwandte, gingen die alten krummen Geschäfte weiter — Spielhöllen, Rauschgifte, Prostitution und Protektionsbanden —, aber er konnte nichts beweisen. Seine Polizei vermochte nichts auszurichten. Sie nahm zwar Verhaftungen vor, doch die Verdächtigen wurden nie verurteilt. Die Anklage hatte keine Beweise. Die Schöffen urteilten ›unschuldig‹, ohne sich überhaupt zur Beratung zurückziehen zu müssen.

Auch als Prenk verzweifelt eine Inspektionsreise in eine andere Stadt machte, um die dortigen Verhältnisse zu untersuchen, blieb er erfolglos. Die Personen, die auf seiner Liste standen, waren spurlos verschwunden, und alle Anwesenden hatten Beweise für ihre Unschuld, wenn sie auch keine Ahnung hatten, warum sie so plötzlich befördert worden waren. Sie hatten eben Glück gehabt.

Premier Ree-Toe Prenk saß an seinem Tisch im Staatszimmer. Kay-Lee Barlo saß zu seiner Linken. Sy-By Takeel, der neue General der Garde, stand rechts von ihm.

»Wer immer hinter der Sache steckt, stellt sich ausgesprochen geschickt an«, sagte Prenk. »Und zwar in einem Ausmaß, daß ich im Grunde nur Ihnen beiden vertrauen kann. Und ich nehme auch nicht an, daß man sich Ihnen nähern wird, denn man hält Sie nicht für käuflich.«

»Ich bin auch nicht käuflich«, sagte Takeel. »Söldnergeneräle begehen keinen Verrat. Für meine Leutnants kann ich die Hand allerdings nicht ins Feuer legen.«

»Sie wissen also, daß Sie im Augenblick sehr gefährlich leben?«

Der Soldat zuckte die Achseln. »Berufsrisiko. Wie steht es mit Ihnen, Hoheit Barlo? Auch Sie könnten wir nicht bei den Gegnern einschleusen?«

»O nein. Mein Standpunkt ist allgemein bekannt. Die Hälfte meiner Leute würde mich am liebsten von hinten erdolchen, nur wagen sie es nicht — und alle lügen, was das Zeug hält. Ich wünschte, Ky-El Mokak und seine Leute kämen bald zurück«, sagte Kay-Lee nachdenklich.

»Ich auch«, stimmte Prenk niedergeschlagen zu. »Aber selbst wenn wir einen Bündelstrahlkommunikator sechster Ordnung hätten, kämen wir nicht weiter, denn wir haben keine Ahnung, wo er zu Hause ist oder wohin er sich wenden wollte.«

»Das stimmt.« Sie biß sich auf die Lippen. »Aber hören Sie. Ich bin psychisch begabt. In manchen unserer Familien kommt das bekanntlich vor ... na ja, früher hätte man gesagt, ich wäre eine Hexe. Mein Talent ist nicht voll ausgebildet, aber Mutter und ich könnten einen Gedankenwunsch aussenden, damit er so schnell wie möglich hierher zurückkommt. Ich bin sicher, er würde der Bitte nachkommen.«

Das Gesicht des Soldaten zeigte eindeutig, was er von diesem Vorschlag hielt, doch Prenk nickte — wenn auch ziemlich zweifelnd. »Ich habe von solchen ›Hexenwünschen‹ gehört. Es heißt, daß so etwas manchmal sogar klappt. Gehen Sie nach Hause, Kay-Lee, und widmen Sie sich mit voller Kraft diesem Versuch. Wir müssen wirklich jede Möglichkeit nützen.«

Kay-Lee kam dieser Bitte sofort nach und schilderte ihrer Mutter die Lage, einer gutaussehenden schwarzhaarigen Frau Mitte Vierzig. »Und ich habe eine positive Identifikation«, schloß das Mädchen. »Sein Blut war überall verspritzt — und ich habe ein bißchen aufgefangen — für den Notfall.«

Das Gesicht der älteren Frau glättete sich. »Das ist gut. Ohne positive Bestimmung wäre es auf die Entfernung wahrscheinlich sinnlos. Komm, hol die Hexenpalme, während ich den Weihrauch anzünde.«

Sie aßen sieben rituell eingemachte Hexenbeeren und inhalierten siebenmal von dem aromatisch duftenden Rauch. Während sie darauf warteten, daß die starken Drogen wirkten, fragte Kay-Lee: »Was meinst du, Mutter, wieviel von diesem Drumherum ist Chemie und wieviel Hokuspokus?«

»Das weiß niemand. Eines Tages wird man unsere Gabe anerkennen und gründlich studieren. Bis dahin bleibt uns nichts anderes übrig, als dem überlieferten Ritual zu folgen.«

»Ich werde mal mit Ky-El darüber sprechen. Aber was ist, wenn er so weit entfernt ist, daß wir nicht anders an ihn herankommen?«

Die Frau runzelte die Stirn und sagte dann: »Dann, meine Liebe, werden wir ewiges Stillschweigen darüber bewahren müssen.«

Kapitel 22

Erst als sich die *Skylark von Valeron* der Galaxis DW-427-LU näherte, konnte man Verbindung mit Ree-Toe Prenk aufnehmen. Sobald der Kontakt bestand, fragte Kay-Lee Barlo aufgeregt: »Sie haben also unseren Gedanken empfangen, Ky-El? Den Gedanken, den Mutter und ich ausgestrahlt haben? Wir hatten das Gefühl, als wären wir nicht besonders gut empfangen worden.«

»Stimmt«, erwiderte Seaton. »Ich habe eigentlich gar keinen Gedanken aufgenommen, sondern nur ein Gefühl, daß ich mich irgendwohin auf den Weg machen müßte. Dieses Gefühl machte mir so lange zu schaffen, bis ich endlich in diese Richtung flog.«

Die *Skylark* ging in eine Kreisbahn um Ray-See-Nee, und die Skylarker stiegen in ein Landefahrzeug um, das Seaton speziell für diese Gelegenheit gebaut hatte. Es war ein Miniaturschlachtschiff — eins der kampfstärksten Fahrzeuge seiner Größe. Diesmal waren sämtliche Angehörigen der Gruppe schwer bewaffnet.

Am Raumflughafen wurden sie von zwei Abteilungen der Garde unter dem Kommando von General Sy-By Takeel abgeholt. Man eskortierte sie wie Herrscher von einem anderen Planeten in den Palast, wo sie im Staatsraum von Prenk und Kay-Lee herzlich willkommen geheißen wurden.

Prenk ließ seine Gäste an einem langen Konferenztisch Platz nehmen und bat Seaton, sich ans Kopfende zu setzen. Zwei Leutnants der Garde postierten Wächter an den beiden großen Türen des Saals und verteilten den Rest ihrer Leute zur Deckung der beiden Zugänge.

»Ist die Lage denn so schlimm?« fragte Seaton. »Ich wußte schon, daß es hier ziemlich unruhig zugeht, als

Sie mir sagten, ich solle bis an die Zähne bewaffnet erscheinen — aber das hier?«

»Die Lage ist leider so. Diese beiden« — Prenk deutete auf Kay-Lee und Takeel —, »sind die einzigen Leute auf dieser Welt, denen ich wirklich trauen kann. Bis vor kurzem war ich fest davon überzeugt, die Stadt im Griff zu haben — aber jetzt weiß ich nicht einmal mehr, ob mir dieses Gebäude noch gehört. Ich kann nur hoffen, daß Sie nicht zu spät kommen. Ich werde Ihnen die Lage schildern, dann sagen Sie mir bitte, ob Sie etwas daran ändern können.«

Er redete zwölf Minuten lang.

»Psst!« machte Kay-Lee plötzlich. »Eine Gefahr kommt — sehr schnell! Ich spüre sie, schmecke sie!« Sie sprang auf, zog ihre Pistole und legte ein Dutzend gefüllte Magazine vor sich auf dem Tisch zurecht.

Die Stühle der Osnomer fielen krachend zu Boden, die schweren Mäntel wurden zurückgeschlagen, und sie standen mit gezückten Maschinenpistolen da. Sekunden später waren auch die anderen Skylarker zum Kampf bereit. Der General hatte die leise ausgesprochene Warnung nicht gehört, doch er hatte die Aktion verfolgt, was ihm genügte. Mit blitzschneller Bewegung fuhr er herum, zog gleichzeitig seine Waffe und starrte auf seinen ältesten Leutnant, der sofort die Nerven verlor.

Insbesondere die schnelle Reaktion des Kommandanten brachte die Pläne der Angreifer durcheinander. Denn in einem bestimmten Augenblick hatten die beiden Leutnants ihren Vorgesetzten erschießen sollen, bevor sie sich Prenk und Kay-Leer Barlo zuwandten. Aber sie wußten, wie gut ihr General mit seiner Waffe umzugehen vermochte, und so wurden sie zu früh zum Handeln gezwungen. Sie versuchten es — aber mit zwei schnellen Schüssen schaltete Takeel sie aus.

Als die beiden großen Türen gleichzeitig aufgestoßen wurden und die Angreifer mit ratternden Waffen eindrangen, stießen sie nicht auf eine halbtote und völlig demoralisierte Garde und eine verwirrte Gruppe von Besuchern.

Nein, die Söldner waren weder tot noch demoralisiert. Sie wußten genau, was zu tun war, und traten sofort in Aktion. Dunark und Sitar besaßen ohnehin die Feuerkraft einer halben Kompanie. Der General vermochte beide Eingänge zu sichern, und Kay-Lee kam ihm zu Hilfe. Selbst Dorothy griff in den Kampf ein, und diesmal verließ sich auch Lotosblüte lieber auf ihre Schußwaffe.

Schließlich sorgte Seaton für das Ende des Kampfes. Er wartete so lange, bis er wußte, was hier gespielt wurde. Dann schoß er zweimal mit einer Magnum — durch die offenen Türen über die Köpfe der Angreifer hinweg.

Es gab zwei laute Explosionen, gefolgt von ohrenbetäubendem Krachen, als ganze Gebäudeteile einstürzten. Fallende Schuttbrocken und Stahlkanten begruben die Angreifer außerhalb der verstärkten Mauern des Staatsraums unter sich. Die Schockwellen der Detonationen drangen durch die Türöffnungen und richteten zwischen den dichtgedrängten Gegnern großen Schaden an; einige wurden quer durch den großen Raum geschleudert.

»Meine Güte!« rief der General und rappelte sich wieder auf. »Was war denn das?«

»Eine X-plosive Granate«, bemerkte Seaton trocken. »Wie schon gesagt, wir sind bis an die Zähne bewaffnet. Ihre beiden Leutnants scheinen an dem Putsch beteiligt gewesen zu sein.«

»Ja. Schade, daß ich sie umbringen mußte, ohne sie verhören zu können.«

»Das macht keinen großen Unterschied.« Seaton sah sich um. Er musterte zuerst seine Leute, dann die Gardisten. Ärzte und Helfer eilten herein, um die Verletzten zu versorgen. Seine Freunde und Prenk und Kay-

Lee schienen unversehrt geblieben zu sein. Und das hatte seinen Grund. Die Söldner waren kampferfahren. Die Angreifer hatten also Befehl gehabt, sich zuerst um die Gardisten zu kümmern.

Seaton zog zwei Kopfhauben aus der Tasche und beschäftigte sich nacheinander mit den beiden toten Leutnants.

»Aha«, sagte er schließlich. »Der Bursche hier hatte keine große Ahnung, was gespielt wurde, aber der andere sollte der neue General werden. Haben Sie ein Aufzeichnungsgerät, Ree Toe?«

»Ich hole es!« rief Kay-Lee, während Prenk seine Überraschung zu verbergen suchte. »Sagen Sie bloß, daß Sie in einem toten Gehirn lesen können!«

»O ja. Die Gehirnströme halten sich manchmal noch tagelang.«

Kay-Lee reichte Seaton ein Mikrophon, der etwa zehn Minuten lang sprach, während die Gesichter der drei Rayseenier eine Reihe von Gefühlen offenbarten, die mit einem Ausdruck freudiger Zufriedenheit endete.

Als Seaton eine kurze Pause machte, sagte Prenk ehrfürchtig: »Diese Maschine ist wirklich großartig ... ob man wohl ...« Er stockte.

»Ich glaube schon ... ich werde Ihnen ein paar Exemplare des Geräts mitsamt den Bauplänen überlassen und Ihnen die Funktionsweise erläutern.« Und Seaton setzte seine Arbeit fort.

Einige Minuten später schaltete er das Mikrophon ab und sagte: »Der Bursche dort drüben« — er deutete auf einen Verwundeten —, »gehört zu den Rädelsführern. Jemand soll auf ihn aufpassen, Ree-Toe; um ihn kümmere ich mich als nächsten. Dabei schließe ich Sie mit an das Gerät, weil Sie sich bestimmt sehr für ihn interessieren. So erfahren Sie alles aus erster Hand.« Er nahm eine dritte Kopfhaube zur Hand und stellte die Anschlüsse her.

Der Kerl, der den Angriff vom Korridor aus geleitet hatte, war ein korpulenter, bleicher Mann von etwa fünfzig. Er hatte sich im Hintergrund halten wollen, bis im Staatssaal alles geregelt war. Er war von einer der Explosionen durch die Tür geweht und ziemlich schwer verwundet worden, doch er kam langsam wieder zu sich.

Er lieferte nun die wertvollsten Informationen, doch Prenk unterbrach den Vorgang schon nach den ersten Minuten.

»Sy-By, zwei weitere verräterische Offiziere«, sagte er und nannte zwei Namen. »Anschließend kommen Sie bitte mit einigen Männern zu mir, die Sie für vertrauenswürdig halten. Wir testen sie, um sicherzugehen. Für die Männer habe ich dann eine Liste von weiteren Leuten, die zu verhaften sind.«

Die Säuberungsaktionen Prenks hatten begonnen.

Von den über fünftausend Fenachronern, die in Sleemets Flaggschiff überlebt hatten, waren rund siebenhundert gestorben — und es starben laufend mehr.

Nicht, daß die Llurdi sie körperlich mißhandelten. Andererseits waren sie auch nicht freundlich zu den Fenachronern, sondern behandelten sie mit geradezu beleidigender Gleichgültigkeit — eine schlimme Strafe für die empfindlichen Gefangenen. Die Llurdi hielten ihr Verhalten für logisch. Die Umgebung war hundertprozentig den Lebensbedingungen auf der Heimatwelt der Fenachroner nachgestaltet. Was konnte man mehr verlangen? Nichts!

Die Llurdi bemerkten natürlich die geistigen Probleme der Fenachroner und registrierten ihre Gefühle durchaus zutreffend, doch ohne selbst emotionell darauf einzugehen. Emotionen galten bei ihnen als unlogisch oder krankhaft oder beides.

Für die unlogischen Fenachroner jedoch war die Situation physisch, geistig, intellektuell und psychologisch unerträglich — eine Situation, auf die sie sich einfach nicht einstellen konnten.

Diese Lage widersprach so völlig ihrem angeborenen Empfinden, daß sie die führende Rasse des Universums waren, daß sie keinen Ausweg mehr wußten. Am schlimmsten fanden sie es, daß sie nicht wie ein Gegner behandelt wurden, nicht als Gefahr oder Bedrohung, nicht einmal als intelligente Wesen, deren Kenntnisse und Fähigkeiten anerkannt werden mußten. Natürlich wurde dies alles von den Llurdi registriert, doch für sie waren die Fenachroner nicht mehr und auch nicht weniger interessant als Vögel oder Pflanzen.

Sleemet, der wohl der stolzeste und halsstarrigste der Gruppe gewesen war, vermochte die Behandlung nicht lange zu ertragen; doch er beugte sich nicht. So verlor er schnell jede Hoffnung und stand bald kurz vor dem Zusammenbruch.

Er hörte auf zu essen, was die Llurdi nicht im geringsten kümmerte. Warum auch? Sie waren weder zimperlich noch human, weder grausam noch rachsüchtig. Die Tatsache, daß bestimmte Wesen unter bestimmten Bedingungen keine Nahrung mehr zu sich nahmen, war etwas, das man registrieren mußte, aber darüber hinaus ohne Belang.

Aber da Sleemet für einen Fenachroner ziemlich groß und kräftig gewesen war, brauchte er lange zum Sterben. Und als er schwächer wurde, als sich die Bindung zwischen Körper und Geist immer mehr lockerte, sank er immer tiefer in die Jugend seiner Rasse zurück.

Immer tiefer in die rassische Kindheit der Fenachroner, in die Zeit, da seine Vorfahren lebendiges Fleisch aßen und sich miteinander durch Knurrlaute und Gebärden, aber zumeist durch eine rein geistige Gabe verständigten, die sich später zur Kraft der Augenhypnose entwickeln sollte.

Sleemet war sich seiner Umgebung kaum noch bewußt, doch er ahnte, daß der Tod sehr nahe war, als er halb unbewußt das uralte fenachronische Geistessignal des Sterbens auszustrahlen begann.

Marc C. DuQuesne wußte weitaus mehr über die Fenachroner als jeder andere Mensch, einschließlich Richard Seaton. Er und Seaton waren wohl bisher die einzigen, die in geistigem Kontakt mit Fenachronern gestanden und diese Begegnung lebendig überstanden hatten; aber DuQuesne hatte über einen Gedankenhelm eingehend mit einem Fenachroner in Verbindung gestanden — viel länger, viel intensiver und mit größerem Interesse als Seaton. Der Grund lag in dem großen Charakterunterschied zwischen den beiden Männern.

Seaton hatte ein Kriegsschiff der Fenachroner ausgeschaltet und den Kapitän mit Energiestrahlen an die Wand gefesselt, bis er sich kaum noch zu bewegen vermochte. Durch Gedankenhelme hatte er sich dann die Kenntnisse des Kapitäns angeeignet, die er haben wollte. Dabei war er sehr vorsichtig mit dem fremdartigen Gehirn umgegangen. Er hatte ihm nur gewisse Teile des Wissens entnommen, und hatte es vermieden, sich mit dem Gehirn des Monstrums direkt einzulassen.

Als DuQuesne jedoch Gelegenheit bekam, einen Navigationsingenieur dieser Rasse zu untersuchen, war er nicht so zurückhaltend gewesen — weil er vielleicht unbewußt gewisse Eigenheiten des fenachronischen Charakters bewundert hatte. Jedenfalls hatte er sich praktisch Zelle für Zelle in den Verstand des Ingenieurs vertieft — mit dem Ergebnis, daß er sich durch diese Untersuchung praktisch so sehr in einen Fenachroner verwandelt hatte, wie das bei einem Menschen überhaupt möglich war.

Als sich DuQuesne nun in seiner fliegenden Miniwelt dem Punkt seines Fluges näherte, da er dem Planeten Llurdiax am nächsten war, spürte er plötzlich einen kaum merklichen Gedankenfühler, der mit einem vergrabenen Winkel seines Geistes Kontakt aufzunehmen versuchte.

Er erstarrte und unterband den Impuls, indem er automatisch eine Fähigkeit einsetzte, von der er gar nicht gewußt hatte, daß er sie besaß.

Dann entspannte er sich wieder und konzentrierte sich voller Interesse auf den Gedankenfühler, begann ihn anzuziehen — und der Kontakt verschaffte ihm eine ganze Flut fenachronischen Wissens, das ihm absolut neu war.

Ein Fenachroner, der irgendwo im Sterben lag, wollte ... wollte was? Hilfe? Anteilnahme? Wollte er etwas *geben?* DuQuesne war nicht Fenachroner genug, um den Gedanken auch nur annähernd zu übersetzen, und er war nicht interessiert genug, um Zeit darauf zu verschwenden. Es hatte etwas mit dem Fortbestand der Rasse zu tun; das genügte ihm.

Stirnrunzelnd lehnte sich DuQuesne zurück und überlegte. Er hatte angenommen, die Fenachroner wären restlos vernichtet worden ... andererseits war denkbar, daß Seaton nicht alle Angehörigen einer raumfahrenden Rasse hatte umbringen können. Aber was nun? Ihm war völlig gleichgültig, wie viele Fenachroner starben. Aber viele ihrer Errungenschaften, die bei weitem noch nicht voll erfaßt waren, hatten es in sich. Es mochte interessant sein, sich anzuhören, was das sterbende Ungeheuer zu sagen hatte — zumal er, DuQuesne, schon ganz in der Nähe Klazmons war.

Woraufhin DuQuesne seine geistige Abschirmung öffnete. Da sein Verstand noch ganz auf den forschenden Impuls ausgerichtet war und da die *DQ* die Position erreicht hatte, die sie auf Kurs 255U am nächsten an Llurdiax heranführte, empfing er eine Gedankenflut, die ihn bis ins Innerste erschütterte.

Es ist erstaunlich, wie viele Informationen in einem solchen fenachronischen Gedankenstoß enthalten sein können. Zum Glück besaß DuQuesne das fenachronische Talent, solche Impulse zu entzerren, zu analysieren und anschließend auch zu absorbieren.

Die wichtigsten Punkte wurden aber überaus deutlich. Das sterbende Ungeheuer war Erster Wissenschaftler und Flottenadmiral Sleemet, und er und mehr als viertausend Fenachroner waren die hilflosen Gefangenen llurdischer Wissenschaftler unter der persönlichen Leitung des Llanzlan Klazmon. Sie wurden unter Bedingungen studiert, die über kurz oder lang zum Tod sämtlicher Fenachroner führen mußten.

DuQuesne erkannte die Bedeutung dieser Information sofort — Klazmon konnte in Sekundenschnelle mit einem Testimpuls hier sein — und legte sämtliche Schutzschirme um seine Miniwelt, die er auf diese Weise gegen alle ihm bekannten Spionstrahlen, Impulse, Testfrequenzen, Energiezonen oder Energieordnungen abschirmte. Da diese Kenntnisse auch seine Erfahrungen mit den Geistwesen und den Jelmi und Klazmon einschlossen, fühlte er sich so sicher wie in Abrahams Schoß.

Dann aktivierte er seinen vierdimensionalen Transmitter — und beglückwünschte sich, daß er dieses Gerät so eingehend studiert hatte, daß er mehr darüber wußte als seine Erfinder. Er richtete das ›Auge‹ dieses Geräts auf das fenachronische Reservat auf dem fernen Llurdiax. Er ergriff Sleemet mitsamt seinem Bett, hüllte ihn in schützende Energie und setzte ihn vorsichtig im Kontrollraum der *DQ* ab, praktisch zu seinen Füßen. Fenachroner konnten vorübergehend Erdluft atmen, ohne Schaden zu nehmen — das hatten sie oft genug bewiesen —, und wenn er den Burschen am Leben erhalten wollte, konnte er später immer noch eine Atmosphäre erzeugen, die genau den Lebensbedingungen des Fenachroners entsprach.

Als nächstes holte er sich einen Arzt mitsamt seiner Instrumententasche an Bord und dazu das fenachronische Äquivalent einer ausgebildeten Krankenschwester.

»Sie, Doktor«, sagte DuQuesne auf fenachronisch.

»Ich weiß nicht, ob dieser Schwächling noch gerettet werden kann. Oder ob sich eine Rettung überhaupt lohnt. Aber da er Ihre Expedition geleitet hat, will ich mir anhören, was er zu sagen hat. Geben Sie ihm also eine Injektion des stärksten Anregungsmittels — oder braucht er etwas zu essen?«

»Beides«, sagte der Arzt, nachdem er sich von seiner ersten Überraschung erholt hatte. »Aber zuerst wollen wir mal für die Ernährung sorgen.« Und er machte sich ans Werk.

DuQuesne stellte überrascht fest, daß sich Sleemet sofort zu regen begann und nach fünfundvierzig Minuten wieder voll bei Bewußtsein war.

»Sie haltloser Wurm!« fand DuQuesne sofort den typisch fenachronischen Tonfall. »Sie armseliger Schwächling! Entspricht es der Handlungsweise eines hochstehenden Fenachroners, so einfach aufzugeben, obwohl noch ein Hauch von Leben in ihm ist?«

Sleemet blieb völlig ungerührt. Er hob die matten Augen — die ungewöhnlich leblos wirkten, wenn man die energieerfüllten Augen kannte, die ein normaler Fenachroner besitzt —, und sagte tonlos: »Es gibt einen Punkt, die Gewißheit des Todes, da der weitere Kampf negativ anstatt positiv ist. Dann verlängert er nur noch die Qual. Ich habe diesen Punkt hinter mir, ich sterbe.«

»Es gibt keinen solchen Punkt, Sie Idiot, solange das Leben andauert! Sehe ich wie Klazmon von den Llurdi aus?«

»Nein, aber der Tod ist mir durch Ihre Hand nicht weniger gewiß als durch die seine!«

»Warum denn das, Sie Dummkopf?« DuQuesne schlug einen besonders spöttischen Tonfall an.

Dies war der entscheidende Augenblick. Wenn er alle Fenachroner auf seine Seite ziehen konnte, wenn er sie lenken konnte, nachdem sie sich wieder erholt hatten, dann hatte er eine ausgezeichnete Mannschaft zur

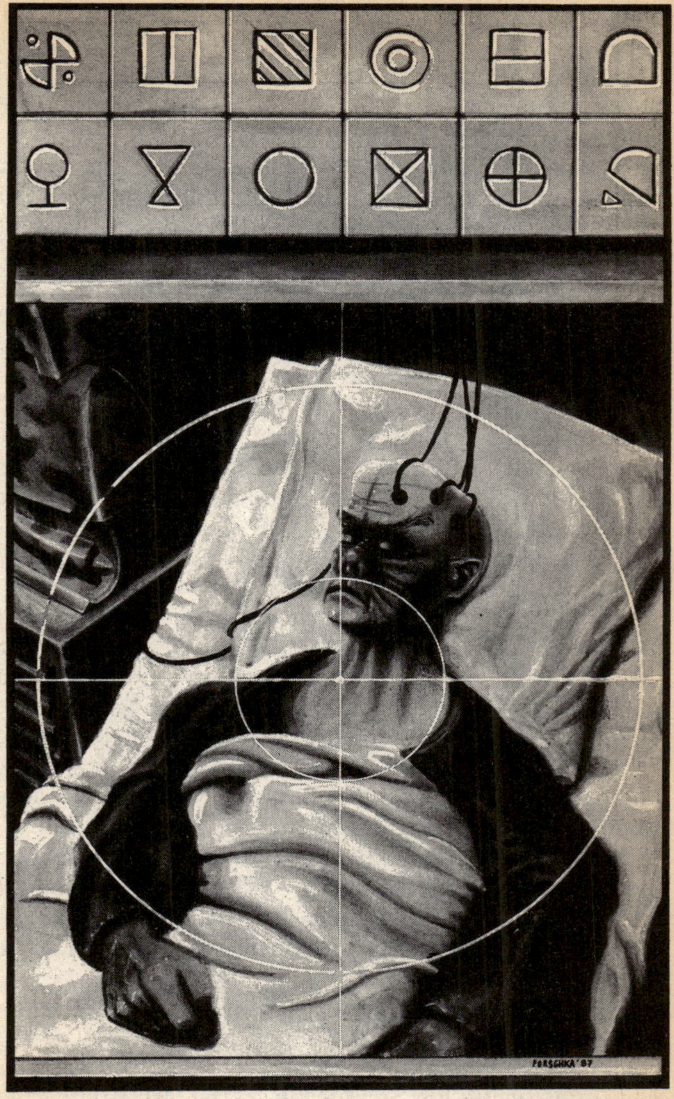
PORSCHKA '87

Hand. Verächtlich starrte er den Ex-Admiral an und fuhr fort:

»Ob Sie und Ihre viertausend Artgenossen in naher Zukunft sterben, liegt allein bei Ihnen. Ich komme zwar notfalls auch ohne Mannschaft aus, doch in den nächsten Wochen könnte ich Ihre Hilfe gebrauchen. Wenn Sie mit mir zusammenarbeiten, verschaffe ich Ihnen am Ende dieser Zeit einen Nachbau Ihres ursprünglichen Raumschiffs und sorge dafür, daß Sie die Reise zu Ihrem ursprünglichen Ziel fortsetzen können.«

»Herr, die Fenachroner nehmen keine ...«, schaltete sich der Arzt ein.

»Halten Sie den Mund, Sie Dummkopf!« rief DuQuesne. »Haben Sie denn überhaupt nichts begriffen? Haben Sie denn nicht gemerkt, daß Sie eine der schwächsten Rassen im All sind? Sie haben nur eine Alternative — mitzumachen oder zu sterben. Und diese Entscheidung liegt nicht bei Ihnen, sondern bei Sleemet. Wie steht's?«

»Aber woher soll ich wissen, daß ...«

»Wenn Sie überhaupt noch einen Funken Verstand besitzen, Sie Narr, benutzen Sie ihn! Was sollte es mir bedeuten, ob die Fenachroner überleben oder nicht? Ich bitte Sie nicht um einen Gefallen, sondern sage Ihnen, unter welchen Bedingungen ich Ihnen das Leben rette. Wenn Sie sich mit mir auf Diskussionen einlassen wollen, schaffe ich Sie Drei wieder zurück und fliege weiter. Also, wie lautet Ihre Entscheidung?«

Sleemet hatte doch etwas gelernt. Er war tief genug gesunken, um tatsächlich neue Erkenntnisse über sich zu gewinnen — und er spürte, daß es noch viel zu lernen gab von einer Rasse, die solche Möglichkeiten hatte wie dieser Mann.

»Wir arbeiten mit Ihnen zusammen«, sagte Sleemet. »Sie werden uns natürlich sagen, wie Sie uns befreit haben?«

»Unmöglich!« log DuQuesne. »Das war ein Sprung

durch die vierte Dimension. Haben Sie jemals versucht, einem von Geburt an Blinden die Farbe ›blau‹ zu erklären? Kein Wissenschaftler Ihrer Rasse kann Theorie oder Technik eines vierdimensionalen Transmitters so schnell begreifen, jedenfalls nicht in den nächsten tausend Jahren Ihrer Zeitrechnung.«

Kapitel 23

Auf dem Weg in die Galaxis, in der DuQuesnes Außerirdische zu Hause sein sollten, sagte Dorothy: »Hör mal, Dick. Ich habe dich etwas zu fragen vergessen. Was hast du über Kay-Lees Telepathietalent herausgefunden?«

»Wie?« Seaton sah sie überrascht an. »Was gab es da herauszufinden? Wie erklärt man den Mechanismus des Denkens? Sie sagte, sie hätte das Gefühl, nicht richtig empfangen zu werden. Also waren sie und Ree-Toe Prenk daran beteiligt. Vielleicht haben sie Händchen gehalten — über einer Kristallkugel oder wer weiß was. Vielleicht haben sie sich in die Augen gestarrt, um ihre Gedanken zu verstärken.«

»Aber sie haben dich tatsächlich irgendwie erreicht«, sagte sie, »und das macht mir Sorgen. Damit können sie etwas, auf das wir uns nicht verstehen.«

»Das macht doch nichts, mein Schatz. Andere Leute sind eben anders gebaut als wir. Aber auch auf der Erde hat es Medien gegeben; die sich auf solche Sachen verstanden. Wenn du dich wirklich dafür interessierst, kannst du dich ja mal bei unserem nächsten Aufenthalt auf Ray-See-Nee näher damit befassen. Im Augenblick haben wir jedenfalls andere Sorgen.«

»Damit hast du völlig recht«, schloß Dorothy das Thema ab. »Uns geht es um die Außerirdischen. Hast du dir mit Martin schon einen Plan überlegt?«

»Mehr oder weniger. Wir fliegen in das System wie Touristen, aber wir schalten dabei sämtliche Ortungsgeräte auf höchste Empfindlichkeit.«

DuQuesnes *DQ* wie auch Seatons *Skylark von Valeron* befanden sich nun in Reichweite von Llurdiax. DuQuesne jedoch versuchte seine Spuren zu verwischen. Er schirmte sämtliche Ausstrahlungen ab, soweit das möglich war, und reiste vergleichsweise langsam, um möglichst wenige Impulse höherer Ordnung abzugeben, die zu orten gewesen wären. Außerdem waren seine Schirme dermaßen weit ausgeschickt und wurden in Form und Beschaffenheit so schnell variiert, daß kein erkennbares Muster verblieb. Die *DQ* war natürlich trotzdem zu orten, aber dazu wäre schon eine gezielte Beobachtung nötig gewesen.

Die *Skylark von Valeron* dagegen näherte sich völlig unbefangen, buchstäblich ›wie ein Tourist‹.

Im Llanzlanat auf Llurdiax setzte sich ein Beobachter mit Klazmon in Verbindung, der sofort an seine Hauptkontrollen flog. Er überprüfte die Angaben des Beobachters und war so entsetzt, wie es ein Llurd überhaupt sein kann. Ein künstliches Gebilde dieser Größe und Masse war bisher noch von keinem Lebewesen ersonnen worden! Er maß die Beschleunigung — die *Valeron* wurde noch mit Maximalleistung gebremst — und riß die Augen auf. Dieses riesige Ding hatte das Antriebskraft-Masse-Verhältnis eines Schnellraumers! Trotz seiner gewaltigen Größe handelte es sich um ein intergalaktisches Raumschiff. Er schickte einen Fühler aus, wie schon viele Male zuvor — aber diesmal mit ganz überraschenden Ergebnissen.

Die Schutzschirme des Fremden waren hundertmal so reaktionsschnell wie die Schutzeinrichtungen der Llurdi. Klazmon vermochte nicht einmal den kürzesten geistigen Kontakt aufzunehmen und konnte sich überhaupt nicht umsehen. Der Zeitpunkt des Kontakts war so unvorstellbar kurz gewesen, daß ihm nur eine einzige Tatsache klargeworden war. Die Fremden in dem fliegenden Monstrum waren ganz sicher jelmoiden Ursprungs.

Auf keinen Fall handelte es sich um echte Jelmi — diese Rasse kannte er zu gut. Die Bänder mit den Konstruktionsangaben des vierdimensionalen Transmitters zeigten ihm, daß er sämtliche Geheimnisse dieser Rasse kannte. Aber wenn es nicht die Jelmi waren, wer dann? O ja, die Fenachroner, deren Flotte ... nein. Auch Sleemet war eine solche technische Leistung nicht zuzutrauen ... und er gehörte auch genaugenommen nicht dieser Rasse an ... ach ja, das weitaus größere Schiff, das ihm entkommen war. Durchaus möglich, daß der einzige Insasse derselben jelmoiden Rasse angehörte wie die Mannschaft des Planetoiden. Der Flüchtling hatte Klazmons neugierigen Taststrahl als Angriff gedeutet. Also handelte es sich hier um ein Schlachtschiff dieser Rasse, das auf Llurdiax zuhielt, um ... um was? Um sich nur umzusehen? Nein!

Und verhandelt sollte auch nicht werden. Diese Wesen hatten keinen Versuch gemacht, sich mit ihm in Verbindung zu setzen. Klazmon kam gar nicht auf den Gedanken, daß sein heftiger Vorstoß womöglich gar nicht als Versuch zur Verständigung angesehen werden konnte. Er hatte wirklich die Absicht gehabt, sich mit den Fremden zu verständigen, sobald er sich in den Besitz des Gehirns des Kapitäns gesetzt hatte. Der unglaubliche Vollschirm des seltsamen Raumfahrzeugs machte einen Kontakt jedoch unmöglich.

Aber die vorhandenen Informationen genügten ihm. Jelmoide Rassen waren grundsätzlich antisozial, unlogisch, unvernünftig und unberechenbar, kurzum: gemeingefährlich.

Und mit diesem Gedanken begann Klazmon seinen Angriff.

Als die *Skylark* die Grenzen der rätselhaften Galaxis erreichte, saß Seaton im Hauptkontrollraum des Großgehirns und stand auf diese Weise in unmittelbarem Kontakt mit allen aktivierten Zellen des Großgehirns. Das Herz der *Skylark* war bereit, mit der unvorstellbaren Geschwindigkeit von Gedanken zu reagieren und jeden Befehl auszuführen, den Seaton auf den Weg schickte — unabhängig von den automatischen Alarmgeräten, die Seaton aktiviert hatte.

»Ich bleibe den ganzen Tag hier«, sagte Seaton, »notfalls auch noch die ganze Nacht.«

Aber er brauchte nicht einmal bis zum Abend zu warten. Nach knapp vier Stunden schickte der Llanzlan seinen Impuls, und Seaton reagierte sofort darauf. Und da Seatons ultrasensitive Schirme hundertmal schneller waren als die des Llurd, ›sah‹ Seaton auch hundertmal mehr als der Klazmon. Er sah Llurdias in seiner imperialen Pracht. Er betrachtete den kilometerbreiten Festungsgürtel. Er machte das Llanzlanat aus, und begriff die Funktion der Anlage. Er drang in den großen Computersaal ein und untersuchte eingehend die Wesen und die Maschinen, die dort an der Arbeit waren.

Aber wie schaffte er das? Gedanken sind zwar nicht unendlich schnell, aber immerhin von einer unvorstellbaren Geschwindigkeit. Das anorganische Großgehirn der *Skylark* und Seatons organisches Gehirn bildeten in ihrer engen Verbindung die Teile eines unglaublich schlagkräftigen Ganzen.

Als der Angriff kam und die gewaltigen Verteidigungsanlagen der *Skylark* automatisch in Aktion traten, brauchte das Großgehirn gar nicht erst nach der Hilfe der Menschen zu rufen; der Erbauer des Gehirns war bereits an Ort und Stelle.

Die anderen Skylarker, die von all dem nichts gemerkt hatten, waren überrascht, als Seaton sie alle zu sich in den Kontrollraum rief. Noch überraschter waren sie beim Anblick seines Gesichts, das bleich und überanstrengt aussah.

»Diese Sache kann schwierig werden«, verkündete Seaton. »Nur gut, daß wir die *Skylark* tüchtig verstärkt haben, sonst würden wir jetzt schon ein paar Außenwandungen verlieren. Wie die Dinge stehen, haben wir noch Reserven, wenn auch nicht übermäßig viele, aber es genügt zunächst. Wir verstärken uns natürlich weiter. Andererseits hat der Bursche auf dem Planeten da unten allerlei zusätzliche Maschinen zur Verfügung, die er ziemlich schnell dazuschalten kann. Wenn wir also etwas unternehmen wollen, müßten wir sofort handeln.«

»Sie haben nicht den Versuch gemacht, mit uns zu sprechen?« fragte Crane. »Das ist verwunderlich bei einer Rasse, die offenbar so fortgeschritten ist.«

»Nicht den geringsten Versuch«, bestätigte Seaton. »Ein einziger Taststrahl, der härteste und schärfste Taststrahl, den ich je geortet habe. Als ich dagegenhielt — *peng!*«

»Du hast aber auch einen Suchstrahl losgelassen, wie ich dich kenne«, meinte Dorothy. »Was hast du herausgefunden? Sind diese Wesen wirklich so monströs, wie DuQuesne behauptet hat — nur aufs Töten aus?«

»DuQuesne hat nicht untertrieben. Der Bursche da unten war längst zu dem Schluß gekommen, daß wir — aus welchen Gründen auch immer — ausgelöscht werden müssen, und machte sich sofort ans Werk. Wenn also keiner von euch ein gutes Argument dagegen weiß, gebe ich mir größte Mühe, ihn meinerseits zu erledigen.«

»Wir können natürlich ausrücken«, sagte Margaret halbherzig.

»Das möchte ich bezweifeln. Dabei hätte er nämlich Gelegenheit, uns auf die Größe eines Basketballs zusammenschmoren zu lassen, wie es uns bei den Chloranern passiert ist. Zweifellos hat er uns so dicht herankommen lassen, damit wir ihm nicht mehr entwischen können.«

Da sonst keine Vorschläge gemacht wurden, aktivierte Seaton die Offensivbewaffnung der *Skylark*. Er richtete seinen Angriff nach bestem Vermögen aus und konzentrierte die Energien der *Valeron* zu dem härtesten Strahl, den er zu bilden vermochte. Dann spannte er unwillkürlich die Muskeln und richtete den mächtigen Impuls auf das Llanzlanat der Welt.

Die äußeren Schirme des Llurd flackerten kaum auf

und schwärzten sich im Nu. Der Zwischenschirm hielt nur Bruchteile von Sekunden. Dann traf die unwiderstehliche Kraft des Strahls auf die letzte Verteidigungslinie Klazmons. Und die Energien verbissen sich und tobten, flammten und sprühten, Kaskaden reiner Energie wirbelten in allen Richtungen davon, und der Äther begann sich unter der Gewalt der unvorstellbaren Kräfte, die hier miteinander rangen, zu winden und zu verbiegen.

Und der Kampf tobte scheinbar endlos.

Selbst Seaton, dem nur bekannt war, daß er hier gegen einen Gegner kämpfte, der fast die Kampfkraft der Chloraner erreichte, erkannte die volle Bedeutung des gewaltigen Kampfes nicht. Wir können uns nur fragen, wie das Schicksal des Universums ausgesehen hätte, wenn die norlaminischen Erbauer der *Skylark* eine Bahn von Schutzschirmen fehlerhaft gestaltet hätten oder wenn bei den Verteidigungsanlagen eine Einzelheit übersehen worden wäre! Die Folgen wären nicht abzusehen gewesen. Nicht nur für Seaton und seine Skylarker, die mit grimmigen Gesichtern auf die Instrumente starrten und den Energieabfluß verfolgten. Nicht nur für die Jelmi oder die Rayseenier oder die Norlaminer oder die Erde … sondern auch für unzählige ungeborene Generationen auf Planeten, die noch gar nicht entdeckt worden waren …

Doch Seatons Schirme hielten.

Und nach zehn endlosen Minuten vernahm er plötzlich eine laute Stimme. Die Stimme war ihm unbekannt, doch sie sagte in fehlerfreiem Englisch mit amerikanischem Akzent: »Guten Morgen, meine Freunde. Oder ist es auf Ihren Uhren Nachmittag? Ich bin Llanzlan Mergon von Jelm, und wie ich sehe, werden Sie von unseren alten Bekannten, den Llurdi, angegriffen. Offenbar sind Sie die Seatons und die Carnes, von denen wir auf der Erde gehört haben, die wir aber nicht finden konnten.«

Obwohl die Llurdi die Jelmi-Planeten viele tausend Jahre lang mit absoluter Macht beherrscht hatten, bereitete es ihnen keine Mühe, sich auf der Basis der Gleichberechtigung mit dem neuen Reich der Jelmi zu arrangieren. So waren sie nun mal. Sie dachten logisch.

Der Llanzlan gab die veränderte Lage in den Hauptcomputer ein und schob die Ergebnisse zu Direktiven. Da seine Befehle ein Produkt reiner Logik waren, gab es damit keine Schwierigkeiten.

Bei den Jelmi dagegen war selbst bei viel einfacheren Dingen die Lage völlig anders. Jeder weiß, wie schwierig es ist, auf einer von Menschen bewohnten Welt die politische Haltung auch nur eines Bevölkerungsteils zu verändern. Was sollte also aus den zweihundertvierzig Planeten der Jelmi werden? Die Konservativen sperrten sich grundsätzlich gegen jede Veränderung. Sie wollten nicht einmal die Unabhängigkeit. Die Radikalen dagegen wollten *alles* verändern; doch jede Splittergruppe hatte andere Vorstellungen über Methode und Ausmaß. Und die Gemäßigten stimmten wie üblich mit keiner der Seiten überein.

Und ebenso typisch war, daß sich keine der Gruppen mit der anderen zusammentun wollte. Jede war bestrebt, bei der Bildung des Reichs ihre Vorstellungen durchzusetzen, sonst brauchte es gar kein Reich zu geben — da würde man eben ganz einfach nach Hause gehen.

Zum Glück waren die achthundert Vernünftigsten der jelmischen Rasse an einem Ort versammelt — in dem funktionsfähigen Zentralstützpunkt, zu dem die *Mallidaxian* inzwischen geworden war. In ihrem Kreis befanden sich Spezialisten jedes jelmischen Lebensbereichs, Könner, die schon seit vielen Monaten zusammenarbeiteten.

Sie wußten es genau, daß sie sich unbesonnene Schritte nicht erlauben konnten. Sie gedachten einen umfassenden Plan zu entwerfen, dem alle zustimmen konnten. Die so entstandene Verfassung sollte allgemein gelten. So war das Verfassungskomitee der achthundert noch an der Arbeit, als der Wachhabende sich mit Mergon in Verbindung setzte — der sofort Luloy hinzuzog.

Im Äther offenbarten sich Zeichen der Beanspruchung, wie es sie seit dem großen Unabhängigkeitskampf nicht mehr gegeben hatte.

Ein llurdisches Schiff kämpfte gegen ein unheimliches Gebilde, dessen Schutzschirme einen unvorstellbaren Raum einnahmen. Mergon wollte zunächst seinen Instrumenten nicht trauen.

Luloy hob eine Augenbraue. »Worauf warten wir noch?«

»Auf nichts.« Mergon schickte eine Projektion durch die vierte Dimension. »Wir bleiben unsichtbar, bis wir wissen, was hier vorgeht.«

Sie sahen sich in aller Ruhe um, und je eingehender sie die gewaltige *Skylark von Valeron* untersuchten, desto beeindruckter waren sie. Im Kontrollraum der *Valeron* musterten sie schließlich die Besatzung der Miniwelt, während sie sich gleichzeitig an den Hauptkontrollen der *Mallidaxian* miteinander unterhielten.

»Bis auf die beiden Grünhäutigen handelt es sich offenbar um Erdenmenschen«, sagte das Mädchen. »Und auch das Schiff kommt von Terra. Und schau dir die Kleidung an — so etwas gibt es nur dort!«

»Aber von einer solchen beweglichen Festung war dort nichts zu spüren!« wandte er ein. »Dabei hätten wir auf jeden Fall davon erfahren. Wie hat man das Ding vor uns geheimgehalten?«

»Vielleicht ist das Schiff so neu, daß noch nicht viele Leute davon wissen. Wie dem auch sei, wir haben schon viel von Seaton und Crane gehört. Besonders von Seaton. Angeblich ist er die rechte Hand der Erdengötter. Er schafft einfach alles.«

»Oder er ist ein Teufel — je nachdem, auf welcher

Seite man steht. Aber wir haben diese Gerüchte doch als Propaganda abgetan.«

»Vielleicht stimmen sie doch. Die beiden müssen Seaton und Crane sein — der jelmgroße Mann mit dem Kopf im Kontrollgerät, und der hagere Typ, der eine ... na ... Zigarette raucht, so heißen die Röhrchen wohl. Und das dürfte der letzte Anhaltspunkt sein. Nur Erdenmenschen verderben sich ihre Lungen mit Rauch!«

»Gut.« Mergon verdichtete die Projektionen zur vollen Sichtbarkeit und sagte:

»Offenbar sind Sie die Seatons und die Cranes, von denen wir auf der Erde soviel gehört haben, die wir aber nicht finden konnten.«

Crane, der sich nicht so leicht aus der Ruhe bringen ließ, fuhr sichtlich zusammen, als Mergon und Luloy im Kontrollraum der *Valeron* erschienen.

»Sie haben recht«, sagte er schließlich, trat vor, und streckte den Besuchern die Hand entgegen. »Ich bin Reynolds Crane. Dr. Seaton ist im Augenblick beschäftigt. Sie müssen die Wesen sein, deren Raumschiff auf unserem Mond gelandet ist. Wir sind gekommen, um Sie hier irgendwo in der Galaxis zu finden.«

»Aha, Sie wollen den vierdimensionalen Transmitter von uns haben!«

»Genau.« Crane stellte nun die anderen vor und schließlich auch Seaton, der sich überzeugt hatte, daß das Großgehirn mit dem ausgeglichenen Kampf ohne ihn fertig wurde, und sich daraufhin von den Hauptkontrollen löste.

»Mein Freund hat recht«, sagte er. »Da in unserer Wissenschaft nichts dergleichen bekannt ist, hoffen wir von Ihnen Näheres zu erfahren. Was nun die Ungeheuer da unten angeht, so hoffen wir, daß sie nicht zufällig Ihre Freunde sind!«

Luloy lachte. »Nein, eigentlich nicht ... das heißt ... nun, in gewisser Weise schon, jedenfalls neuerdings. Die Llurdi waren so viele tausend Jahre unsere absoluten Herrscher, daß sie sich noch nicht recht dazu durchringen konnten, uns oder ähnlich aussehende Rassen mit der Höflichkeit zu behandeln, die einem Gleichgestellten zukommt. Wissen Sie, der Llanzlan hätte sich nämlich durchaus auf Gedankenebene mit Ihnen verständigt, nachdem er Sie ein wenig rangenommen hätte.«

»Das kann ich mir vorstellen«, sagte Seaton grimmig. »Nach dem stärksten Taststrahl, den man sich vorstellen kann! Und ich soll mir diese Mißhandlung gefallen lassen?«

»Nein«, warf Mergon ein. »Nur ein Llurd hätte das erwarten können. Die Lage ist etwas unglücklich. Bis vor kurzem haben die Llurdi stets die Oberhand gehabt. Sie mußten sich nie mit einer nennenswerten Opposition abgeben, bis wir sie vor kurzem etwas vor den Kopf stießen.« Mergon umriß in kurzen Worten die Situation und schloß: »Dieser Kampf ist also leider ein kleiner Irrtum. Ich schlage vor, daß Luloy und ich in Form von Projektionen bei Klazmon vorsprechen und ihm die Lage erklären. Würden Sie das Feuer einstellen, wenn er es tut?«

»Natürlich. Wir sind schließlich nicht hier, um einen Krieg vom Zaun zu brechen und irgend jemand zu vernichten. Wir wollten Sie besuchen. Ich tue also den ersten Schritt — ich stelle meinen Angriff ein.«

Er schickte einen Gedankenimpuls an das Großgehirn, und das tobende Inferno rings um das Schiff hörte auf. »Der Strahl ist keine Kleinigkeit, das können Sie mir glauben. Wenn er sein Ziel träfe, würde er den Palast und die halbe Stadt verglühen lassen — *he!* Er hat auch aufgehört!«

»Natürlich«, sagte Mergon. »Wie schon gesagt — er und alle Llurdi handeln stets absolut logisch. Allerdings nach einer ziemlich verrückten Logik. Nach Klazmons Grunddaten war es logisch für ihn, Sie anzugreifen. Ihre Feuereinstellung ist nun ein neuer Faktor, den er noch nicht zu ermessen versteht. Er hat wahrscheinlich daraus abgeleitet, daß wir Jelmi dafür verantwortlich sind. Aber er weiß noch nicht mit Sicherheit, warum Sie das Feuer eingestellt haben. Also hat er den früheren Status quo wiederhergestellt und wartet auf Ihre Erklärung. Wenn diese zufriedenstellend ist, fällt die ganze Sache wahrscheinlich unter den Tisch. Wenn nicht — dann kann ich seine Reaktion nicht voraussagen. Jedenfalls würde er das tun, was er für logisch hält.«

Seaton pfiff leise durch die Zähne. »Meine Güte — wenn das reine Logik ist, na bitte! Aber wie wollen Sie vorgehen?«

»Ganz einfach. Wenn sich zwei von Ihnen zu uns ins Schiff bringen ließen, könnten wir vier funktionsfähige Projektionen zu Llanzlan Klazmon schicken, der sicher schon auf uns wartet. Sie, Dr. Seaton und Frau Dorothy?«

»Ich nicht!« Dorothy schüttelte heftig den Kopf. »Geh du lieber, Martin.«

»Noch etwas«, sagte Mergon, als Seaton und Crane neben ihm auftauchten. »Da die Llurdi keine fremden Sprachen lernen, muß ich Sie kurz mit ihrer Sprache bekanntmachen.« Und er hielt seinen Gästen zwei jelmische Gedankenhauben hin.

Kurz darauf erschienen die vier Projektionen vor dem Tisch des Llanzlan, der sie bereits erwartete. »Also?« fragte er.

Mergon begann die Situation zu erklären, doch Seaton unterbrach ihn. Der Jelm war psychologisch sichtlich nicht in der Lage, in einer unmittelbaren Konfrontation mit dem Llurd als Gleichberechtigter aufzutreten; Seaton hatte damit keine Mühe.

»Ich kann uns besser erklären als Sie, Freund Mergon«, sagte er und wandte sich an den Llurd. »Wir sind gekommen, um die Menschen zu besuchen, die Sie Jelmi nennen. Wir haben keinerlei Interesse an llurdischen Belangen. Unser Ziel ist es, den intergalaktischen Handel und die Beziehungen zwischen den Menschheiten zu fördern. Die verschiedenen menschlichen Rassen besitzen verschiedene Fähigkeiten und Kenntnisse — von denen viele anderen Rassen nützlich sein können.

Sie haben einen unprovozierten Angriff gegen uns gerichtet. Llanzlan Klazmon, lassen Sie sich sagen, daß ich keine geistige oder physische Invasion durch andere Lebewesen dulde — ob durch Mensch, Tier, Götter, Teufel oder Llurd —, weder hier noch in einer anderen Galaxis! Obwohl ich mir nur wenige Themen denken kann, über die wir zum gemeinsamen Vorteil sprechen könnten, will ich mich gern mit Ihnen unterhalten, wenn Sie sich vernünftig mit mir verständigen wollen. Aber ich lasse es nicht zu, daß Sie mich bedrängen.

Wenn Sie den Kampf fortsetzen wollen, bitte sehr! Sie werden aber gemerkt haben, daß unser Angriff bisher immer dicht unter Ihrem höchsten Widerstandspunkt geblieben ist. Wenn Sie uns aber zwingen wollen, Ihre Stadt und vielleicht Ihre Welt zu zerstören, sollten Sie wissen, daß wir dazu durchaus in der Lage sind. Wollen Sie also Frieden oder Krieg?«

»Frieden. Die Angaben genügen«, sagte Klazmon. »Ich habe die Tatsache registriert, daß es mindestens eine jelmoide Rasse gibt, deren führende Vertreter eine fast llurdische Logik anzuwenden vermögen.« Und er kümmerte sich nicht mehr um die Anwesenden.

An Bord der *Mallidaxian* zurückgekehrt, starrte Luloy Seaton verwundert an. Mergon sagte: »Ausgezeichnet, Dr. Seaton! Eine großartige Leistung! Viel besser, als ich es vermocht hätte. Sie haben eine tadellose llurdische Logik angewendet.«

»Dank der guten Vorbereitung durch Sie war das möglich. Ich hätte den Burschen ungern geblufft. Was steht als nächstes auf dem Programm, Gelehrter Mergon?«

PORSCHKA '87

»Warum schalten Sie Ihren Planetoiden nicht auf automatische Steuerung? Wir möchten Sie gerne alle zu uns holen; damit unsere Völker sich auch persönlich befreunden können.«

»Ein ausgezeichneter Gedanke«, sagte Seaton, und man verfuhr danach.

An Bord der *Mallidaxian* kürzte Seaton die allgemeine Begrüßung ab und ging mit Mergon und Luloy in Tammons Labor. Er interessierte sich natürlich in erster Linie für den vierdimensionalen Transmitter. Die vier setzten Gedankenhelme auf, und Seaton machte sich daran, die Geheimnisse des komplizierten Apparats auszuleuchten. Und Mergon, der keine große Ahnung von den Entwicklungen der letzten Zeit hatte, ließ sich ebenfalls gern informieren.

Seaton erwarb seine Kenntnisse über den vierdimensionalen Transmitter nicht an einem Tag oder in einer Woche, doch als er schließlich fertig war, fragte er überrascht: »Ist das alles?«

Der alte Wissenschaftler begann sich aufzuregen, und Seaton entschuldigte sich hastig. »Ich wollte Ihre Leistung in keiner Weise schmälern. Es handelt sich immerhin um die größte wissenschaftliche Entdeckung aller Zeiten. Aber sie scheint nicht komplett zu sein.«

»Natürlich nicht!« erwiderte Tammon heftig. »Ich arbeite ja auch erst seit ...«

»Oh, das habe ich nicht gemeint«, unterbrach ihn Seaton. »Das *Konzept* ist unvollständig. In verschiedener Hinsicht. Wenn die vierdimensionale Transmission beispielsweise als Waffe eingesetzt wird, gibt es keinen Schutz dagegen!«

»Selbstverständlich gibt es keinen Schutz dagegen!« verteidigte Tammon sein Werk knurrend wie eine Löwin ihr Junges. »Es liegt in der Natur der Sache, daß man nichts dagegen tun kann!«

Bei dieser Behauptung ging jede Höflichkeit über Bord. »Da irren Sie sich aber«, entgegnete Seaton hitzig. »Es liegt in der Natur der Sache, daß es einen Schutz geben *muß*. Die ganze Natur beruht auf einem System des Ausgleichs. Bei einer so großen und brandneuen Sache ist es natürlich unmöglich, alle Aspekte sofort zu erfassen. Gehen wir doch die Theorie noch einmal Punkt für Punkt durch — mal sehen, ob wir nicht da und dort etwas hinzufügen können.«

Tammon stimmte widerstrebend zu. Innerlich war er überzeugt, daß kein anderer Wissenschaftler seine Arbeit irgendwie verbessern konnte. Als die Prüfung jedoch ihren Fortgang nahm, begeisterte er sich immer mehr an der Sache. Und kein Wunder: die mathematischen Kenntnisse in Richard Seatons vielfach geschultem Gehirn fußten auf der Arbeit zahlreicher großer Meister dieses Fachs.

Luloy wollte ihren Helm absetzen, doch Mergon brachte sie mit einem direkten Gedanken davon ab. »Auch ich weiß nicht mehr, was hier vorgeht, aber hör's dir ruhig weiter an. Ab und zu schnappt man doch etwas Verständliches auf — und wahrscheinlich haben wir so schnell keine Chance mehr, zwei solche Experten bei der Arbeit zu beobachten.«

»Moment!« rief Seaton eine halbe Stunde später. »Moment! Dieses Integral! Es beschränkt Null auf Pi hoch zwei. Sie beschränken das Ganze auf ein großes, aber entschieden endliches Volumen Ihres verallgemeinerten n-dimensionalen Alls. Ich meine, die Werte müßten zwischen null und unendlich liegen — und wenn wir schon dabei sind, streichen wir doch noch die Hälfte der Determinante in dem Nicht-Raum-Nicht-Zeit-Komplex. Wollen mal sehen, was passiert, wenn wir hier die Gammafunktion, dort das Epsilon und das Xi, und hier unten in der Ecke das Omicron ersetzen.«

»Aber weshalb?« fragte der alte Wissenschaftler bestürzt. »Ich sehe keinen Grund für diese Maßnahmen!«

Seaton grinste. »Es gibt keinen Grund — ebensowenig wie es für Ihren ursprünglichen Einfall einen Grund gab. Wenn es einen derartigen Grund gegeben hätte, wären die Norlaminer schon vor hunderttausend Jahren darauf gekommen. Es ist nur eine Ahnung, die aber stark genug ist, daß ich mich mal darum kümmern will — ja? Also gut, wenn wir das integrieren, bekommen wir ...«

Fünf Stunden später nahm Tammon die Kopfhaube ab und starrte Seaton voller Staunen an. »Wissen Sie, was Sie da eben gemacht haben, junger Mann? Sie haben einen Durchbruch erzielt, der mindestens ebenso bedeutend ist wie der meine. Sie haben ein völlig neues Gebiet erschlossen, das parallel zu dem meinen liegt, aber auf keine Weise dasselbe ist!«

»Das würde ich nicht sagen. Auf jeden Fall ist es eine Erweiterung Ihres Themas. Ich bin nur meiner Ahnung gefolgt.«

»Eine Intuition«, berichtigte ihn Tammon. »Aber wie kann man anders Fortschritte erzielen?«

Und Luloy sagte auf dem Weg nach draußen zu ihrem Mann: »Ich hatte ja keine Ahnung, daß die Erde Männer wie ihn hervorbringen kann. Er ist tatsächlich die rechte Hand der irdischen Götter! Wir müßten Sennlloy von ihm erzählen.«

»Habe ich's mir doch gedacht, daß du sie nicht vergessen würdest!«

Und als Dorothy und Seaton an jenem Abend allein waren, starrte sie ihn mit gemischten Gefühlen an. Es war, als hätte sie ihn noch nie gesehen oder als lernte sie ihn völlig neu kennen. »Ich habe mit Sennlloy gesprochen«, sagte sie. »Oder umgekehrt, sie hat auf mich eingeredet. Viel Zeit hat sie ja nicht verloren, was?«

Seaton errötete. »Das kann man wohl sagen.«

»Hmm. Sie erzählte mir, du hättest ihr gesagt, ich würde in die Luft gehen, was ich auch fast getan habe, ehe sie mir die Umstände näher erklärte. Eine tolle Person, was? Sie gab mir mehr oder weniger deutlich zu verstehen, sie begriffe meine seltsamen Tabus nicht, aber sie müßte sie wohl akzeptieren und sich anpassen. Aber diese Leute brauchen deine Gene wirklich, Dick. Du hast ihnen doch hoffentlich nicht erzählt, daß DuQuesne ebenfalls von der Erde stammt?«

»O nein! Je weniger sie davon wissen, desto besser.«

»Jedenfalls scheint man dich für viel geeigneter zu halten als DuQuesne.«

Kapitel 24

Unzählige Parseks entfernt ging Marc C. DuQuesne seinen eigenen Plänen nach — Plänen, welche die Skylarker in Sorge und Bestürzung versetzt haben würden, hätten sie davon gewußt.

DuQuesne brachte die überlebenden Fenachroner mühelos in der *DQ* unter. Platz war kein Problem. Kein Wunder bei den vielen Millionen Kubikkilometer verfügbaren Raums und bei den automatischen Bauprojektoren hoher Ordnung, die die einfachen Arbeiten verrichteten. Die Schaffung der nötigen Atmosphäre bereitete ebensowenig Mühe wie die Besorgung von Nahrungsmitteln oder anderer Dinge, die berücksichtigt werden mußten.

Bald wurden auch die fenachronischen Techniker aktiv — sie bedienten besondere Kontrollen und saßen unter Hauben, deren Wirkungsbereich sorgfältig begrenzt worden war. Allerdings hatte keiner von ihnen eine Ahnung vom Sinn und Zweck seines Einsatzes im größeren Rahmen. Hinzu kam, daß sie hier mit einer völlig fremden Wissenschaft arbeiteten und DuQuesne dafür sorgte, daß keiner der Fremden mehr darüber erfahren konnte.

Den Fenachronern gefiel diese Behandlung natürlich nicht. Besonders Sleemet gab seinem Unwillen Ausdruck, als er wieder zu seiner alten Form auflief; aber DuQuesne kümmerte sich nicht darum.

»Sie größenwahnsinniger Idiot«, sagte er zynisch. »Wie kommen Sie darauf, daß ich mich im geringsten darum schere, was Ihnen gefällt oder nicht? Wenn Sie noch ein bißchen Grips übrigbehalten haben, sollten Sie den langsam mal benutzen. Wenn Sie nicht vernünftig werden, baue ich Ihnen ein Duplikat Ihres Raumschiffs und lasse Sie sofort fliegen.«

»Wirklich? Wenn das so ist ... Sleemet unterbrach sich.

»Ja«, sagte DuQuesne schneidend. »Leider sind wir noch in Klazmons Reichweite — und das sind wir noch eine Weile. Sie wollen also, daß ich Sie hier freilasse?«

»Nein.« Wenn Sleemet annahm, daß DuQuesne ihn anlog, so ließ er es sich nicht anmerken.

»Vielleicht haben Sie Ihren Verstand noch nicht ganz verloren. Aber wenn Sie nicht bald von Ihrem hohen Roß runterkommen, ist es schnell mit Ihnen aus. Denken Sie dran, wie mühelos der selbsternannte Oberherr mit Ihrer Flotte und Ihrem Heimatplaneten fertiggeworden ist. Und denken Sie an die Kampfkraft Klazmons! Und stellen Sie sich vor, daß ich Klazmon jetzt abgehängt habe!«

»Wenn Sie so großartig und wir so unbedeutend sind«, sagte Sleemet heftig, »warum haben Sie uns dann von den Llurdi gestohlen? Was können wir Ihnen wohl nützen?«

»Sie haben gewisse geistige und physische Eigenschaften, die mir bei meinem Vorhaben von Nutzen sein können. Sie sind nicht nur fähig und willens zu kämpfen, Sie lieben den Kampf sogar!« DuQuesne musterte den Fenachroner abschätzend. »Ich brauche Sie eigentlich nicht, aber ich bin bereit, auf der Basis der genannten Bedingungen den Versuch zu machen. Sie müssen sich entscheiden.«

»Wir machen mit«, sagte Sleemet, woraufhin ihn DuQuesne zunächst sehr allgemein in seine Pläne einweihte.

In den nächsten Tagen konzentrierten sich die beiden Wesen, die äußerlich so verschieden, geistig aber in mancher Hinsicht sehr ähnlich waren, auf die Justierung und Montage zahlreicher Geräte und um die Spezialausbildung von erfahrenen Kämpfern.

DuQuesne wußte, daß der Fenachroner die erstbeste Chance nützen würde, ihn zu töten und die DQ zu übernehmen. Aus diesem Grund zog er keinen der Eenachroner wirklich ins Vertrauen. Ganz abgesehen davon war sich DuQuesne seines Sieges nicht so sicher, wie er den Fenachronern gegenüber behauptet hatte.

DuQuesne wußte nicht recht, was er von den Lebewesen in der Galaxis DW-427-LU halten sollte, die Seatons *Skylark von Valeron* arg zugesetzt hatten — und aus dieser Unruhe heraus hatte DuQuesne die *DQ* so mächtig bestückt und sich die Fenachroner als Mannschaft herangezogen. Als die Außerirdischen nun in ihren neuen Quartieren untergebracht waren, bemühte sich DuQuesne um eine offene Aussprache mit Sleemet.

»Mir ist gleichgültig, was aus der Erde oder Norlamin wird. Aber ich möchte nicht, daß mir so etwas passiert wie Seaton, und Sie wollen einem solchen Schicksal wahrscheinlich auch entgehen. Sie werden mir zustimmen, daß ein guter Stratege keinem Feind den Rükken zuwendet, ohne sich näher über die Gefahr zu informieren.«

»Das ist selbstverständlich.«

»Also gut. In der Galaxis dort ist jemand mächtiger, als es mir lieb ist.« DuQuesne deutete auf Galaxis DW-427-LU in seinen Unterlagen und schilderte Sleemet, was der *Skylark von Valeron* widerfahren war. Dann fuhr er fort: »Theoretisch könnte das Ausmaß der Synchronisation den entscheidenden Unterschied ausmachen.« Er hatte dieselbe Schlußfolgerung gezogen, auf die Seaton durch bittere Erfahrung gekommen war. »Je größer die Zahl der Kämpfer, desto wirksamer der Ausstoß des Angriffs. Die Wirksamkeit steigert sich in der Dreierpotenz zur Anzahl der Kanoniere.«

»Ich verstehe«, sagte Sleemet, der sich zum erstenmal richtig für das Thema interessierte. »Das ist zu unserem wie auch zu Ihrem Vorteil. Sie müssen uns viel beibringen.«

»Ich lehre Sie alles, was Sie wissen müssen ... Mehr nicht.«

»Das ist selbstverständlich ... Aber ich sehe keine Gewißheit, daß Sie Ihr Versprechen auch einlösen — oder sind Sie mit einem Geisteskontakt bei einer Zusage einverstanden, daß Sie uns nach dieser Expedition freilassen und uns ein Schiff bauen?«

»Ja. Ohne Einschränkung.«

»Dann stehen wir zu Ihrer Verfügung.«

Und so wurde die *DQ* zur gewaltigsten und kampfstärksten Festung, die sich je aus eigenem Antrieb durch das Weltall bewegt hatte.

Als sich die *DQ* der Galaxis DW-427-LU näherte, bremste DuQuesne ab und bog auf einen Kurs ein, den er ›die Kurve der schnellsten Flucht‹ nannte — und im gleichen Augenblick flammten seine Schutzschirme hell auf.

Simultan drückten zweitausendneunhundertundsiebenundsiebzig Fenachroner, Männer wie Frauen, ihre Aktivierungshebel und übernahmen das Kommando über jeweils eine eng zusammenstehende Batterie von präzise synchronisierten Generatoren.

Und ein schwarzhaariger Erdenmensch hatte den Kopf in der Hauptkontrollhaube der *DQ* vergraben.

Er hatte nicht mit einer so starken Reaktion gerechnet, doch er war noch geistesgegenwärtig genug, mit gleicher Brutalität und Präzision ans Werk zu gehen. Er arbeitete durch die vierte Dimension und schleuderte eine gewaltige Atombombe nach der anderen; und der Zielplanet jeder dieser Bomben verwandelte sich in eine Sonne.

Die *DQ* vermochte schließlich zu fliehen. Sie war nicht mehr hundertprozentig intakt; aber da ihre Außenwandung erheblich dicker gewesen war als die der *Valeron*, war sie noch ziemlich gut im Schuß, als sie den gegnerischen Einflußbereich verließ.

DuQuesne setzte den Helm des Großgehirns auf. Er

hatte einen direkten Angriff auf die Galaxis der Chloraner versucht und war damit gescheitert. Sein nächster Schritt mußte nun darin bestehen, zu entscheiden — was sein nächster Schritt sein würde.

Das organische Gehirn, das mit dem riesigen Metallgehirn der *DQ* verbunden war, dachte nicht weniger logisch, nicht weniger emotionslos als der große Computer selbst. Menschengehirn und Maschinengehirn überdachten gemeinsam die vorliegenden Fakten. *Tatsache:* Die *DQ* war nicht in der Lage, es mit der Galaxis DW-427-LU aufzunehmen. *Tatsache:* Nicht einmal die durch die Fenachroner zusätzlich gewonnene Kampfstärke reichte aus. *Tatsache:* Keine denkbare Verstärkung der Schutzschirme oder der Mannschaft konnte diese Chance vergrößern.

Also ...

Eine Stunde später hob DuQuesne das Mikrophon eines Aufzeichnungsgeräts für einen Sender sechster Ordnung an die Lippen und sagte leidenschaftslos, als wollte er sich sein Mittagessen bestellen:

»DuQuesne ruft Seaton. Antwort wie zuvor.«

Kapitel 25

Seaton hatte angenommen, der Besuch bei den Jelmi würde nicht lange dauern, doch seine wissenschaftliche Entdeckung warf alle Pläne über den Haufen. Es dauerte Wochen, die Theorie in praktisch anwendbaren Begriffen darzustellen, und weitere Wochen, um die *Skylark von Valeron* mit dem riesigen Aggregat auszustatten, das Seaton vorschwebte.

Die Bedeutung des Durchbruchs veränderte alle Absichten, warf alle Zeitpläne durcheinander. Für die Jelmi war der vierdimensionale Transmitter ein interessantes Phänomen gewesen. Man konnte nützliche Dinge damit tun — von denen jede Möglichkeit noch ausgiebig studiert werden mußte. Aber für Seaton, Crane und die Norlaminer war das Gerät viel mehr — es war ein Effekt, ein neues und unerforschtes Wissensgebiet, das irgendwie in die bekannte und berechnete Struktur der Effekte sechster Ordnung — und vielleicht sogar höherer Ordnungen — eingepaßt und in entsprechendem Licht bewertet werden mußte. Es war der Traum der Theoretiker — und der Alptraum der Techniker.

Drei Tage vor dem vorgesehenen Start der *Skylark* verkündete Mergon, daß es am Vorabend eine formelle Abschiedsparty geben würde.

»Was sollen wir tragen, Dick?« fragte Crane.

»Ich lege Urvan von Urvanias königliche Regalien an. Und du?«

Seaton wußte, was sein Freund meinte. Die Skylarker hatten es sich in den letzten Wochen angewöhnt, der örtlichen Sitte zu folgen und auf Kleidung ganz zu verzichten. So traten die Freunde zwar reichlich geschmückt, aber im Grunde wenig bekleidet in den großen Saal.

Achthundert Jelmi erhoben sich von ihren Sitzen —

ein Schauspiel, das die sechs Menschen von der Erde nicht so schnell vergessen sollten.

Noch auf dem Weg zur Galaxis DW-427-LU summte Seaton zufrieden vor sich hin, so sehr hatte ihm die Feier mit anschließendem Tanz gefallen.

»Martin«, sagte er. »Wir sind nun bestens gewappnet, um es den Chloranern zu zeigen. Die Frage ist nur, ob wir gleich hart zuschlagen oder uns noch eine Weile ihrem Feuer aussetzen.«

Hätte er ein paar Stunden länger gewartet, wären diese Worte überflüssig gewesen, denn noch am Nachmittag flammten die Schirme der *Skylark* wieder grell auf und fuhren sofort auf volle Leistung hoch. Das Großgehirn leitete eine Ausweichaktion ein, doch es dauerte fünf lange Stunden, bis sie weit genug von der Quelle des unglaublichen Energiestroms entfernt waren, daß eine Vernichtung nicht mehr möglich war und der Angriff aufgegeben wurde. In diesen fünf Stunden hatten Seaton und Crane zahlreiche Beobachtungen und Analysen durchgeführt. Seaton überprüfte die Uranreserve der *Skylark,* und sein Gesicht war grimmig verschlossen, als er die anderen zu einer Konferenz zusammenrief.

»Ich hätte es nicht für möglich gehalten«, sagte er. »Auch jetzt kann ich es noch nicht glauben, obwohl ich es mit eigenen Augen verfolgt habe. Entweder haben die Chloraner seit unserem letzten Zusammenstoß ununterbrochen neue Generatoren hinzugebaut, oder ...« Er hielt inne.

»Oder sie verfügen über unermeßliche Energien«, sagte Dunark in das Schweigen hinein, »die sie jetzt synchronisieren können, beim letzten Schlagabtausch aber noch nicht.«

»Möglich«, sagte Seaton. »Wollen mal sehen, ob wir etwas herausfinden können. Wir sind zu weit entfernt, um eine feste Projektion unterzubringen. Aber wenn wir uns alle umsehen, müßten wir zumindest etwas erkennen können — und der vierdimensionale Transmitter wird mit acht Projektionen ebenso fertig wie mit einer. Oder hat jemand einen besseren Vorschlag?«

Da sich niemand zu Wort meldete, versuchten sie es. ›Auf dem Strahl reiten‹ ist ein verrücktes Gefühl — ein Gefühl der Persönlichkeitsspaltung, das man selbst erlebt haben muß, um es zu verstehen. Der Körper ist hier, sein Energieduplikat befindet sich dort. Die beiden getrennten Wesen hören und sehen und riechen und schmecken zur gleichen Zeit zwei völlig verschiedene Umgebungen. Es dauert einige Zeit, sich daran zu gewöhnen, doch die Skylarker waren mit Ausnahme von Lotosblüte bestens damit vertraut.

Seaton vermochte die Projektionen allerdings nicht in der Nähe eines Planeten zu halten; die Schwankungen gingen sogar über die Grenzen eines Sonnensystems hinaus. Selbst mit arretierter Feineinstellung hüpfte der Blickpunkt sinnlos hin und her. Da nützte auch die riesige verstärkte Masse der *Skylark von Valeron* als Ausgangspunkt nichts. Verwirrt rasten sie durch eine Vielzahl von Sonnen, in die Kälte des interstellaren Alls hinaus, durch Gaswolken und an Planeten vorbei.

Nach fünf Minuten war die Hälfte der Gruppe seekrank und kehrte in die angenehm Sicherheit bietende *Skylark* zurück. Seaton hielt eine halbe Stunde lang durch, ehe er den Rückrufknopf drückte.

»Ich hatte so etwas schon befürchtet«, brummte er. »Aber irgend etwas haben wir sicher gesehen. Ich erbitte eure Berichte.«

Zuerst schilderte er seine eigenen Beobachtungen. Er hatte einen kurzen Blick auf etwas werfen können, das eindeutig von Chloranern hergestellt worden war. Dunark hatte einen ähnlichen Planeten entdeckt, allerdings im System einer Sonne vom G-3-Typ, während Seatons Welt eine F-Sonne gehabt hatte.

Die anderen hatten nichts Derartiges gesehen. Seaton nickte. »Also gut. Es gibt also mindestens zwei Sonnensysteme mit befestigten chloranischen Planeten — und weitere sind denkbar. Hat jemand einen Vorschlag?«

Crane brach das Schweigen.

»Etwas Konstruktives kann ich nicht beisteuern. Im Gegenteil. Irgend etwas stimmt hier nicht, Dick. Soweit ich die Tammon-Seaton-Theorie verstehe, befinden sich die beteiligten Kämpfer im Nicht-Raum-Nicht-Zeit-Feld, so daß Entfernungen überhaupt keine Rolle spielen. Also ist es theoretisch möglich — und müßte es auch in der Praxis sein —, an einem beliebigen Punkt im All eine Bombe zu plazieren — und zwar so präzise und mühelos, wie man sich mit den Fingerspitzen an die Nase fassen kann.«

Dorothy pfiff durch die Zähne. Dunark sah sich entsetzt in der Runde um, und die anderen blickten ins Leere. Seaton runzelte die Stirn und sagte: »Ja ... aber wenn alle Punkte im All koexistent sind — Gunthers Universum —, wie soll man sich da irgendeinen bestimmten heraussuchen? Was für einen Kanonier müßte man da haben? Da klafft irgendwo eine Lücke — entweder in der Theorie oder in der Anwendung dieser Theorie ...« Nachdenklich hielt er inne.

»Oder in beiden«, meinte Crane.

»Oder in beiden«, stimmte ihm Seaton zu. »Also gut, gehen wir nach unten und suchen wir danach.«

Den Rest des Tages verbrachten sie im Kontrollraum und arbeiteten mit dem Großgehirn, doch sie fanden die Lücke nicht. Ebensowenig am nächsten Tag und am Tag danach.

»Wir müssen offenbar mal wieder einen großen Durchbruch schaffen«, seufzte Crane. »Und dazu bin ich nicht der richtige Typ. Ich gehöre nicht in den Kreis der erlauchten Genies.«

»Ich doch auch nicht!« gab Seaton zurück. »Eine Schwalbe macht noch keinen Sommer. Aber es gibt da einen anderen Aspekt, meine Freunde. Wenn wir damit weiterkommen, ergibt sich eine Sache, die weitaus besser ist als die Synchronisationsidee. Auch muß man nicht erst jahrelang daran herumdoktern. Meinst du nicht, es wäre ein paar Tage wert, zu prüfen, ob wir die Theorie in den Griff bekommen? Ob wir die Sache aus der rein theoretischen Phase herauslösen können, ehe wir Rovol damit belästigen?«

»Allerdings«, sagte Crane, ging mit seinem Freund in den Kontrollraum und setzte die Hauptkontrollhaube auf.

Doch ehe diese Aufgabe abgeschlossen werden konnte, sollte Richard Seaton noch eine Überraschung erleben.

Kapitel 26

»DuQuesne ruft Seaton. Antwort ...«
Da Seatons Kopf in den Hauptkontrollen steckte, wurde der Anruf nicht durch Lautsprecher übertragen, und es gab keine Verzögerung in der Übermittlung. Seaton schaltete sich ein, ehe die kurze Nachricht ausgesprochen war.

»Was ist los, DuQuesne?« fragte er. »Ich habe nicht erwartet, daß Sie die Unverschämtheit haben würden, sich noch einmal zu melden!«

»Sparen Sie sich den Atem, Seaton. Ich habe etwas Wichtiges für Sie. Wissen Sie, wie viele chloranische Sonnensysteme sich in der Galaxis befanden, in der die *Skylark von Valeron* besiegt wurde?«

Seaton zögerte einen Augenblick, dann sagte er vorsichtig: »Nein, keine Ahnung. Vielleicht hundert — oder einige tausend?«

»Sie ahnungsloser Knabe! Mein Computer hat hundertneunundvierzig Millionen dreihundertneunzehntausendzweihundertundsiebenundneunzig registriert, ehe der Sucher Schluß machte. Und dabei hatte er nicht einmal ein Viertel der Galaxis abgesucht.«

»Ach du ...«, begann Seaton, unterbrach sich aber. »Aber wenn Sie einen Analysynth so lange benutzen konnten, müssen Sie ein bißchen mehr haben als ... Also gut, reden Sie.«

DuQuesne erzählte seine Geschichte und verschwieg auch die hochgezüchtete *DQ* und seine fenachronische Mannschaft nicht. »Wir konnten fünfzehntausend erledigen, ehe wir die Flucht ergreifen mußten«, schloß er. »Aber das war natürlich nicht einmal der sprichwörtliche Tropfen auf den heißen Stein. Und ich bezweifle, daß ein bewegliches Kampfschiff je wieder so nahe an die Chloraner herankommt. Anscheinend bringen sie gerade genug Energie in die Synchronisation, um eben mit der erkennbaren maximalen Gefahr fertigzuwerden.«

»Möglich. Aber wieso interessieren Sie sich dafür? Was Sie in Wirklichkeit wollen, weiß ich sehr wohl.«

»Sie sind nicht mehr auf dem laufenden«, gab DuQuesne heftig zurück. »Wo jetzt jede kleine Rasse im All über Atomwaffen verfügt, hat man doch kaum noch eine Chance, die Oberherrschaft zu gewinnen. Was nützt mir also die Erde oder eine andere Welt in der Ersten Galaxis? Ich habe meine Plänge längst geändert — Sie und Crane können von mir aus das ewige Leben genießen!«

Seaton akzeptierte diese Äußerung, aber er begegnete ihr mit Vorsicht. »Na und?« erwiderte er. »Warum liegt Ihnen die Vernichtung der Chloraner plötzlich so am Herzen? Sagen Sie bloß nicht, daß Sie mit einemmal altruistisch geworden sind!«

»Sie verstehen offenbar nicht, worauf ich hinauswill. Hören Sie mal zu — die Fenachroner haben nur darüber geredet, den Kosmos zu erobern. Aber die Chloraner sind still und klammheimlich längst dabei, einen ähnlichen Plan in die Tat umzusetzen. Vielleicht ist es sogar schon zu spät, sie zu stoppen, wozu ich womöglich beigetragen habe, als ich sie dazu brachte, ihren synchronisierten Ausstoß zu verdoppeln oder zu vervierfachen. Wir beide sind nach unseren eigenen Erkenntnissen die besten Kämpfer der Erde. Jeder von uns besitzt ein Wissen, das dem anderen fehlt. Wenn wir beide die Chloraner nicht aufhalten können, ist das mit unserem heutigen Wissensstand überhaupt unmöglich. Und dann können wir einpacken. Was sagen Sie dazu?«

Seaton überlegte. Worauf hatte es DuQuesne diesmal abgesehen? Oder meinte es der Bursche wirklich ehrlich? Das Ganze klang zumindest vernünftig — auch wenn DuQuesne ein Schweinehund und Egoist war —;

wenn es um die Frage ging, ob diese Monster oder humanoiden Rassen ausgelöscht werden sollten, würde er doch bestimmt ...

»Also gut. Geben Sie mir Ihr Wort?«

»Ich gebe Ihnen mein Wort, daß ich als Angehöriger Ihrer Gruppe handeln werde, bis die chloranische Frage auf die eine oder andere Weise geklärt ist.«

Einige Tage später wurde die *Skylark* von dem schnellen Raumboot angerufen, das Seaton auf Ray-See-Nee zurückgelassen hatte. Drei Frauen stiegen aus, als das kleine Schiff schließlich an Bord der Miniwelt geholt wurde: Kay-Lee Barlo und ihre schwarzhaarige Mutter, Madame Barlo, die fast noch besser aussah als ihre Tochter. Die dritte war die Großmutter Kay-Lees, Grand Dame Barlo, die dunkelbraunes Haar hatte, in dem sich noch keine weiße Strähne zeigte. Sie sah nur etwa halb so alt aus, als sie in Wirklichkeit war.

»Sie müssen ja seit Wochen unterwegs sein!« sagte Seaton verblüfft, als man sich vorgestellt hatte. »Sie konnten doch zunächst wegen der Chloraner Ihren Antrieb sechster Ordnung nicht benutzen! Was ist passiert? Gibt es Ärger mit unseren Freunden?«

Er hatte zu Kay-Lee gesprochen, doch ihre Mutter riß die Führung des Gesprächs an sich.

»O nein. Das heißt, die Abgabemengen wurden verdreifacht« — Seaton warf Crane einen Blick zu: das paßte! —, »aber mit den neuen Maschinen machte uns das keine Mühe. Nein, wir erfuhren vor vielen Wochen, daß Sie uns brauchen würden — also sind wir jetzt hier.«

»Wie bitte?« fragte Seaton. »Inwiefern brauchen wir Sie?«

»Das wissen wir nicht genau. Uns ist nur bekannt, daß der Augenblick kommen wird, da Sie unserer Hilfe bedürfen, und zwar schnell. Ganz Ray-See-Nee steht auf ewig in Ihrer Schuld. Wir sind nun hier, um einen winzigen Teil dieser Schuld abzutragen.«

»Können Sie mir darüber nicht mehr sagen?«

»Ein bißchen, aber nicht viel. Wir empfingen Ihren ursprünglichen Gedankenimpuls — aber damals hatten wir natürlich keine Möglichkeit, den Gedanken mit Ihnen als Ky-El Mokak in Verbindung zu bringen. Als wir ihn untersuchten, stießen wir auf etwas, das auf Ray-See-Nee unbekannt ist — etwas, das unsere Reichweite und Kraft hundertfach verstärkte: drei männliche Energiepole von unheimlicher Stärke, Männer, die Sie bereits kennen, wie wir später feststellten. Es handelt sich um Drasnik und Fodan vom Planeten Norlamin und um Sacner Carfon von Dasor. Mit drei Paaren solcher natürlichen Pole — drei ist die vollkommene Zahl, wissen Sie — war es ganz einfach, jene Wesen ausfindig zu machen, die sich für Ihre Nachricht interessieren, und jene Kräfte zu entwickeln, die latent in Ihnen geschlummert haben ...«

»*Was?*« rief Seaton verblüfft.

»... und auch in Personen wie Dr. DuQuesne und anderen«, fuhr Madame Barlo fort. »Sie hatten natürlich keine Ahnung, daß Sie ein solches Talent besitzen.«

»Das ist ziemlich zurückhaltend ausgedrückt«, sagte Seaton. »Wollen Sie damit sagen, daß ich parapsychologische Fähigkeiten habe?«

»Es ist gleichgültig, wie Sie es nennen«, erwiderte die Frau geduldig. »Die Tatsache bleibt bestehen, daß Sie die Fähigkeit besitzen; wir haben sie entwickelt ... und wir gedenken sie nun praktisch anzuwenden.«

Seatons Antwort ist nicht überliefert. Jedenfalls war er vierundzwanzig Stunden später so gut wie halb überzeugt ... doch es war die überzeugte Hälfte seines Wesens, die seine Handlungen bestimmte. Einer der Aspekte, der ihn mehr oder weniger überzeugte, war die Tatsache, daß Madame Barlo und ihre Tochter nicht nur diese ›Geistespole‹ ausfindig gemacht, sondern sie auch an Bord der *Skylark* gerufen hatten! Sie hatten Seatons Einverständnis gar nicht erst abgewartet, und ehe Seaton überhaupt wußte, was geschah, waren Individuen von einem Dutzend Planeten aus drei Galaxien unterwegs.

Eine Schiffsladung Norlaminer und Dasorier — einschließlich der drei führenden ›Geistespole‹ traf als erste ein. Dann kamen Tammon und Sennlloy und Mergon und Luloy und ein halbes Hundert anderer Jelmi; diese Gruppe brachte drei Erdenmenschen mit: Madlyn Mannis, die rothaarige Tänzerin, Dr. Stephanie de Marigny aus dem Institut für seltene Metalle, und Charles K. van der Gleiss, den Ingenieur für Petrochemie. Und knapp eine Stunde später traf auch Dr. Marc C. DuQuesne ein.

»Hallo, Hunkie«, sagte er. »Hier sind wir wohl beide etwas abseits unserer üblichen Pfade.«

»Das kann man wohl sagen«, sagte sie lächelnd. »Und wenn du eine Vorstellung hast, warum ich hier bin, mußt du mir das unbedingt sagen.«

»Ich weiß ja kaum, warum *ich* kommen mußte«, erwiderte DuQuesne und wandte sich den anderen zu, denen er zunickte, als hätte er sie erst vor wenigen Minuten zum letztenmal gesehen. Er war völlig entspannt und gab sich wie ein bekannter Spezialist, der zu einem ungewöhnlich schwierigen Fall hinzugezogen wird. Ehe Verlegenheit aufkommen konnte, traten die drei rayseenischen Frauen in den großen Raum und näherten sich dem langen Konferenztisch.

Ihre Gesichter schimmerten bleich, ihre Augen unnatürlich geweitet. Alle drei hatten aufputschende Mittel genommen. »Dr. Seaton«, sagte Madame Barlo. »Würden Sie diesen Tisch bitte mit einem großen Bogen Papier bedecken.«

Seaton setzte seinen Kontrollhelm auf, und ein Blatt Millimeterpapier erschien auf der Tischfläche.

»Wollen Sie diesen Hokuspokus wirklich dulden, Doktor?« fragte einer der Jelmi.

»Allerdings«, erwiderte Seaton. »Und Sie verlassen

bitte den Raum, bis der Versuch beendet ist. Das gleiche gilt für alle, die nicht recht an den Versuch dieser Frauen glauben.« Der Zweifler und zwei andere Jelmi gingen zur Tür, und Seaton wandte sich mit hochgezogenen Augenbrauen an DuQuesne.

»Ich bleibe«, sagte dieser. »Ich will nicht gerade behaupten, daß ich hundertprozentig überzeugt bin. Aber ich bin insoweit interessiert, daß ich es zumindest mal ausprobieren möchte.«

Die beiden älteren Frauen setzten sich jeweils an ein Ende des Tisches. Kay-Lee stellte sich neben ihre Mutter und nahm einen Schreibstift zur Hand, der gut dreißig Zentimeter lang war.

Fodan, der Führer der norlaminischen Fünf, stand hinter Madame Barlo, ohne sie zu berühren. Drasnik und Sacner Carfon hatten hinter der Grande Dame Barlo und Kay-Lee Plätze eingenommen. Jede der drei Frauen rieb ein bröseliges rostfarbenes Pulver (Seatons geronnenes Blut) zwischen Daumen und Zeigefinger, und Madame Barlo sagte:

»Sie alle schauen konzentriert auf uns sechs und denken mit voller geistiger Kraft an unseren Erfolg. Helfen Sie uns mit allem, was Sie aufbieten können. Kay-Lee, meine Tochter — es ist soweit!«

Kay-Lee beugte sich über den Tisch und begann auf der Tischplatte zu schreiben. Als sie etwa die vierte Zeile in Angriff genommen hatte, stieß ein Mann einen erstaunten Schrei aus, und der Schreibstift stockte. Der Mann, ein jelmischer Mathematiker, hatte seinen Blick von den Frauen abgewendet und zu seiner Verblüffung auf dem Papier mathematische Zeichen gesehen. Mathematische Berechnungen von einer Kompliziertheit, wie sie keine dieser Frauen beherrschen konnte!

»Schauen Sie nicht auf den Tisch!« sagte Seaton schneidend. »Sie verderben alles! Konzentrieren Sie sich! Denken Sie, verdammt! DENKEN SIE!« Die Anwesenden konzentrierten sich, und Kay-Lee schrieb weiter. Sie schrieb glatt und mühelos und mit der Präzision und Geschwindigkeit einer Maschine.

Sie schrieb zuerst einmal quer über den Tisch, dann begann sie weitere Kolumnen — eine riesige Fläche, eng bedeckt mit Gleichungen und anderen mathematischen Kürzeln. Es folgte ein detaillierter Schaltplan. Und auf dem Rest der Fläche erschienen Konstruktionszeichnungen und genaue Spezifikationen für Maschinen, von denen keiner der Anwesenden je zuvor gehört hatte.

Schließlich brachen die drei Frauen erschöpft zusammen. Kein Wunder — sie hatten sich ohne Pause drei Stunden lang konzentriert.

Die anderen eilten ihnen zu Hilfe, und sie erholten sich allmählich wieder.

»Mr. Fodan«, sagte Madlyn Mannis schließlich und näherte sich zusammen mit Stephanie de Marigny dem Führer der Fünf. Ihr sonst so frisches Gesicht war seltsam wächsern. »Ich verstehe ja, daß Hunkie hier richtig am Platze ist — aber was kann ich nützen? Ich bin in meinem Leben nur einen Tag zur Schule gegangen, und da hat es auch noch geregnet, und der Lehrer war krank!«

»Auf eine formale Schulung kommt es nicht an, mein Kind, hier zählt allein, was Sie im innersten Wesen sind. Sie und Ihr Freund Charles sind zwei perfekt zueinander passende geistige Pole. Sie selbst haben gespürt, wie Ihre Kraft gemeinsam gewirkt hat.«

»Ja, da war wirklich etwas.« Madlyn musterte Charles van der Gleiss. »Mein ganzes Gehirn war voller — na ja, irgendwie gekribbelt hat es, wie Champagner.«

»Genau«, sagte van der Gleiss.

Kay-Lee, die sich nun wieder ganz erholt hatte, musterte überrascht die Gleichungen, die sie niedergeschrieben hatte. Dann wandte sie sich an Sacner Carfon. »Ist alles verwendbar?«

»Ich glaube schon«, erwiderte der Mann von der

Wasserwelt nachdenklich. »Soweit ich es verstehen kann, scheint alles in Ordnung zu sein.«

Der Ingenieur von der Erde starrte Kay-Lee an. »Aber haben Sie denn gar nicht gewußt, was Sie da taten?«

»Natürlich nicht«, schaltete sich Madame Barlo an. »Niemand von uns war in der Zeit bei vollem Bewußtsein. Wir sind ja schließlich nicht die Herren der ›Kraft‹, sondern ihre Diener. Wir sind ihre Werkzeuge, die Handelnden, durch die SIE sich äußert.«

Und in einer Ecke sagte Dorothy: »Dick, die Frauen sind ja wirklich Hexen! Mir hat Kay-Lee sehr gefallen, aber sie ist eine echte *Hexe!* Ich habe eine richtige Gänsehaut, wenn ich nur daran denke! Ich glaube nicht an Hexerei!«

»Ich auch nicht. Jedenfalls bisher nicht ... aber wie soll man so etwas nennen?«

Kapitel 27

Die Mathematiker und Physiker begannen sich sofort mit den neuen Daten zu beschäftigen. Drasnik, der Führer der Psychologie, war in heller Aufregung — das erste Mal, daß Seaton einen erregten Norlaminer zu Gesicht bekam.

»Meine Freunde von der Erde, ich danke Ihnen!« rief er. »Ich danke Ihnen für das Privileg, die Damen Barlo kennenzulernen! Sie besitzen ein Talent, das zweifellos eines der gewaltigsten ist, das ...«

»Talent?« fragte Dorothy. »Sie nennen Hexerei ein *Talent?*«

»Hexerei? Unsinn!« sagte der Norlaminer. »Es ist wirklich ein Talent. In Ihrem Teil des Universums sehr selten und unausgeprägt — aber diese Frauen verfügen in ungewöhnlich hohem Maße darüber. Leider haben Sie kein anderes Wort dafür als ›Hexerei‹, ein Begriff, der einen unangenehmen Beigeschmack hat. Es ist die Fähigkeit, gewisse Dinge ... ach, eure Sprache hat einfach keine Worte dafür ...«

»Aber diese Frauen hatten doch keine Ahnung von solchen Dingen ...!« rief Madlyn, die das Gespräch verfolgte.

»Natürlich nicht. Richard und Tammon und Dr. DuQuesne waren die hauptsächlichen Informationsquellen. Doch den dreien zusammen fehlte noch viel am vollen Wissen, und die übrigen verfügten über viel weniger Kenntnisse. Der Vergleich hinkt zwar sehr — aber stellen Sie sich ein großes, kompliziertes Puzzlespiel vor. Seaton und DuQuesne und Tammon vermochten jeweils ein Eckchen auszufüllen — und die Damen Barlo haben es nun mit ihrer ›Kraft‹ geschafft, daß Kay-Lee die fehlenden Teile des Puzzles einfügen konnte.«

»Aber warum ...«, begann Seaton und hielt inne.

»Ich verstehe. Sie haben mir nichts darüber gesagt, weil die Sache bisher nicht wichtig war und nicht gelöst werden konnte.«

»Genau. Fodan besaß vielleicht ein Tausendstel von der ›Kraft‹, die Kay-Lee besitzt, die schwächste der drei. Und bei uns genügte das, um ihn zum Führer der fünf zu machen. Wie ich gehört habe, gibt es noch andere begabte Frauen auf diesem Planeten!« Drasnik begann sich wieder aufzuregen. »Wenn das alles vorbei ist, fliege ich nach Ray-See-Nee und studiere dieses Phänomen!«

Seaton wanderte auf und ab, rauchte seine übelriechende Pfeife und besprach die Situation mit seiner Frau.

»Dunark meint, man solle die Chloraner kurzerhand vernichten, so wie er auch Urvania niederkämpfen wollte«, sagte Dorothy. »Martin und Peggy sind dafür, die ganze Galaxis in einen Zeitstillstand zu hüllen.«

»Was?« fragte Seaton. »Das ist mir neu. Wie stellen sie sich das vor?«

»Keine Ahnung. Ich habe nicht selbst mit ihm gesprochen. Peggy meint, er will erst damit herausrücken, wenn er eine perfekte Lösung bieten kann.«

»Hoffentlich schafft er es.«

»Fodan, der naive alte Knabe, will mit den Chloranern zusammenarbeiten. Er will sie *bekehren!*«

»Sie christianisieren — das kann ich mir lebhaft vorstellen. Das Problem besteht darin, daß jeder etwas anderes möchte — und keine dieser Ideen ist besonders gut.«

»Ja, ich habe schon gemerkt, daß du dich nicht recht für die Vorschläge begeistern kannst.«

»Weil keiner dafür sorgt, daß alle Chloraner ausgeschaltet werden — und wir kommen nicht um eine hundertprozentige Säuberungsaktion herum. Die Chloraner sind ein Krebsgeschwür. Du weißt, wie man mit einem Krebsgeschwür umgehen muß — man muß tief und weit genug schneiden, um jede Zelle herauszuholen. Wenn man eine übrigläßt, breitet sich die Krankheit wieder im ganzen Körper aus, und der Patient stirbt. Sie haben so ziemlich eine ganze Galaxis aufgezehrt, indem sie alles fremde Leben vernichteten und die Planeten ihrer Lebensform angepaßt haben — oder sie lassen die Arbeit durch versklavte Rassen erledigen. Die Seuche breitet sich schnell aus. Und wenn diese Galaxis eines Tages zu eng für sie ist, werden sie nicht übereinander herfallen, sondern werden andere Galaxien suchen, und dann geht es weiter. Dieser Krebs muß also wegoperiert werden, ehe er sich weiter ausdehnen kann.«

Dorothys Gesicht wurde bleich. »Du meinst doch nicht etwa, daß die ganze Galaxis vernichtet werden muß? Wie wäre das möglich!«

Er schilderte ihr die Methode. Die Waffe, die die drei Barlo-Frauen aus dem Nichts herbeigezaubert hatten, eröffnete allerlei Möglichkeiten, die auf den ersten Blick nicht zu erkennen waren. Blackie DuQuesne hatte einen Aspekt dieser Möglichkeiten erkannt, und Seaton und Blackie hatten sich mit der technischen Ausarbeitung beschäftigt. Das Unternehmen sollte ›Projekt Rho‹ heißen.

»Projekt ... Rho«, sagte Dorothy atemlos. »Wie entsetzlich! Und doch ... ich hätte mir nie träumen lassen ... Hast du schon mit Martin darüber gesprochen?«

»Nein. Du solltest zuerst davon erfahren. So etwas kann ich nicht tun, ohne zu wissen, daß du hinter mir stehst.«

»Das weißt du doch«, erwiderte sie mit bleichem Gesicht. »Aber den Norlaminern dürfen wir mit so etwas nicht kommen.«

»Da hast du recht. Sie würden sich damit nie einverstanden erklären. Aber Moment! Wenn sie merken, daß sie die chloranische Woge mit gutem Willen und sanften Worten nicht aufhalten können, helfen sie uns vielleicht doch, die Planeten der humanoiden Rassen zu retten. Unsere Hexen brauchen Hilfe. Aber im Grunde bleibt der große Schlag gegen die Chloraner an DuQuesne und seinen Fenachronern, an den Hexen und Martin und mir hängen. Auch mit Martin muß ich noch darüber sprechen; er wird auch zunächst dagegen sein; und du mußt dich um Peggie bemühen.«

»Ich bin sicher, wir können sie überzeugen. Aber, Dick, ist denn so etwas überhaupt physikalisch möglich? Das ist so ... so gewaltig!«

»Eindeutig. Weißt du, wir arbeiten in einem Gunther-Universum, so daß wir auf Masse im eigentlichen Sinn keine Rücksicht nehmen müssen und Energie kein Problem ist. Wir müssen nur ein Gerät bauen, das die Eigenschaften des Alls rings um die und an der Stelle verändert, an der sich der Gegenstand befindet, der bewegt werden soll — und zwar auf eine Weise, daß die dreidimensionalen Attribute unverträglich werden mit denen seiner raumzeitlichen Umgebung, weil ein ...«

Sie unterbrach ihn mit erhobener Hand. »Bitte erspar mir die Mathematik! Mir macht vor allen Dingen der Umfang des Projekts angst!«

»Du kannst mir glauben, daß wir die Methode schon genau ausgetüftelt haben. DuQuesne müßte längst startbereit sein.«

Auf dem Weg zu seinem Ziel — einem kahlen Planeten in einer Sterngruppe auf der anderen Seite der Galaxis, gegenüber der *Skylark von Valeron* —, begann DuQuesne seine Diskussion mit Sleemet.

»Bisher haben Sie gut gearbeitet«, sagte er. »Sie haben meine Befehle befolgt. Aber sonst nichts. Jetzt möchte ich etwas mehr von Ihnen. Etwas, das ich nicht vermag, das Sie aber vollbringen können, wenn Sie wollen. Wie Sie wissen, habe ich dafür gesorgt, daß im Falle meines Todes der ganze Planetoid atomar gesprengt wird. Dadurch wollte ich verhindern, daß Sie mich umbringen und mit der *DQ* verschwinden. Dasselbe geschieht auch, wenn die Chloraner mich bei dem bevorstehenden Kampf töten. Diese Tatsache dürfte Anreiz genug für Sie sein, sich ehrlich zu bemühen, mir bei meinem Kampf zu helfen, damit die Gegner mich nicht umbringen. Sie und die Chloraner wissen über einen Aspekt der Sache noch weitaus mehr als ich. Damit Sie sich nun wirklich um das Projekt Rho kümmern, biete ich Ihnen als zusätzlichen Anreiz eine Schulung in allen meinen Kenntnissen, die Sie begreifen können. Und ich helfe Ihnen, jedes gewünschte Raumschiff zu bauen, ehe Sie verschwinden — notfalls sogar so groß wie diese Festung. Was sagen Sie dazu?«

In Sleemets seltsam hypnotischen Augen blitzte es auf. »Wenn Sie sich in diesem Punkt einem direkten Geisteskontakt mit mir unterziehen, kann ich Ihnen versichern, daß Sie fenachronische Hilfe bekommen werden, wie sie meine Rasse bisher noch keiner nichtfenachronischen Lebensform gewährt hat.« Wortlos reichte ihm DuQuesne eine Kopfhaube.

Auch für einen geschickten Lügner wie Marc C. DuQuesne war es keine einfache Aufgabe, den vierdimensionalen Transmitter noch unverständlicher darzustellen, als er wirklich schon war — doch er schaffte es und vermittelte Sleemet Kenntnisse über alle anderen Bereiche, für die sich der Fenachroner interessierte.

Die *DQ* ging in eine stationäre Kreisbahn über einem Punkt des kahlen Planeten, den sie angeflogen hatte. Unter dem Schiff erstreckte sich eine Ebene von gut fünfundzwanzigtausend Quadratkilometern, die zum Arbeitsgebiet bestimmt wurde. Gewaltige Geräte entstanden, mit deren Hilfe DuQuesne und mehrere hundert führende fenachronische Techniker gewaltige Energiestrahlen durch die Galaxis zur *Skylark von Valeron* schickten — und zu vielen hunderttausend anderen präzise bestimmten Punkten.

Doch Sleemet war an dieser Arbeit nicht beteiligt.

Der Fenachroner, der nun fast sämtliche Kenntnisse DuQuesnes besaß, arbeitete in seinem Privatlabor mit der vollen Kraft seines gewaltigen Geistes und ging die verschiedenen Aspekte des bevorstehenden Kampfes durch.

Stundenlang arbeitete auch Crane an den Hauptkontrollen des Großgehirns, assistiert von Madame Barlo und Drasnik, die ebenfalls an die Maschine angeschlossen waren. Sie kartographierten und formten drei Galaxien in einem so großen Maßstab, daß der riesige ›Tank‹ der *Skylark von Valeron* viele millionenmal zu klein war. Sie benutzten ein diskusförmiges Gebiet im Weltall, das etwa zehn Lichtjahre durchmaß und drei Lichtjahre ›dick‹ war.

Die Galaxis DW-427-LU war bereits an Ort und Stelle; jeder einzelne Himmelskörper war gekennzeichnet. ›Über‹ Galaxis DW-427-LU und ›darunter‹ (man könnte ebensogut sagen: ›zu beiden Seiten‹) und so dicht wie möglich herangerückt, wurden zwei andere Galaxien dargestellt — Galaxien, die in Form und Größe DW-427-LU so ähnlich waren, wie es nur irgend ging. Die drei Gebilde standen so eng beisammen, daß sie sich an einigen Stellen sogar gegenseitig durchdrangen.

Im Raum-Zeit-Kontinuum des streng Materiellen entspricht eine kartographische Darstellung nicht der Wirklichkeit. Im Bereich des ›Talents‹ jedoch, das von einigen Gelehrten auch Psionik und von Spöttern Zauberei oder gar Hexerei genannt wird, ist eine solche Karte durchaus identisch mit der Realität.

Madame Barlo und Drasnik, die beiden zusammengehörigen Geistespole, Crane, der hervorragende Koordinator, sein Partner Margaret und das riesige Großgehirn — sie alle arbeiteten zusammen, um das ›Kartenmodell‹ mit psionischer Energie zu füllen, welche Sonnenmodelle mit Sonnenmodellen und Planetenpunkte mit Planetenpunkten verband. Und in dem Augenblick, da diese Verbindungen im Modell entstanden, gab es sie auch in den tatsächlichen Galaxien draußen im All.

Diese Verbindungen waren unsichtbar und unaufspürbar — sie entzogen sich der Ortung durch jedes technische Instrumentarium. Sie waren aber trotzdem so real wie die fast unendliche Kraft, der sie entsprangen.

Die anderen Psioniker waren ebenfalls am Werk. Fodan, Grande Dame Barlo, Sacner Carfon und Kay-Lee, Charles van der Gleiss und Madlyn Mannis, Mergon und Luloy, Tammon und Sennlloy — sie alle verstrahlten ihre psionische Energie. Und all die Impulse psionischer Kräfte, die sie hervorbrachten, vervielfältigen sich in geometrischer Steigerung, und in gleichem Maße nahmen auch die intergalaktischen Verbindungen zu.

Seaton wußte nicht mehr, wo ihm der Kopf stand. Er steuerte das Großgehirn, unterstützt von Dorothy und Stephanie de Marigny. Dorothy bildete seinen Energiepol, während Stephanie den Kontakt zu DuQuesne hielt. Auch Seaton versorgte ein gewaltiges Arbeitsgebiet mit gedankenschnellen Impulsen, ohne sich ein einziges Mal zu irren. Die *Skylark von Valeron* war bisher das größte Gebilde, das er je gebaut hatte — doch er kam auch mit Bauteilen weitaus größerer Abmessungen zurecht, wie sie jetzt erforderlich waren, und alles paßte ausgezeichnet zusammen, auch mit den Installationen, die DuQuesne schuf.

Nach der stundenlangen anstrengenden Arbeit begann die Hölle loszubrechen — an hunderttausend Stellen in der Sekunde auf einmal. Höllen, die unendlich viel heißer waren als alles, was sich ein Mensch jemals erträumen konnte. Eine Hölle aus Super-Novae.

In der einen Galaxis verschwand eine große Sonne.

Sie tauchte im selben Augenblick in der Galaxis DW-427-LU dicht neben der Sonne eines von den Chloranern beherrschten Systems wieder auf.

In der gleichen totalen Nicht-Zeit verschwand der erdähnliche Planet aus dem chloranischen System und erschien in einer ähnlichen Kreisbahn um eine Zwergsonne des G-Typs in Galaxis B, der dritten Galaxis im gewaltigen Arbeitsmodell der Psioniker.

Die beiden riesigen Sonnen im chloranischen System in Galaxis DW-427-LU, deren Photosphären sich berührten und die nicht nur eine entgegenlaufende Bewegung hatten, sondern sich auch noch gegenseitig anzogen, prallten zentral zusammen und zerplatzten zu einem unvorstellbaren Inferno.

Jede dieser beiden Sonnen war bereits ein Atomofen, der in einem genau ausgewogenen Gleichgewicht verharrte — etwa fünf Millionen Tonnen Materie wurden pro Sekunde in Energie umgewandelt und abgestrahlt. Hier war also kein Platz für die zusätzliche Energie von weiteren Milliarden Tonnen Materie. Diese Energie ließ sich nicht absorbieren und auch nicht abstrahlen. Also trat die gewaltige Masse superheißer und superdichter Materie in eine lange Serie ultra-atomarer Explosionen ein, die die Bildung einer Supernova einleiteten — die phantastischste, stärkste Energieerscheinung, die im Universum denkbar ist.

Feuerzungen, gigantische Protuberanzen der explodierenden Materie wurden unzählige Millionen Kilometer weit in den Raum geschleudert. Eine Schockwelle nach der anderen raste in alle Richtungen davon. Sie löste augenblicklich die erkalteten Schlacken auf oder gab ihnen die ursprüngliche atomare oder subatomare Daseinsform zurück. Größere Planeten hielten sich etwas länger. Ozeane und Bergketten kochten kurz auf, verdampften, ehe sich jede der Welten langsam auflöste, etwa wie ein Wassertropfen, der auf einer heißen Platte einige Augenblicke lang auf einem Kissen seines eigenen Dampfes zu verharren vermag.

Und die Sphäre der Vernichtung dehnte sich mit unverminderter Gewalt aus, erreichte und passierte die

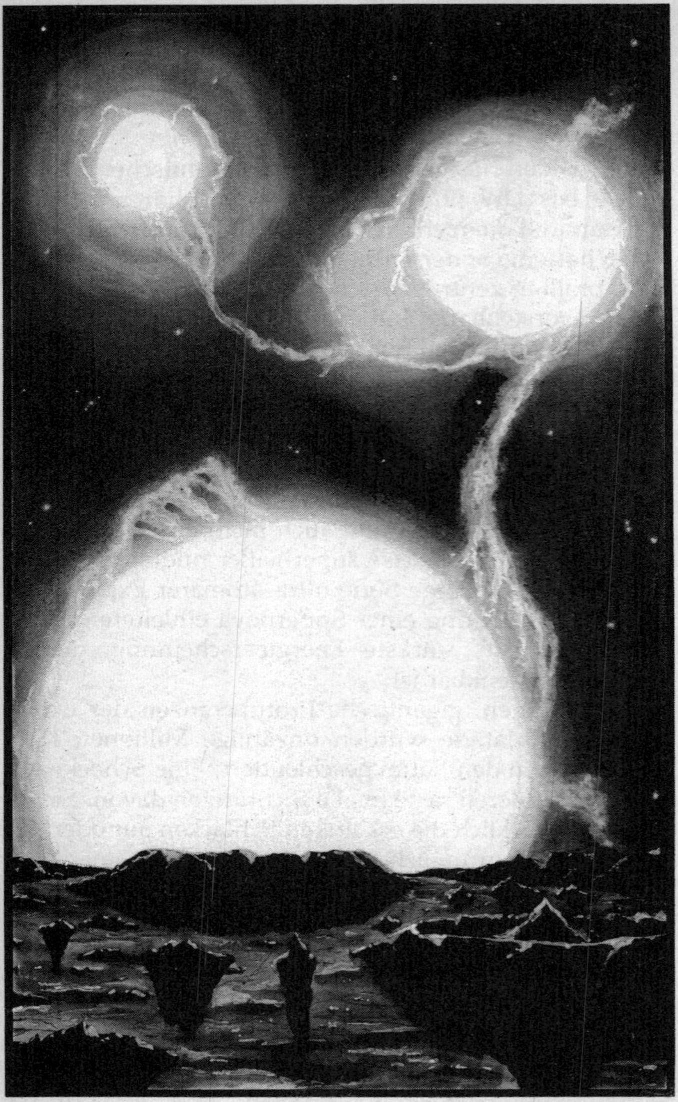

äußeren Grenzen des chloranischen Sonnensystems und bewegte sich weiter ...

Immer weiter ...

Bis ein Ereignis eintrat, das nicht einmal Seaton und auch nicht Madame Barlo vorausgeahnt hatten, ein Ereignis, das fast alle Anstrengungen — und auch ihr Leben — zunichte machte. Denn die Chloraner waren nicht ohne Waffen, obwohl die Vernichtung ihrer Galaxis bereits begonnen hatte ...

Kapitel 28

Wie schon berichtet, waren die Chloraner aus der Galaxis DW-427-LU als Rasse mit dem ›Talent‹ vertrauter als die humanoiden oder fast-humanoiden Rassen der Ersten Galaxis, jedenfalls soweit es die hypnotischen Eigenschaften ihres Geistes betraf. Die chloranischen Wissenschaftler wußten also mehr oder weniger von der Nicht-Raum-Nicht-Zeit-Theorie, und einige der führenden Mathematiker hatten schon ein wenig damit herumgespielt. Da sie bisher keine rechte Einsatzmöglichkeit als Waffe dafür gesehen hatten, war die Entwicklung nicht zu Ende geführt worden.

Folglich gab es keine Orter für diese Art Angriff. So wurden viele Millionen chloranische Planeten vernichtet, ohne daß ein einziges intelligentes Wesen etwas von dem Angriff merkte.

Das hatte Richard Seaton auch beabsichtigt. Das Ganze war kein Spiel und kein faires Turnier. Hier ging es um Leben und Tod, es war ein Kampf, bei dem die Kräfte der menschlichen Zivilisation, deren Gegner viele milliardenmal stärker war, jeden Vorteil nutzen mußten.

Doch auch die Chloraner besaßen ein Institut für Grenzwissenschaften, in dem sich ein älterer Wissenschaftler mit der Nicht-Raum-Nicht-Zeit-Theorie beschäftigt hatte. Ihm entgingen zwar die schwachen Orientierungsstrahlen der menschlichen Hexen, aber als die schweren Guntherstrahlen in Aktion traten, machte er sich sofort an die Arbeit.

Er rief seinen Assistenten und seinen besten Studenten zu sich. Die drei synchronisierten ihr Denken und gingen den Strahlen nach, bis sie die *Skylark von Valeron* und die *DQ* fanden. »Erstens«, sagte der Professor zu seinen schwächeren Begleitern, »stimmen wir unsere

Dreiervereinigung auf die ihre ein und zerbrechen sie mit Impulsen psionischer Kraft. Dann wendet sich jeder von uns einem der getrennten Kontakte zu und tötet den Gegner.«

Und die Chloraner versuchten ihr Bestes — und hinter ihrem Besten stand ein unglaublicher Einsatz.

Wenn ihr Plan dennoch nicht ganz gelang, so lag es nicht an den Chloranern. Ihr Geist war durchaus fähig, drei Gegner aus der Ferne umzubringen. Der erste mächtige Geistesimpuls, mit dem sie in den Verbund der Gehirne vorstießen, sprengte diesen Kreis. Die Verkoppelung der ›Energiepole‹ wurde gewaltsam getrennt. Die Individuen standen im Kampf gegen die chloranischen Angreifer allein ... und jeder der drei Chloraner suchte sich einen der drei mächtigsten gegnerischen Intellekte aus und versuchte ihn zu töten.

Im gleichen Augenblick vermochten sich Seaton, Crane und DuQuesne nicht mehr zu rühren. Die Gehirne, die ihnen mit vernichtenden Kräften begegneten, waren nicht nur von gewaltiger Energie, hinter ihnen stand auch die millionenjährige Entwicklung der chloranischen Wissenschaft, der auch noch das Element der Überraschung zu Hilfe kam.

Die drei Erdenmenschen waren absolut hilflos, ehe sie überhaupt merkten, was mit ihnen passierte.

Aber sie starben nicht. Was sie rettete, war DuQuesnes Handel mit den Fenachronern. Sleemet und seine Fenachroner hatten DuQuesne abgeschirmt — nicht im Interesse DuQuesnes, sondern um sich selbst zu schützen. Und dieses Eingreifen hatte Erfolg. DuQuesnes Erstarrung ließ nach, und er hatte sich wieder voll im Griff. Sein Intellekt verstärkte Sleemets Gegenangriff. Die beiden besaßen genügend psionische Kraft, um Seaton und Crane zu helfen ... aber nicht endgültig. Der Schlag war zu kräftig und zu plötzlich gekommen.

Seaton und Crane sanken haltlos zu Boden, und ihre Kontrollen blieben leer und ungenutzt.

In diesem Augenblick war der einzige menschliche Pol der Stärke — Dr. Marc C. DuQuesne!

Für Dorothy Seaton war dieser Augenblick der fürchterlichste ihres Lebens. In diesen Sekunden verwirklichten sich alle Ängste, die sie je gehabt hatte. Seaton war ausgeschaltet, lag vielleicht im Sterben! DuQuesne hatte die mächtigen Kräfte der *Skylark* im Griff. Dorothy schrie laut auf und wollte sich auf ihn stürzen.

Aber sie wurde sofort von DuQuesnes Stimme gestoppt. »Dorothy! Margaret! Aufhören! Haltet die Verbindung!«

Dorothy zögerte unentschlossen, hin und her gerissen zwischen ihrer Liebe zu Seaton und ihren Pflichten im Kampf gegen die Chloraner, während das Netz der menschlichen Geistesenergien zu schwanken begann und an Kraft verlor.

»Sofort!« brüllte DuQuesne, und sein Gedanke kam wie ein Peitschenhieb. »Bewegt euch! Zum Teufel mit den Toten!«

Dorothy begann zu wimmern.

»*Sie* leben noch!« schrie er sie an. »Allerdings nicht mehr lange, wenn Sie jetzt nachlassen.« Hastig suchte er das wankende Netz ab. »An die Barlo-Frauen und ihre Energiepole! Lassen Sie alles andere stehen und liegen und suchen Sie mir die Ursache der Störung — *schnell!* Sie alle — ich muß dagegen angehen! Hunkie! Ja — richtig so, Mädchen! Bleib so!«

»Aber DuQuesne«, protestierte Dorothy. »Ich muß doch ...«

»Zum Teufel!« preßte DuQuesne heraus, und der Ton seiner Worte offenbarte die gewaltige Last, die er trug. »Sennlloy! Sie werden unbedingt dort gebraucht — aber haben Sie nicht einige Mädchen, die sich auf mich einstimmen können?«

»Ja, Dr. DuQuesne.« Weder sie noch sonst ein Jelmi an Bord begriff, warum sich Sucher Sevance von Xylmny plötzlich als Dr. Marc C. DuQuesne von der Erde ausgab; sie alle wußten jedoch, daß diese Verkleidung mit seiner Suche zusammenhing, und gingen darüber hinweg. »Wir haben viele gute Mentalisten in unserer Gruppe.«

»Gut! Zwei müssen sofort die beiden schwachen Mädchen hier ersetzen — aber schnell!«

»Hier sind wir schon!« meldeten sich zwei Gedanken. Und zwei starke jelmische Gehirne schalteten sich ein und übernahmen die Last, die die beiden Frauen von der Erde nicht mehr hatten tragen können.

Es war keine Frage der geistigen Stärke. Aber beide lehnten DuQuesne so heftig ab, daß es ihnen psychologisch unmöglich war, mit ihm zusammenzuarbeiten. Natürlich hielt er diese Tatsache allein schon für eine entscheidende Schwäche. Gefühle waren seiner Auffassung nach so schlimm wie Sentimentalität, und beide Frauen langweilten ihn zutiefst.

»Ah, das ist besser.« DuQuesnes Gedanke war ein erleichtertes Aufseufzen. »Das gibt uns wieder Hoffnung.«

Und damit sollte er recht behalten. DuQuesne und seine neuen Assistentinnen kümmerten sich nicht um die Woge der Vernichtung, die durch die Galaxis DW-427-LU spülte, sondern konzentrierten sich mit energischer fenachronischer Hilfe darauf, die chloranischen Angriffe im Zaum zu halten, bis die drei Hexen und die drei Zauberer den Planeten fanden, auf dem sich das chloranische Institut für Grenzwissenschaften befand. Mit zusammengebissenen Zähnen machte er dann die übermenschliche Anstrengung, den Drei-Mann-Strahl allein vorzutragen und die drei verzweifelten chloranischen Angreifer festzuhalten.

Es war ein Wunder an Koordination und zeitgerechtem Einsatz — und er brach praktisch zusammen, als der Angriff vorüber war und er keinen Widerstand mehr zu leisten brauchte. Das chloranische Institut hörte auf zu existieren. DuQuesne erholte sich so schnell wieder, daß nur die beiden jelmischen Mädchen seinen Augenblick der Schwäche bemerkten.

»Dorothy! Margaret! Macht schnell!« befahl er. Ärzte hatten sich in den letzten Minuten um Seaton und Crane gekümmert. Beide kamen allmählich wieder zu sich. Offenbar hatten sie keine dauernden Schäden davongetragen.

»Kommt, bringt sie nach Hause, bejammert sie dort! Wir anderen müssen arbeiten! Sollen wir etwa mit dem Aufräumen aufhören, bis die Chloraner eine andere Dreiergruppe organisieren, die uns angreift?« Seaton und Crane wurden auf Bahren hinausgetragen; Dorothy und Margaret gingen mit. Der chloranische Angriff war schnell und gefährlich gewesen — doch er hatte nicht ganz zum Ziel geführt.

Und das ›Aufräumen‹ ging weiter.

In dem viele Lichtjahre durchmessenden Arbeitsmodell der drei Galaxien verlöschten Lichter und tauchten als Sterne wieder auf, Planeten wurden an vierdimensionalen Kurven entlanggeschleudert und in neue Kreisbahnen und Positionen gebracht. Schon war Galaxis A — die ›Rohstoffbasis‹, die neue Sonnen lieferte — sichtlich dunkler geworden. Unzählige Millionen Sonnen waren bereits herausgebrochen und durch die vierte Dimension gegen chloranische Sonnen in der Zielgalaxis DW-427-LU geschleudert worden. Und wenn sie wieder auftauchten und direkt auf die chloranischen Sonnen trafen und sich in jenem titanischen Energieausbruch verzehrten, der eine neue Supernova ankündigte, zeigte sich im Modell der Galaxis DW-427-LU ein neuer winziger, aber greller Lichtfleck ... eine unendliche Folge dieser Flecken.

Alles in allem waren über fünfzig Milliarden Sonnen zu bewegen. Da die ersten Ziele die stärksten und gefährlichsten chloranischen Systeme gewesen waren, kam ein Widerstand bald nicht mehr in Frage; die Arbeit wurde monoton.

Für die Chloraner stellte sich der tödliche Angriff natürlich völlig anders dar. Sie starben zu unzähligen Trillionen. Die grüngelbe Atmosphäre, die sie atmeten, entwich kochend. Ihre zarten, durchscheinenden, vielfältig geformten Gallertkörper verbrannten in Sekundenschnelle; Sekunden, ehe die Planetenoberfläche zu kochen und zu brodeln begann. Viele merkten nichts, die meisten starben kämpfend. Einige starben in dem verzweifelten Versuch zu fliehen …

Doch alle starben.

Und für jede Sonne, die DuQuesnes rücksichtsloses Netz ergriff und in die chloranische Galaxis schleuderte, wurde ein sauerstofftragender Planet mit humanoider Bevölkerung vor der sich ausbreitenden Explosion ergriffen und durch die vierte Dimension in die sichere Galaxis B gerettet, um dort in die Kreisbahn um eine vorher ausgesuchte geeignete neue Sonne zu gleiten. In der Galaxis DW-4z7-LU kam keine einzige von humanoiden Geschöpfen bewohnte Welt zu Schaden.

Und die Aktion ging weiter … und war endlich beendet.

Marc C. DuQuesne stand auf, reckte sich und gähnte. »Wir haben es geschafft. Wir können Schluß machen.« Abrupt brach das gewaltige psionische Netz zusammen. Zum erstenmal seit vielen Stunden war er allein. Sein Gesicht war ausgemergelt, die Augen lagen tief in den Höhlen und wirkten dunkler als je zuvor. Abgesehen von diesen Äußerlichkeiten hatte die große Vernichtungsaktion keine Spuren an ihm hinterlassen. Er war Marc C. DuQuesne. Der Mann, der eine Galaxis vernichtet hatte, sah nach dieser Tat nicht einen Deut anders aus als zuvor.

Er beschäftigte sich einen Augenblick lang mit dem ›Arbeitsmodell‹. Die Galaxis A, aus der Milliarden von Sonnen herausgebrochen worden waren, bot einen ungewöhnlichen, fast erschreckenden Anblick. Mit dem Verlust der Sonnen war sie zu einer einzigartigen Formation geworden. Fast jede Sonne hatte Planeten besessen; die Planeten waren zurückgeblieben, als die Sonnen verschwanden. Kahl, unbewohnt — so irrten sie jetzt ziellos durchs All, ihnen fehlten nicht nur das Licht und die Wärme ihrer Sonnen, sondern auch die Schwerkraftfesseln, die sie bisher auf ihrer Bahn gehalten hatten.

Galaxis B dagegen wirkte ganz normal. Die Planeten, die sie aus den vernichteten chloranischen Systemen und den ausgebeuteten Sonnensystemen der Galaxis A hinzugewonnen hatte, waren nicht einmal sichtbar. Galaktisch gesehen war diese Sternenformation im Wesen unverändert geblieben; die zusätzliche Masse von einigen Millionen Planeten fiel nicht ins Gewicht, und jeder der neuen Planeten befand sich bereits in einer Kreisbahn um eine passende Sonne. Natürlich würde es zu Umstellungen kommen; man mußte jedes betroffene Sonnensystem in nächster Zeit im Auge behalten. Aber dieses Problem betraf Marc C. DuQuesne nicht mehr.

Schließlich die chloranische Galaxis — im ›Arbeitsmodell‹ entwickelte sie sich rasch zu einer einzigen, viele Lichtjahre durchmessenden Konzentration lodernder Flammen. In Wirklichkeit war sie weitaus riesiger und tödlicher. Eines Tages würde man dieser Erscheinung einen Namen geben — Quasi-stellar? Oder etwas Größeres?

Aber auch das ging Marc C. DuQuesne nichts mehr an. Er schlug sich den Gedanken daran aus dem Kopf, die Erinnerung an die unzähligen Lebewesen, die er getötet hatte, die Milliarden Welten, die er aus ihren Bahnen gerissen hatte. Er unterdrückte den Gedanken an Richard Ballinger Seaton, der jetzt irgendwo an Bord der *Skylark von Valeron* langsam wieder zu sich kam und sich besorgte Gedanken machte, die später von Erleichterung abgelöst werden würden, weil er inzwischen die Dreckarbeit erledigt hatte. Er hatte dringendere Dinge zu erledigen — persönliche Dinge. Und für DuQuesne standen diese Erwägungen an erster Stelle.

Achselzuckend schickte er einen Bündelgedanken aus: »Hunkie — ehe du nach Washington zurückfliegst, kannst du mal an Bord der *DQ* herüberkommen? Ich möchte unter vier Augen mit dir sprechen.«

»Aber klar, Blackie. Ich packe nur noch meine Sachen zusammen. Kannst du mir ungefähr sagen, worum es geht?«

»Na ja, mich macht verrückt, was die verdammten norlaminischen Beobachter mit dir anstellen — sie setzen dich auf eine Informationsration, die geradezu lächerlich ist. Ich könnte dir alles, was Seaton, ich, Crane und die Hälfte der Norlaminer wissen, in fünf Stunden eintrichtern.«

»Was!« Der Gedanke war ein geistiger Aufschrei. Sie fuhr sich mit der Zunge über die Lippen, schluckte zweimal und sagte: »Ich komme, so schnell es geht.«

Er lachte. »Ich wußte gleich, wie du *darauf* reagieren würdest! Ich freue mich. Aber laß dir ruhig Zeit. Ich muß zuerst Sleemet beim Bau seines Planetoiden helfen und ihn vorsichtig verabschieden. Drei oder vier Tage dürfte es alles in allem dauern.«

»Gut, Blackie. Vielen Dank! Ich bin schon sehr gespannt.«

Kapitel 29

Die Fenachroner waren abgeflogen, und DuQuesne hatte sie mit seinen Instrumenten verfolgt, wobei er keine Vorsichtsmaßnahme außer acht gelassen hatte. Aber die Fenachroner hielten sich an die Abmachung. Dann hatte er Stephanie de Marigny und ihr Gepäck an Bord genommen und ihr gesagt, er flöge so dicht an der Erde vorbei, daß es kein Problem wäre, sie unterwegs abzusetzen.

Verächtlich hatte er sich den Versuchen Seatons und Cranes widersetzt, ihm zu danken, und hatte sein Schiff mit Maximalbeschleunigung auf Kurs 175U gebracht. Dieser Kurs, der dicht an der Ersten Galaxis vorbeiführte, war der direkteste Weg zu einer fernen Galaxis — jener Galaxis, die am extremen Südrand des Ersten Universums lag, die Galaxis, in der die *DQ* gebaut worden war, die Galaxis, die DuQuesne eingehend erkundet hatte und die er zu beherrschen gedachte.

DuQuesne und Stephanie befanden sich im Kontrollraum der *DQ*. Dieser war der Zentrale der *Skylark von Valeron* nachgebildet worden. DuQuesne setzte die junge Frau in den Stuhl des Copiloten.

»Oh!« sagte sie. »Du willst mir doch nicht etwa das ganze Riesengehirn eintrichtern!«

»Das ist die beste Methode. Ich habe das ungeheure Wissen in zehn halbstündige Lektionen eingeteilt. Die zehn Bänder in dem Gerät dort sind kodierte Anweisungen für das Gehirn — danach wird es deinen Lehrstoff bemessen. Es gibt Gehirne, die den ganzen Stoff in Sekunden verkraften könnten, aber so sind du und ich nun mal nicht gebaut — noch nicht. Aber in fünf Stunden ist es zu schaffen — jede Einzelheit. Du wirst schockiert sein und Angst haben, aber es tut nicht weh und schadet auch deinem Gehirn nichts. Du gehörst zu den wenigen Menschen, denen ich eine solche Leistung zutraue. Ich schalte das Programm jetzt ein. In fünf Stunden komme ich wieder. Fertig?«

»Und ob! Los!«

Er setzte das Bandgerät in Betrieb, und nachdem er sich einige Minuten lang überzeugt hatte, daß alles funktionierte, verließ er den Raum.

Als er zurückkehrte, schaltete sich die Maschine gerade ab. Er richtete das Mädchen auf.

»Himmel!« stöhnte sie. Ihre dunkle Haut war gelblich-fahl. »Ich kann doch nicht ... ich begreife das alles nicht! Ich weiß, daß ich es weiß, aber ich ...« Sie stockte.

Er schüttelte mitfühlend den Kopf — eine ungewöhnliche Geste bei Marc C. DuQuesne. »Ich weiß. Aber ich konnte dir nicht sagen, wie es sein würde — dieses Erlebnis kann man nicht beschreiben. Aber das ist das Minimum, von dem du ausgehen mußt, und es dauert bestimmt nicht lange, bis du alles verarbeitet hast. Können wir uns ein bißchen darüber unterhalten?«

»Ich brenne sogar darauf! Aber zunächst möchte ich dir sagen, daß ich überzeugt bin, du wirst deine Pläne verwirklichen.«

»Du weißt natürlich, daß die Erde mit ihren Bewohnern nur ein winziges Staubkorn im All ist — geschweige denn im Universum! Aber jetzt begreifst du vielleicht auch, wie winzig unsere Heimat in Wirklichkeit ist.«

Sie erschauderte. »Ja. Es ist ... schrecklich.«

»Nicht, wenn man es in der richtigen Perspektive sieht. Ich wollte die Erde beherrschen. Aber als ich dazulernte, gab ich diese Idee schnell auf. Seit langem schon habe ich das Interesse an der Erde verloren. Die Medizin dieses Planeten widmet sich mit voller Energie dem Niedergang der menschlichen Rasse, indem sie die Erhaltung des Lebens der Schwachen betreibt; und in den Kriegen der Erde werden stets die besten Männer getötet — die Männer, die theoretisch die besten Nachkommen hätten. Die Erde ist eine Errettung nicht wert, selbst wenn man sie retten könnte, was ich bezweifle. Das gleiche gilt für Norlamin. Die Norlaminer beschränken sich aufs Denken — zu entschlossenem Handeln sind sie nicht fähig. Sie sind dermaßen pazifistisch — schau dir doch an, wie sie sich bei der chloranischen Aktion verhalten haben! —, daß sie psychologisch nicht einmal in der Lage sind, eine Waffe zu bedienen. Nein, Sleemet hat recht. Und auch Ravindau, du hast seine Maxime gehört?«

»Ja. Es ging ihm um die Erhaltung der Rasse — auf seine Art und nach seinen Bedingungen.«

»Und genau das habe ich auch im Sinn. Ich werde mir ein paar hundert Leute aussuchen. Wir brauchen nicht viele, da es an unserem Ziel bereits Milliarden von Menschen gibt. Dann gründen wir eine Zivilisation, die so aussehen wird, wie eine Zivilisation aussehen sollte.«

»So wie *du* glaubst, daß sie aussehen sollte.«

»Meinetwegen. Ich hasse Schwäche. Deshalb verlasse ich die Erde. Sie ist zu überzivilisiert, zu verweichlicht. Ich gehe ...«

»... in eine ›ferne Galaxis‹, wie Ravindau es ausdrückte?« Das Mädchen seufzte, und ihre Augen nahmen einen verträumten Ausdruck an.

»In eine sehr ferne Galaxis. Am Rand dieses Universums, die letzte Galaxis vor dem Abgrund, fünf Grad östlich vom Universalen Süden.«

»Dann wirst du ja doch noch Herrscher Marc I. werden und deine Dynastie gründen. Aber du wirst nicht lange genug leben, um in der Richtung noch viel zu erreichen.«

»Da irrst du dich, Hunkie. Es sind dort bereits genug Leute — und es ist irrwitzig, daß ein gesunder Körper verkommt und mit hundert Jahren stirbt. Wir werden zehn- bis fünfzehnmal so lange leben — bei meinen Kenntnissen kann ich die erforderlichen medizinischen Fortschritte leicht einleiten. Vor allem muß der Genbestand gesund erhalten bleiben. Weißt du, ein Großcomputer müßte die Auswahl treffen und die optimalen Paare zusammenführen.«

»Hm. Ich weiß nicht. Das klingt so nach Karnickelzucht.«

»Unsinn! Ich stelle mir große Familien vor ...«

»Familien?« unterbrach sie ihn. »Also hast du dich doch zu der Erkenntnis durchgerungen, daß die Familie das *sine qua non* der Zivilisation darstellt?«

»Das habe ich immer gewußt.« Sie wollte etwas sagen, doch er hob abwehrend die Hand. »Ich weiß. Ich bin nie der Typ eines Familienvaters gewesen. Auf der Erde und in unserer heutigen Zivilisation hätte ich das auch nie werden können. Aber lassen wir das im Augenblick — jetzt bist du dran.«

»Mir gefällt der Gedanke.« Sie überlegte einen Augenblick lang. »Für eine Autokratie bist du gewiß der richtige Mann. Was mir aber ganz und gar nicht gefällt, ist die Tatsache, daß keine Macht der Welt eine befohlene Ehe erträglich machen kann.«

»Wer hat hier von befohlenen Ehen gesprochen? Wenn jeder gute Gene trägt, und dafür wird die Medizin sorgen, kann doch auch jeder jeden heiraten.«

»Ich verstehe. Das ist für mich der entscheidende Punkt! Also lassen wir den Computer beiseite. Entgegen allem äußeren Anschein glaubst du also doch an die Liebe. Und das alles läuft doch darauf hinaus, daß du von mir erwartest ...«

»›Erwarten‹ ist ein zu starkes Wort. Sagen wir lieber, ›ich möchte die Möglichkeit erkunden ...‹«

»Also gut, du erkundest die Möglichkeit, ob ich deine Herrscherin werde. Unter Berücksichtigung aller bekannten Tatsachen wäre daraus die Schlußfolgerung zu ziehen, daß du mich liebst. Richtig?«

»Das Wort ›Liebe‹ hat so viele und schrecklich kompliziertes Bedeutungen, daß es im Grunde bedeutungslos ist. Also kann ich dir nicht sagen, ob ich dich nach *deiner* Auffassung des Begriffs liebe. Wenn du meinst, ob ich mir — sollte deine Antwort nein lauten — eine Kugel durch den Kopf schießen oder mich von einem Felsen stürzen würde, dann würde ich sagen, es trifft nicht zu. Oder ob ich Junggeselle bleiben und keine andere heiraten würde — ebenfalls nicht. Wenn du aber eine Menge andere Deutungen meinst, dann ja. Was immer es also bedeutet: Willst du mich heiraten?«

»Natürlich, Blackie. Ich liebe dich seit langem! Aber das war der komplizierteste Heiratsantrag, von dem ich je gehört habe.«

HEYNE SCIENCE FICTION UND FANTASY

Erleben Sie ihn mit, den Einsatz der KAMPFKOLOSSE DES 4. JAHRTAUSENDS

Die ersten Romane aus dem BATTLETECH®-Universum:

Die große GRAY DEATH-TRILOGIE

William H. Keith jr.:
Entscheidung am Thunder Rift
Deutsche Erstausgabe
06/4628

William H. Keith jr.:
Der Söldnerstern
Deutsche Erstausgabe
06/4629

William H. Keith jr.:
Der Preis des Ruhms
Deutsche Erstausgabe
06/4630

Weitere Bände in Vorbereitung

Wilhelm Heyne Verlag
München